チューズデーに逢うまで

介助犬と戦傷兵士の深い絆

ルイス・モンタバン［著］
加藤 喬［訳］

並木書房

父とチューズデーに捧げる

目次

プロローグ

第一印象

道ですれ違う人が最初に気づくのは僕の犬だ。近所の北マンハッタンを歩いていると、人々の目がチューズデーに釘付けになる。体重が三六キロほどあるこのゴールデンレトリバーはニューヨークでは大型犬に属する。チューズデーの仕草には人を安心させる何かがある。図体の大きな見慣れぬ犬を前にどうしていいかわからない人もつい微笑んでしまう。コーヒーを飲んで休憩している建設作業員たちがチューズデーに声をかけ、可愛い女性たちは撫でてもいいかしらと聞いてくる。子どもたちも目を見張り「ママ、あの犬を見て！なんてカッコイイ犬なんだ」とすれ違いざまに歓声をあげる。

無理もない。チューズデーは僕が知っているゴールデンレトリバーの中でもあらゆる点でナンバーワン。生きることの喜びってやつを本能的に知っている。活発で情熱的。歩いているだけで楽しくて仕方がないという様子だ。チューズデーにはだらしなさとか無作法さはまったく見られない。もちろんほかの犬の匂いを嗅ぎまわって消火栓に鼻を押しつけたりはする。だが、由緒あるドッグショーに出る犬のように堂々とした風格がある。行く手をキリッと見つめ、足取りも軽やかに尻尾を上げて歩く姿には自信がみなぎる。豪奢な毛並みは普通のゴールデンレトリバーよりも赤みがかかり、日陰にいても輝くようだ。

チューズデーは何世代にもわたって交配されてきた純血種で、生後たった三日目から穏やかな気性と行儀作法を身につけるようしつけられてきた。

二歳の時に引き取ってからは、日に二回、一五分ずつのブラッシングを欠かしたことがない。アパートに戻ってくると必ず足を拭いてやる。週に一度は爪も切る。毛が長くなりすぎないよう足元から耳回りまでまめに散髪する。ブラッシングの時は僕の膝の上に座る。ついでに綿棒で耳の奥の方まで掃除してやるのだが、これがいかにも気持ちよさそうだ。歯ブラシを持ってくるとチキン味の歯磨きペーストをねだって歯をズラッと見せる。

しかし、人々の目を惹きつけるのは美しい毛並みや爽やかな息や貫禄ある身のこなしだけではない。魅力的な性格がそうさせるのだ。本書の表紙を見れば、チューズデーがいかに表情豊かな顔立ちかわかるだろう。どうかすると悲しみに近い色を宿す目はいつもこちらに向けられているかのよう。彼の目は賢さに満ちているが、それをおどけた笑顔が適度にやわらげている。チューズデーの口元は生まれつき上向きのカーブを描いていて、駆けまわっているだけで幸せそうに見える。本当に笑う時は唇が目元までせり上がる。舌をベロッと出し、頭から尻尾まで体をブルブル震わせるのだ。

それからチューズデーの眉毛。頭の上の方にあるやわらかな毛の固まりなのだが、これが上がったり下がったり勝手気ままに動く。名前を呼ぶと、すぐなんだろうと考え始め、眉毛がダンスを始める。人とすれ違う時は必ず茶目っ気たっぷりの眼差しを送る。尻尾を前後に振り振り眉毛を上下させるチューズデーは、笑顔でこう言っているようだ。「ねえねえ、そこのヒト、一緒に遊びたいんだけど仕事中なんだ。またね」。この仕草、人との絆を紡《つむ》いでいるとしか言いようがない。人なつっこい性格に魅せられ、人々が携帯電話を向けて写真を撮るのは毎度のこと。誇張ではなく、チューズデーはそういう犬だ。

見えない傷

人々が僕に気づくのはすれ違うほんの少し前。スター並みの豪奢な犬の隣に立つラテン系の男。父方はキューバ、母方はプエルトリコ出身だが、僕は色白でアングロサクソンで通るだろう。身長約一九〇センチ。長年の運動で鍛えた肩幅は広く、がっしりした体格だ。いくぶん角が取れてきたとは言うものの、まだ威圧的な容姿だろう。陸軍時代、ターミネーターと呼ばれていたのはこのためだ。戦闘では小隊を率い、訓練では連隊レベルでイラク兵、イラク人警官、そしてイラク国境警備隊を鍛えた。こういう体験を経て陸軍大尉になったのだ。言い換えれば、やや不自然に伸び切った背筋をふくめ、僕の立ち居振る舞いに体の障害を感じさせるものは何もない。人々が受ける第一印象は警察官だそうだ。

歩く時は左手に杖を持ち、数歩ごとに寄りかかって体を支える。ここではじめて、しゃちほこばった歩き方と直立不動の姿勢が単なるプライドではなく、肉体的にそうせざるを得ないのだとわかる。

僕の戦傷はほかにもある。脊椎骨《せきついこつ》破砕。足を引きずる原因は膝関節損傷。外傷性脳損傷のため激しい偏頭痛があり、一度これが起こると何も手につかない。重度の平衡感覚障害も患っている。これらの負傷も目に見えないが、心の傷はもっと深く隠されている。心的外傷後ストレス症候群（ＰＴＳＤ）、フラッシュバック、悪夢、そして広場恐怖症は平たくいえば病的な外出・社交嫌いだ。無造作に捨てられた空き缶を見るだけでパニック発作が起きる。二度のイラク派兵中、空き缶は簡易爆弾として日常的に使われたからだ。家庭、結婚、キャリアが崩れ去っていく現実に耐えようと酒浸りで過ごした一年。アパートから出るに出られなかった日々。戦争前に信じていたすべての理想――義務や名誉、尊敬、そして同胞愛――がことごとく裏切られた現実。これらも他人の目には見えない。

だからこそ、チューズデーと僕の絆を完全に理解することは難しい。どれほどチューズデーを驚嘆の眼差しで眺め賞賛しようとも、僕にとってどういう意味を持つのかはわからない。彼は尋常一様の犬ではない。気分によって真横について歩くこともあれば二歩前を歩くこともある。階段を降りる際は先導し、一五〇以上の命令を理解する。僕が過去の記憶に絡めとられ呼吸や脈拍が早くなると、即座に察知して頭で軽く突いてくる。こうして僕を過去から現在に引き戻してくれる。チューズデーは道行く人々から僕を守るバリア。不安から気を逸らしてもくれる。日々の仕事をこなす際のアシスタントも兼ねている。

チューズデーの容姿は魅力的だ。人は彼の外見に目を奪われて笑顔を浮かべるが、このルックスのよさは主人のエゴを満足させるためではない。白十字をあしらった介助犬用ベストに気づかせるのが目的だ。陽気で器量よしのチューズデーはペットとは違う。障害者のために特別に訓練された介助犬なのだ。

チューズデーに逢うまで、近所の屋根に狙撃兵の幻を見た。チューズデーに逢うまで、近くの酒屋に出かけるにも三〇分以上、勇気を掻き立てなければならなかった。体の苦痛や極度の広場恐怖症などをコントロールするため、一日二〇種類の薬を飲んだ。それでも他人と会うと、当たり前の挨拶を交わすだけでよろめくほどの偏頭痛にやられた。傷ついた脊椎骨の痛みでかがめない日もあった。グレイアウトという意識障害のため、見知らぬ街角に立ち尽くし、どうやってそこにやって来たのかわからないこともしばしば。外傷性脳損傷で平衡感覚が損なわれよく転んだ。地下鉄駅へ降りる階段から転げ落ちたこともあった。

　チューズデーに逢うまで仕事につけなかった。それどころか眠りにつくことすら不可能だった。現実逃避からラム酒を一気に飲み干しベッドに入っても、目を閉じるたび、殺意に燃えた敵や死んだ子どもの姿など恐ろしい光景がまぶたに浮かんだ。ある日、神経をすり減らすハードな心理セラピーのあと、カフェに行った。ノートパソコンを開けると、そこにイラクのシンジャーで遭遇した自爆テロ犯の顔があった。

　我々の連隊と一緒に行動したイラク軍の小隊は車両検問所のすぐ近くに休憩テントを張った。そこでテロリストが自爆し、テントごと吹き飛ばした。現場に行くとサイレンが鳴り響き、テントの破片はまだ燻り、かつて人だったであろう肉片があたり一面に散乱していた。自爆でひん曲がった車体を目指し、足元に転がるちぎれた腕を跨《また》ごうとした時、僕は自爆犯を見た。体や頭部ではない。そんなものは切断され粉砕され痕跡すらない。僕が見たのは顔。子ども用のお面と同じで目はただの穴だったが、眉毛も鼻も唇も、そして顎鬚も生きている時のまま。爆風で剥がれ薄皮一枚になった髭面のマスクが地面にひっそり落ちていた。

　三年間、この顔を記憶の底に押しやっていた。が、いったんセラピーで記憶が戻ってくると、もう逃げられなかった。パソコンのモニターに、カフェに置かれたテレビ画面にその顔は現れた。たまらず店を出たが、マスクは通りすぎるショーウィンドーに見え隠れしてついて来た。杖で体を押すように地下鉄の駅へ急ぐ。ふらつく足取りで一両目に乗り込むやドアの横の座席に倒れこんだ。滴り落ちる汗にアドレナリンと恐怖が混ざり合った異臭がした。隣に座った身なりのよい黒人女性に申し訳なく思ったが言葉が出ない。視線を上げることもできず、ただ身を強ばらせた。目を閉じても、薄皮一枚になった自爆犯のマスクが、まぶたの裏に焼きついて離れない。地下鉄は金切り声をあげて線路を駆け抜ける。悪酔いでもしたかのように頭が疼き、胃液がせり上がってきた。偏頭痛が炸裂する。座席から飛び上がり車両と車両の間の緊急出口を開け線路に向けて嘔吐した。同時に心も粉々になって飛び散った。

人生二度目のチャンス

チューズデーに逢うまで、心の破片をつなぎ合わせ元の形にしておくことができなかった。本当の回復は、二年におよぶ障害者介助訓練を受けたゴールデンレトリバーと一心同体になるのを待たなければならなかった。チューズデーは最悪の恐怖から僕を解き放ってくれた。人生二度目のチャンスをくれたのだ。

繰り返すがチューズデーはペットではない。僕を笑わせたり、靴を取ってきたりする遊び相手でもない。深遠な人生訓を教えてくれるわけでもない。四六時中一緒だから、帰宅してドアを開けた時そこで待っていることもない。店に行くにも一緒。授業に出る時もついてくる。タクシーも相乗りだし、レストランでも一緒に食べる。夜は寝かしつけてくれ、目が覚めると隣に寄り添ってくる。公衆トイレの個室の中でもすぐ隣にいる。

チューズデーと僕との間には強い結びつきがある。この絆は五体満足な人々にはわからないものだろう。生きているかぎりチューズデーは僕と一緒だ。もはやひとりぼっちになることも話し相手に困ることもないが、身振りや心を読みとることができるようになった僕たちにはプライバシーもない。

むろん最初からこうだったわけではない。互いの存在すら知らず二時間も離れた場所で暮らしていた時期もあった。二〇〇七年当時、チューズデーも僕も心がすっかり壊れていた。知人たちは僕たちがトラウマから生還することはないだろうと考えていた。そんな窮地にあったチューズデーと僕が心を通わせるようになるまでの旅路もこの物語の一部だ。僕たちは介助犬と主人という間柄を超えている。最良の友であり、同類どうしであり、兄弟でもある。だが、ソウルメイトとしてはじめから生まれついていたのかというとそうではない。むしろさまざまな体験を通じ、お互いがお互いを必要とする最良のパートナーになって行ったのだ。

僕のアパートは西一一二番通りにある。ポーチでチューズデーと座り日光浴をしているとつい微笑んでしまう。僕の殻を破り自由にしてくれたのは、介助犬トレーニングの成果というより、チューズデーの持って生まれた性質、人生を楽しむ陽気さだ。こんな性格の持ち主と四六時中一緒にいて、人生が楽しくならないわけがない。愛犬を傍らに過ごす一瞬一瞬がいかに尊いか。こんな体験は子ども時代以来なかった。こんなささやかな喜びでも手に入れるまでは至難だったが、この寡黙な友情が人生をとてつもなく素晴らしいものにしてくれた。

「こんにちは、チューズデー」誰かがそう声をかけ夢想から覚める。ここに住み始めてからまだ二年弱だが、すでにチューズデーは知られた顔だ。

彼は耳をそばだて眉毛を数回上下させる。愛嬌のある仕草だが、チューズデーは物欲しそうな様子でこっちを窺ったりしない。介助犬としてのしつけは完ぺき。だから主人に何かせがんだり、ファンに気を引かれたりすることはない。もっとも、尻尾の振り具合から次の指示を待っているのがわかる。「挨拶しなさい」この命令は勤務中だが撫でてもらっていいという意味だ。最近はたいていそう言ってやる。チューズデーは自分に与えられた責任を自覚しており、僕はそんな彼を信頼しているからだ。チューズデーは生きることが、そして、人々を喜ばせることが何より好きだ。この相棒のお陰でこちらも満ち足りた気持ちになる。誰かに頭を撫でてもらって甘える仕草をしても、チューズデーは僕たちが固い絆で結ばれていることを忘れない。

「写真を撮ってもいいかしら？　すごい犬ね」

若い女性の声に僕は彼女が写真を撮りやすいようにチューズデーから少し離れる。そりゃそうさ。でもその半分もわかるかな。本当にどのくらいすごいのかあなたには見当もつかないだろうね。僕は心の中でそうつぶやいた。

1 まだ見ぬパートナー

誰かを愛して働く
働いて誰かを愛する
人生、それだけだ
シグモンド・フロイド

生後三日目から訓練

チューズデーは二〇〇六年九月一〇日に生まれた。純血ゴールデンレトリバーの四つ子の一匹。その日はサンデーだったから名前の由来は誕生日ではない。名前については諸説あるが、本当のところは誰にもわからない。彼は北ニューヨークにある介助犬訓練所イースト・コースト・アシスタンス・ドッグズ（ＥＣＡＤ、現在エジュケイテッド・ケイナインズ・アシスティング・ウィズ・アビリティーズに改名）で、この一三年間に生まれた二百匹目のゴールデンレトリバーだ。イースト・コースト・アシスタンス・ドッグズは介助犬を養成する非営利組織。一匹の仔犬を身体障害者の人生を一変させるだけのコンパニオン犬に育て上げるためには、二年の歳月と二万五千ドルが必要だ。この費用を、ある匿名の篤志家が寄付し、その見返りとして、四匹のうち三匹をそれぞれリーナス、ブルー、そしてチューズデーと名づけたのだという。この人物が誰で、なぜチューズデーという名を選んだのかは謎だ。

出逢った当時すでに二歳だったから幼犬のころは話を聞いて想像するしかないが、生後間もないゴールデンレトリバーが無毛のいたいけな体を母犬に押しつけミルクを飲むのは見たことがある。なめらかな体は手のひらに収まる大きさ。愛らしい口元が唇のあたりで垂れているのだが、それがどこか儚《はかな》げでたまらなく愛くるしい。

チューズデーは兄弟より琥珀色がかっており、いちばんの道化役ではなかったか。一緒に生まれた兄弟姉妹たちと戯《たわむ》れてじゃれ合い、頼りなげにヨチヨチ歩いては疲れきってへたり込む。チューズデーはこの兄弟姉妹とずっと一緒に育てられた。仔犬たちが頭や尻尾をそこらじゅうに向けて雑魚寝している時、チューズデーのオレンジ色の毛が垣間見える。ようやく開いた目がうっとりとこちらを見つめる。当時ですら、つぶらな茶色の瞳は抗《あらが》いがたく、見る者をとりこにした。

幼犬チューズデーには見た目の魅力以上のものがあった。最優秀レベルの介助犬となるべくして生まれたが、そのための訓練は生後三日目には始まっていた。目が開くずっと前、母犬のミルクをねだり腹ばいで進んでいた頃のことだ。授乳は動物の心を何より落ち着かせる。だから最大のご褒美でもある。生まれて三日目。まだ盲目でちっぽけなチューズデーは母乳を飲んで安心している。訓練所の創設者兼主任トレーナーのルー・ピカードは、そんなチューズデーの足を軽く叩く。こうして、人に触られる感触と人間の匂いが授乳の喜びに結びつく。感覚器がまだ十分発達していない幼犬にとっては、足が最も敏感な部位で外界への案内役なのだ。こうしてチューズデーは人に育まれ守られているのだと身をもって学んでいく。

グリーン・チムニーズ

一五日目で目が開いた。外界の色や形に魅了され好奇心いっぱいの茶色の目だ。同時に耳も聞こえるようになり、はじめて触覚以外でまわりの世界を感じとれるようになった。するとルーは足を軽く叩く時、キスのような「チュッ、チュッ、チュッ」という音を立て始めた。チューズデーがすでに知っている授乳の音を真似たのだ。眼と耳で外界を知ることができるようになると、徐々にミルクを与える間隔が広げられた。チューズデーも兄弟姉妹も母乳をねだってすねる。ルーはそんなチューズデーに触れ、チュッ、チュッ、チュッとやる。すると少しずつ、もがいたり鳴いたりするのをやめた。おとなしくなるとすぐ母犬のもとに行かせてやる。ルーはこうして我慢と行儀を教えた。おねだりや攻撃的な態度では何も得られないが、自制心は報われる、という仕組みだ。

生後五週目にフォーマルな訓練開始。まず数時間、首輪とリードを付けての散歩と簡単な命令の服従。それからグリーン・チムニーズという介助犬育成プログラムを実施する福祉施設にも車で連れて行かれた。ここでは感情や素行面で問題を抱える小学生たちがチューズデーに餌やりをしてくれた。もっとも、チューズデーに食べ物が必要だったわけではない。当時、彼はまだフワフワした毛のかたまりで、目もまだよく見えなければ、歩くというよりは頼りなげによろめくといった状態で、まだまだ母犬に頼りきりだった。

　仔犬はまず母犬が噛んだ物から食べ始める。母の唾液の匂いで食べても大丈夫だと知るわけだ。この最も純粋な信頼関係をチューズデーは餌やりを通じ子どもたちからも学んでいった。

　ほかの仔犬と同様、チューズデーも最初は食べ物を欲しがらなかった。生後七カ月の乳幼児が見知らぬ他人に授乳されるのと同じだ。チューズデーは口を閉ざし、いやいやをする。唇の間から押し込まれると吐き出した。子どもたちはそんなチューズデーを代わる代わる撫でてなだめようとするが、舌で押し出し咳き込むばかり。ようやく食べ物を舐めてみるようになったのは、抵抗するのに疲れ、お腹も減ってきた頃。態度がよくなったら褒めるようにと言われている子どもたちは「いいぞ、いいぞ、その調子だ」とはやしたてる。チューズデーはその言葉よりも、子どもたちの熱狂と喜びに反応する。犬というものは人を喜ばせるのが根っから好きで、それは彼らの遺伝子に刷り込まれている。どうにか転げまわれるくらいの幼犬でも、褒められると尻尾を振るものだ。

　チューズデーが食べ始めた。「その調子、その調子。いい子だ」その声援に食が進む。こうやって子どもたちも犬も、集中力と根気、そして信頼を学んでいった。これみよがしな態度に訴えるのではなく、何かをやり遂げること自体が大きなご褒美なのだと理解した。チューズデーが学びつつあったもうひとつの教訓は、命令に従うことで好意と愛情が得られることだった。

介助犬に最適な性格

この頃になると生まれて間もない幼犬用の飼

育箱から、仲間の仔犬たちと転げまわることができるもっと大きなエリアに移された。まだ一日三回母乳を飲んでいたが、離乳食を食べ始めてからは、母犬はもうチューズデーの排泄の後始末をしなくなった。これはどの母犬にとっても普通のことだが、ルーはこれを機に小屋におがくずを敷いた。六週間目にして人の意図を読みとることを覚えたチューズデーは、おがくずが排泄のためであることをすぐに察した。おがくずは日ごとに母犬から離れたところに撒かれた。排泄する時、チューズデーをより遠くまで歩かせるためだ。

数日後、今度は仔犬たちと母犬の間に木とプラスチックの障害物が置かれた。足や耳をばたつかせ尻尾を振り振り無邪気に遊びまわっていた仔犬の群れだったが、こうなるとミルクにありつくには障害物コースをうまく通り抜けなければならない。最初に挑むのはいつも群れのリーダー格で、障害物をよろめきながら迂回し、木の塊をどうにか乗り越え反対側に転げ落ちる。一匹目が成功すると残りの仔犬らが続くのだが、チューズデーが一番手になることは決してなかった。リーダーになりたがるタイプではないからだが、実はこれが優れた介助犬になるための条件のひとつ。ボス犬タイプは自己主張が強すぎて介助犬訓練から脱落することが多いのだ。もっとも、ルーは介助犬として適応性の高い犬を交配してきているので、ここの犬はボス犬タイプでも性格は、いたって穏やかだ。ルーがこの「ソフト」という表現を犬に使う時は褒め言葉で、頑固だったり相手を見下したりしないという意味だ。ルーの犬たちは気立てがよいうえに自信に満ちている。つまり介助犬に最適の性質を兼ね備えているのだ。

兄弟姉妹の中ではブルーがボス格。チューズデーは二番手といったところか。チューズデーは体格がいちばん大きく、また、確かに好奇心旺盛で強い意志を持った犬だったが、力に訴えることもなければ、強引なところもなかった。

チューズデーのいちばん彼らしいところは、人に触れられたり面倒を見てもらったりするのを好む性質。愛への渇望だ。犬には二種類あるそうだ。人にもたれかかってくるタイプとそうでないタイプ。前者はいつもじゃれついてくる。通りすぎる時には体をこすりつけ、こちらの足の上にドサッと倒れこむようにして休み、座っていると膝の上に足を載せてくる。後者はちょっと離れたところに立ち、近くに寝そべりはするものの、決して人の上に乗って来たりはしない。だからといって薄情なのではなく、このタイプはひたすらマイペースなのだ。

チューズデーは間違いなく前者の典型だ。水や空気と同様、人とのつながりが欠かせない。はじめて会った日から、チューズデーは撫でて欲しいそぶりを見せて、体をこすりつけたり頭を軽くぶつけてきたりしたものだ。ひとりぼっちが何より苦手で、ほんのいっときでも母犬と離れるのが死ぬほど辛い。仔犬特有のぎこちない全力疾走で、チューズデーも障害物の置かれた床を母犬に向かって走る。それをルーの手が引き止める。鼻をクンクン言わせさめざめと鳴くが、こうしてチューズデーは、はやる心と呼吸を落ち着かせ自分の番を忍耐強く待つことを教えられた。

頑張った分だけ愛ももらえる

チューズデーも含め仔犬たちは、ただ単に命令に従うようになればよいというものではない。人に仕えるという使命のなんたるか理解し、主人の役に立って報われたいと思うモラルも必要なのだ。次の二週間、母犬と過ごす時間が減るに従いトレーニングは長くなる。犬が完全に乳離れする八週目には、週四日の訓練スケジュールだ。こうして母犬との絆は、命令を与えリードを介してコミュニケーションをとる人へと徐々に移されていく。

この訓練所でチューズデーらが受ける世話は手厚く、ブラッシングは日に二回。餌もとびきりの健康食で、訓練がない時は兄弟姉妹と過ごすことができる。こうして肉体的にも精神的にも最適な状態を保つのだが、決して甘やかされているわけではない。チューズデーはシステムの中にきっちり組み込まれていた。ルーの訓練所では休憩時間の配分ですら、最良の介助犬を育て上げるため入念に計算されているのだ。このシステムについて、ルー・ピカードが実務的なニューヨーク訛りで語る。「イースト・コースト・アシスタンス・ドッグズは愛情にあふれているけれど、それはタダじゃないの。頑張った分だけ愛ももらえる。何もしないで愛だけ、というわけにはいかないのよ、ここでは」

さらに「自分のしていることはすべて依頼人のため。より独立した生活と自由、そして社会と少しでも前向きに付き合う術をクライアントに提供したいのよ」

ルーは細身で背が高い。くりくりしたくせっ毛の茶色の髪をしている。犬たちのこととなると歯切れのいい早口でまくし立てるが、自分の仕事を大袈裟に言うことはない。金や名声のためにビジネスをやっているのでもない。今までに会ったトレーナーたちの中には、世間の称賛や有名人との交流に興味を抱く人たちもいたがルーは違う。彼女はクライアントのために、愛する犬たちのために、そして、父親の想い出のためにこの仕事をしているのだ。

愛犬が父の病を救った

一〇代の頃に母が亡くなりルーは父親に育てられた。父は再婚せず、いつの日かフロリダに移り住むことを唯一の希望に、娘のために懸命に働いた。そして引退を迎えた時、これで長年の夢がついに叶うとルーは父を心から祝福した。そのわずか二週間後、彼は重い脳卒中に倒れた。

「あの時は怒り心頭だったわね。私は自分の正義を他人に押しつけるタイプではないけれど、すでに倒れている者を誰かが蹴っていたら迷いなく止めに入る。もうヤメなさい。ほら、アンタはちゃんと立つのってね。間違ったことに目をつぶれない。それが私……父が脳卒中にやられた時も、楽しみにしていた引退生活はどうなるのよ？　こんなの絶対おかしい。そう思ったらやり場のない怒りがこみ上げてきて仕方がなかったわ」

歩くこともままならず、ろれつもまわらなくなった父親は、ルー夫婦のもとに引っ越してきた。彼はまもなく深刻なうつ状態に陥り「死んでしまえばよかった。そのほうが皆のためだった」と繰り返すようになった。

通常の介護は功を奏《そう》さなかった。そこでルーはいささか毛色の違った方法を試してみることにした。そのころ彼女は、ニューヨーク郊外の裕福なクライアントのために仔犬のしつけと訓練ビジネスを営んでいた。ルーは頑丈な把手のついたハーネスの試作品を自ら作り、いちばん優秀な犬に一カ所でじっと待つこと教え込んだ。これは介助犬の分野では「ホールド」という命令だが、当時のルーは知るよしもなかった。

犬を補助にして父親をソファから立ち上がらせ家の中を歩かせる。これが狙いだった。懐疑的だった父が初日から犬の助けで立ち上がり、数日後にはキッチンまで歩けるようになった。さらに重要なのは父親が喋り始めたことだ。以前のような自己憐憫《れんびん》の繰《く》り言《ごと》ではなく、犬に話しかけていたのだ！

命令を伝えるために必要だったのだが、ほどなく、それは対話になっていった。犬が父に動く自由を与えると同時に、父も犬に仲間意識を植えつけたのだ。予想外の進展だった。犬を呼び寄せて話しかける父は、まるで友だちといるように見えた。午後を一緒に過ごし始めてから同じ部屋で一緒に眠りにつくようになるまで、さして時間はかからなかった。ある晩、父親と犬が楽しげに歩いていく姿が目に入った。ルーは夫を振り返り「これよ、これ。私がやりたいのはこれだわ！」と切り出した。

「じゃあ、やるしかないな」夫は答えた。

無条件の献身と愛情

盲導犬訓練所として名高いグリーン・チムニーズ（感情面で問題を抱える子どもたちが、犬介在療法の一端としてチューズデーに餌やりしたのと同じところだ）で一年間におよぶ特訓を受け、ルー・ピカードはイースト・コースト・アシスタンス・ドッグズを設立した。ほどなく夫も退職し、この新しい挑戦に加わった。以来この二人がどれほど多くの人たちの人生を変えてきたことか。交通事故で重い脳損傷を負った男の子。ほかの生き物と心を通じることができなかった自閉症の女の子。脳性まひの青年。簡易爆弾で両足を失った兵士。実名では書けないが、彼らの人生に起こった深遠な変化についてなら太鼓判を押せる。これらの人々は、その祈りが叶えられたのだ。「フットボールの試合に勝たせてください」などというレベルの祈りのことではない。魂の最も奥深いところから湧いてくる懇願が聞き届けられたということだ。ルーがこの人たちの日常を根本から変えたのは紛れもない事実。チューズデーに出逢ってからの僕もそのひとりだ。

人生を根本から変えるこのようなパワーは、訓練だけでは生まれてこない。犬に人間というものを理解させ、人を喜ばせたいという願望を植えつければ終わりというものでもない。このような人と犬の関係には、もうひとつ欠かせないものがある。絆だ。介助犬は主人に対する無条件の献身と日常を超越した親密さと愛を持つようにならなければならない。このきわめて特殊な絆を織り上げるために、ルーの訓練所では愛への欲求を生み出すさまざまな工夫がなされている。最初の三カ月間、仔犬たちは二日続けて同じトレーナーとペアを組むことがない。生後三日目から、人に受け入れられ愛されるよう教え込まれるのに、親密な絆を結ぶ特定の相手は与えられない。愛情に囲まれて育ちはするが、愛の究極の目的、つまり、いつもともに過ごすパートナーからは完ぺきに隔離されるのだ。

ひとりぼっちほど辛いことはない。イラク戦争に二回出征したあと、僕は周囲とのつながりを失った。家族との絆を自ら断ち切り、戦友たちとも疎遠になった挙句、基地から五〇キロ近く離れ、柵に囲まれたトレーラーハウスに住んだ。ニューヨークでの最初の二年間は、不特定多数の人間に四六時中囲まれていながら、誰ひとりとして出逢うことがなかった。コロンビア大学で授業に出ても結果は同じだった。復員兵仲間と野球の試合やコンサートに出かけた時でさえ、心は舫《もや》いの切れた舟のように漂い、虚ろだった。

「そういう心配は無用よ。犬は人とは違うから」ルーは僕の心配をはねのける。

「犬はいまこの瞬間に生きるものなの。食べ物はあるか？　ここは安全か？　快適か？　ここに欲しいものがあるか？　いま幸せか？　それだけ。この先どうなるかなんて心配はしない」

仔犬は生き物だから絆を求めたがる。しかし、未体験の感情であるひとりぼっちの辛さなど感じたくても感じようがない。ルーの持論だ。彼女は続ける。「ここでは、犬にありとあらゆる喜びや楽しみを与えてはいけないってことね。それはクライアントのところに行くまで待たなくちゃ。そうじゃなかったら、依頼主の家のほうが実際に住みやすいところだってことがわからないでしょう」

チューズデーの命令違反

チューズデーはルーの訓練所で十分に幸せだったと思う。ここに里帰りをするたび、決まって有頂天になることからも、それがわかる。マンハッタンのアパートからドブスフェリーにある訓練所までは公共交通機関を使って往復三時間かかる。精神的に参ってしまうのでそうそうは行けないが、グランド・セントラル駅から電車に乗るや、チューズデーは目的地を察してお尻が左右に揺れるほど激しく尻尾を振り始める。僕が窮屈なところで平静心を保つにはチューズデーが必要だ。それを知っているから列車の中では座席の下でおとなしく座っている。ところがドブスフェリー駅に着くやリードをグイグイ引き始める。プラットホームで二、三回立ち止まり、ヒールの命令、つまり主人の左側に付いて歩けという指示を出し直さなければならないほどだ。彼はいっとき従うが、じきまた先を歩き始めてしまう。チューズデーらしからぬ命令違反だ。僕が安全に歩くためにはチューズデーが脇にいなければならない。とくに階段を昇る時など決して先に出ないのだが、ここに来ると我を忘れてしまう。訓練所に向かう小型バスの中でも、立ち上がって窓から外を覗う。尻尾が座席をバシバシ打ち、舌をベロリと出して興奮ぎみにハアハアと息をする。着いた途端、座席を飛び越え車外に飛び出す。これはプロの介助犬にとって重大な服務違反だ。

が、チューズデーを責めることはできない。こうした行動は消火栓の匂いを嗅ぎたがったり、リスの動きを食い入るように見つめたりするのと同じことだからだ。チューズデーにとって、マンハッタンのアパートは我が家にはちがいないが、訓練所にはより本能的な愛着を持っている。犬にとっての二年は人の一四年に相当する。ということは、チューズデーはここで一人前になったのだ。兄弟犬たちの姿はもうどこにもない。それでも、床に訓練用の黄色い線を引いた大部屋は、チューズデーにとって聖域ともいえる想い出の場所。そこでいまトレーナーに付いて歩く見知らぬ犬たちに、チューズデーは目を輝かせる。年季の入った上級曹長が、将来有望な新兵らを見つめるかのようだ。

紆余曲折の人生

ルーの隣に座っている時、チューズデーは彼女をじっと見る。僕らが話し始めるや、例の眉毛が踊りだす。会話を読みとろうというのだ。こんな時のチューズデーは、何かやりたくてウズウズしている印象を与える。首をやや前に伸ばし舌を垂らす。すると唇が巻き上がっていつもの笑い顔になり、眉毛を上下させてルーと僕を交互に見やるのだ。

「膝！」ルーが言うや、待ちかねていたチューズデーは前脚を彼女の膝に載せ、勢いにまかせてルーの鼻をベロリとやる。

「そうだったね、チューズデー。お前が本当に優しい犬だってこと、私、忘れてたわ」ルーの笑い声は冗談にしか聞こえない。なぜって、彼女はチューズデーのすべてを知り抜いているからだ。ルーはこれまで一二〇頭の犬を訓練してきた。その一頭一頭を克明に描写することができる。手塩にかけた犬たちの性格や癖、長所短所に至るまで、何もかも知り尽くしている。この犬をやる気にさせるのは何か。あの犬は何が嫌いか。そしてどの犬がどんなタイプの人間に最適かを見抜く目を持っている。早い話、途方もない犬好きなのだ。郊外の富裕層の主婦のために犬をしつけたのも、一七年間にわたり介助犬を訓練してきたのもそのためだ。僕を除けば、チューズデーが本物の愛情を込めて舐めるのはルーしかいない。介助犬になる道を導き、チューズデーに今ある人生を与えたのはルーその人。チューズデーにとっても別格の存在なのだ。

一方、チューズデーを突き放し、一時期別の道を歩ませたのもまたルーだった。当時この選択は慈善活動を支援する名案だと思われた。しかしいま考えると、繊細で多感な生後三カ月のゴールデンレトリバーには、刑務所以外にも行き場所はいくらもあったはずだ。

「今の自分だったら、刑務所には送らなかったでしょうね」巨大な舌で舐めまわされながらルーが笑って述懐する。

彼女がそう言う理由はよくわかる。しかしここで出逢うまでの年月、チューズデーと僕がそれぞれたどった紆余曲折の人生を考えると、そう簡単には言い切ってしまうことはできない。

2 鉄格子の中の仔犬

別離の時、はじめて愛の深さがわかる
ハヒール・ジブラーン

僕は人を殺したことがある

服役囚が仔犬を育てることで社会貢献を学ぶ。これが「鉄格子の中の仔犬」プログラムだ。こうして訓練された介助犬はチューズデーが最初ではない。彼が送られた二〇〇六年当時すでに一〇年ほどの歴史があった。数カ所のニューヨーク州立刑務所内に、このプログラム専用の区画が設けられている。服役囚は一二週間、犬の扱いに関する特訓を受け、その後、最長で一六カ月、犬と寝食をともにして訓練をする。卒業生の中には、犬も人も積極的に社会貢献している例が数百とある。

ルーの訓練所、イースト・コースト・アシスタンス・ドッグズからはチューズデーが一番手だった。折しもイラク、アフガニスタンで傷ついた復員兵に介助犬を提供するため、「鉄格子の中の仔犬」プログラムは規模が拡大されたばかりだった。国のために戦い傷ついた将兵を支援するという大義を前に、ルー・ピカードはチューズデーを送る苦渋の決断をした。囚人たちに意味ある生活や仕事の技能、そして相手を思いやる心を教えることに反対ではなかった。犬が持つ無条件の愛こそ、刑務所で数十年を過ごし、人間性を失った受刑者たちの心を開き、思いやりや慈愛の心を呼び起こすものだと確信していたし、もちろん戦傷復員兵を助けることにもやぶさかではなかった。

問題は、ルーの訓練所と刑務所では犬の訓練方法が大きく異なり、うまくいかないのではないかという不安だった。特定のトレーナーと時期尚早な絆を形成させないことがルー式訓練の基本。これによってクライアントと介助犬の間に最良の結びつきが生まれるからだ。「鉄格子の中の仔犬」プログラムでは、プロのトレーナーがやって来るのは週にわずか数時間。それ以外の時間、仔犬は特定の受刑者が訓練し、同じ独房内で寝食をともにする。情愛あふれる、生後たった一二週の仔犬を与えられた受刑者は、それこそひれ伏して抱きしめるにちがいない。ルーはそう考え、彼女の勘は当たっていた。

チューズデーとコンビを組んで二週間目、「鉄格子の中の仔犬」プログラムを訪れる機会があり、かつてチューズデーが訓練を受けた大部屋に通された。そこで車座になっている男性受刑者たちは、そのほとんどが頭を丸坊主に剃り上げ、首に刺青を入れている。僕は彼らに予想外の親近感を覚えた。失意に打ちひしがれても無感情になってもいない。その表情は自分自身や米陸軍で知っていた若い兵隊たちによく似ていた。

人はたった一度の過ちで刑務所送りになる。囚人姿の自分を想像するのはさほど難しいことではない。飲酒運転に麻薬中毒。悪い時に悪い相手に出くわしたり、酒場の喧嘩が度を越して相手が死んでしまうかもしれない。

僕は人を殺したことがある。大げさに言っているのではない。社会がそれを殺人とは呼ばないだけで、あの大部屋の中でいちばんの人殺しは自分だったかもしれない。

受刑者たちの涙

イラクはアルワリードの小さな前哨基地でのことだ。清掃中に小銃が暴発し二一歳の特技兵（訳注：上等兵と軍曹の間にある米陸軍階級）が死んだ。暴発させた軍曹は刑務所送りにならなかったし、そうなるべき理由もない。公式見解によると原因は過労。自分に言わせれば、責められるべきは判断を誤った将軍らだ。戦場で果たすべき膨大な任務に対し、現場の兵員が少なすぎたからだ。

むろん事故は起こるものだし、誰しも判断を誤ることはある。もちろん無駄な命などない。それでも人は未来を切り開く力を秘めている。ならば人生、二度目のチャンスが与えられていいのではないか。

ここの受刑者たちは、そんな第二のチャンスに賭けている。世間に見捨てられた荒くれ者が犬との絆で癒され、罪をつぐない社会に恩返しをしようというのだ。実際、チューズデーをはじめ百匹もの仔犬を囚人らが育ててきたのだが、その過程でどれほど彼らの生き方が変わったのか？　刑務所での善行は犯した悪行を補ってあまりあるものなのか？

この日のイベントでは「鉄格子の中の仔犬」プログラムに、戦傷復員兵ひとりひとりから受刑者たちに何かひと言ほしいと頼まれた。こちらは全部で四人。僕が最後だったが、僕の番が来るまでにはすでに互いの心が通じ合っていた。

「キミらがしていることは、友が友になす意味深い仕事だ。心から感謝している。状況さえ違ったら、みんなに僕の指揮下で軍曹になってもらうところだ」

そう言って座った。気づくと四人たちの目に涙が滲んでいた。まさか受刑者が涙するとは。もっと驚いたのは、自分の頬にも熱いものが流れていたことだ。犬のおかげか。仔犬が足元にいると、怒ったり冷淡になったりはできないものだ。そう無理やり理屈をつけた。挨拶のあと、さらに質疑応答が続く。見ず知らずの男たちと気がねなく自然体で話している自分に気がついて、はっとした。こんなことは数年来なかった。実際あまりに長く話し続けたので、チューズデーをはじめほとんどの犬は眠り込んでしまった。

元気が出るダンス

「犬が今みたいに疲れている時、どうやって注意を引きつけるのかな?」僕の問いに受刑者たちはしばしお互いを見つめ、そしていっせいに吹き出した。

「ジョー、見せてやれよ」

大男が椅子から立ち上がった。『三ばか大将』に出てくるカーリーが、ひと回り大きくなり、ボディビルで二〇年鍛えあげ、怒りをこらえる術を学び、そして首に刺青を入れたらこの四人にそっくりだった(訳注:『三ばか大将』は米国テレビ黎明期のドタバタ喜劇。日本でも六〇年代に放映され人気を博した。カーリーは坊主頭の巨漢で「ニュック、ニュック、ニュック」という独特の笑いや、肘を支点に床をぐるぐるまわる珍妙なダンスで一世を風靡した)。

「オレたちこれを、元気が出るダンスって呼んでる」

言うが早いか刺青のカーリーが床に背中をつけ、ブレイクダンスのようなバックスピンを始めた。絶え間なく何か叫んでいたが、元祖カーリーの十八番「ニュック、ニュック、ニュック」も入っていた。仔犬たちは跳ね起きて、カーリー・ジョーを食い入るように見つめた。巨漢のダンスが終わった時、犬たちは完全に目を覚まし、いつでも訓練できる状態だった。

「こうやるんだ、ここでは」受刑者のひとりが言った。

元気が出るダンス。チューズデーとじゃれあう時、いつもカーリーのクレイジーなダンスを思い出す。夜、ベッドに横になってチューズデーの頭を両手でつかむ。そして毛皮をサラサラと撫でながら、お前は本当にいい子だねと声をかける。母犬がするように耳を軽く噛み、首や尻尾を左右に揺さぶってやる。するとチューズデーは僕の上に飛び乗ってきてやり返そうとする。

元気が出るダンスとは本当にうまいこと言ったものだ。

それにしても、チューズデーにとって刑務所という環境はとてつもない変化だったにちがいない。生まれて三カ月間、しつけがすべての訓練所で過ごし、そこでの毎日は入念に計画されたものだった。特定の人間になつかないようにと、複数のトレーナーの間をお手玉のようにくるくるとまわされる生活。惜しみなく与えられる愛は、努力に対する報酬だった。

ところが刑務所ではひとりの受刑者に育てられ、独房で一緒に寝た。決められた通りにしなくても、ボーっとしていても溺愛された。例のカーリー・ダンスもそうだが、およそ自然な愛情というものの入り込む隙がないルーの訓練所とは大違いだ。チューズデーにとって、刑務所は文字通り別世界だった。

パートナーとの別れ

　チューズデーは名犬と呼んでよい。命令の覚えは早いし頭がよく、しつけも完ぺき。だから受刑者のパートナーとの間に、見る見る太い絆を作り上げた。ルーには申し訳ないが、チューズデーは刑務所で本物の絆を見つけた。当時刑務所でそれを危惧する者はなかった。なぜならそれはごく自然なことだったからだ。

　しかし三カ月後、この四人は別の刑務所に移送されてしまった。辛い別れだった。落胆したチューズデーの悲しげな目を思うだけで心が痛む。最後の別れの抱擁では、互いに涙を流したにちがいない。独房のドアに立ちつくし、去っていくパートナーを見つめるチューズデー。彼の心は引き裂かれていた。悲嘆が体全体に染みわたり、打ちひしがれていく。悲しみが目からあふれ、同時に奥へ奥へと沈みながら、それまで紡ぎ上げてきた絆をすべて溶かしてしまう。三カ月はさほど長い時間ではないと思われるかもしれないが、犬にとっての三カ月は人の二年に相当する。チューズデーが体験した別離は、感受性の強い三歳児に子煩悩な父親を与え、五歳になると同時に取り上げ、ふたたび逢うことを許さないも同じだった。

　チューズデーの心は粉々になってしまった。僕が何をしたって言うの？　なぜ邪険にするの？　チューズデーにしてみればこの別離は懲罰でしかなかった。パートナーが去ってしまってから、長い間、独房の並ぶ廊下を眺め動こうとしなかった。新たにあてがわれたパートナーは痺れを切らし、リードを引いて彼の独房に連れて行こうとした。チューズデーは新たな独房に移ったが、ベッドの下に丸くなり頭を垂れるばかり。その様子はやつれ果てていた。

　皮肉にも、チューズデーを真にユニークな存在にしたのはこの時の体験だ。悲しみに打ちひしがれ、餌も受けつけなくなった幼いゴールデンレトリバー。人との絆を失いこれほど落胆する犬はチューズデーをおいてほかにない。しかし偶然が重なって生じた最悪の結果が意図せぬ成果をもたらすことになった。

チューズデーは人との絆に夢中で飛び込んでいくよう条件付けられていた。主人がどう扱ってくれるかは、すべて自分の態度の良し悪しだと教え込まれていたのだ。加えてチューズデーは繊細で傷つきやすい。だから、彼が見せた意気消沈は演技ではない。正真正銘の魂の疼きであり、震える心の寂しさであり、後悔だった。似たり寄ったりの体験をした犬はほかにもたくさんいたが、彼らはじき慣れた。完膚なきまでに打ちのめされてしまったのは、後にも先にもチューズデーだけだった。

ここに持ってきて、新しいパートナーは神経質なタイプだった。彼はふさぎこんで元気がないチューズデーをもてあまし、ほどなく苛立つようになった。たぶん俳優のスティーブ・ブシェミみたいな不機嫌な男ではなかったか（訳注：『コン・エア』や『アルマゲドン』で知られる米国の個性派俳優）。

リードを強く引いては「早くしろよ、チューズデー！　ほら、頼むからさ！」と懇願し、言うことを聞かないとすぐにあきらめて両手を上げ「オレのせいじゃないぜ。この犬がダメなんだ」とこぼす様子が想像できる。

これではうまくいくはずがない。チューズデーはほかの犬より人の品定めが得意で、性格を見抜き尊敬に値する者にだけなじむ。この男の際限ない言い訳や不平を前に、どうして僕はここまで落ちぶれてしまったんだろうと溜息をつくチューズデーが見えるようだ。

身についた習慣のお陰で、新パートナーとのトレーニングだけはこなした。だが、終了するやベッドの下に潜り込んで動こうとしない。前のパートナーを思い出して気持ちが萎え、うつむいて過ごす日々が一週間ほど続いた。

トムとの出会い

見かねた古参の受刑者トムが助け舟を出した。彼は第二級殺人で二五年から終身までの刑を受け、すでに三〇年以上服役していた。トムは若い頃に刑務所図書館の蔵書はほとんど読みきっていた。ウェイト・トレーニングで鍛えつつ炊事係をつとめ、大学の学位もいくつか取得した。しかし仮釈放が見送られると情熱は失せ、死ぬまで刑務所で過ごす運命を受け入れ始めた。「鉄格子の中の仔犬」プログラムが始まった当時、トムはほとんどの時間を独房かテレビの前で過ごすようになっていた。

「刑務所ってところでは、感情は捨てなければならない。辛くてね、そうでもしなければ生き残れないのさ。でもそんな時、犬が人間としての気持ちを蘇らせてくれた」トムの言葉だ。

チューズデーがやって来るまでに、彼はすでに六匹のラブラドール・レトリバーを訓練していた。そしてそのすべてが社会で貢献していた。これは稀なことだ。ルー・ピカードのイースト・コースト・アシスタンス・ドッグズでこそ八〇パーセントの成功率を誇っているが、大半の介助犬訓練施設の卒業率は半分にも満たない。もっとも、この数字は不名誉なものではなく、単に訓練の困難さを反映している。介助犬はあらゆる面で完ぺきでなければならないからだ。トムの六対ゼロのスコアは自慢していい好成績で、彼に匹敵する記録を持つ受刑者はいない。刑務所という閉鎖された社会では成功がモノを言う。ほかの囚人らがトムに一目置き、その助言に耳を傾け、そして何よりちょっかいを出さないのはそのためだ。

トムがチューズデーを引き受けると言うと、受刑者仲間は信じようとしなかった。「あの能なしのダメ犬のために、六対ゼロのスコアを台無しにするつもりか？」そうからかった。生後六カ月のチューズデーは、やつれ果てた宿無し。トムのほかにチューズデーの卒業を信じる者はいなかった。実際トムですら自信は持てなかった。

「タイミングがよかったんじゃないかな」本人もそう認める。当時、彼の育てたラブラドールが国土安全保障省の爆発物探知犬に採用され巣立ったところで、犬のいないの生活が辛かったのだ。

トムはチューズデーを甘い言葉で丸め込んだり、リードを引っ張ったりせず、前任の受刑者のベッドの下に潜り込んでチューズデーの横に寝そべった。その頃のチューズデーは今より一三キロほど軽かったので、そうするだけの隙間があったのだ。トムはチューズデーの足の裏に触れたり、時折、耳の後ろを撫でたりするだけで、あとはほとんど無言で添い寝した。三時間後、起き上がったトムのあとに続いて、チューズデーは新しい住処《すみか》へ向かった。チューズデーはトムのベッドに両前足をかける。トムが「やっぱりお前はいい子なんだね」と言いながら頭を撫でる。チューズデーはそんなトムを嬉々として受け入れ、独房の隅のケージで横になった。

傷ついた心を変えていく時間

この時から、チューズデーはいつもトムの隣にいるようになった。彼にもたれかかるように歩き、テレビ室ではトムの膝に頭を載せた。就寝時には、ベッドに入ったトムにしばし鼻をこすりつけ、そしてケージの中で丸くなって眠りについた。塀で囲まれた中庭での訓練中も、ベンチに座るトムの隣にピッタリ寄り添った。誰ひとり、いやトムですら、これほど愛情に飢えた犬を見たことがなかった。チューズデーは今でも時折、悲しげな目をするが、生後七カ月の彼は文字通り迷子のように見えただろう。その頼りなげな様子は、世の中には辛いことがあると思い知らされた子どもが見せる、人恋しさや痛々しいまでの無垢そのものだった。

受刑者たちは図体の大きなラブラドールを横に従え通り過ぎながら、チューズデーを甘ったれと呼び「トム、そんな女々しいやつはダメだ。犬らしい犬を探せよ」とからかった。チューズデーが卒業できないと踏み、刑務所で許される唯一の嗜好品、タバコとチョコレート・バーを賭け、トムから巻き上げようとする者もいた。

チューズデーの資質を見抜いていたトムは意に介さなかった。確かに繊細なところはあったが、頭が切れ直感も鋭い。しかもトムはすでに六〇歳で刑務所暮らしはその半分。急ぐ必要などどこにもなかった。悲しみと犯罪は一瞬にして起こるが、傷ついた心を変えていくには時間がかかる。だから、トムはチューズデーの遅々とした歩みに合わせた。口さがない若い連中の言葉も甘んじて受けた。筋肉は衰え昔の素早さは失われたにせよ、この歳まで重ねてきた経験や知識から、最後には必ず勝つと信じていた。

むろんチューズデーの強情を放っておけば、遠からず本当に落第してしまう。そこで命令を覚えさせることにしたが、無理強いはしない。訓練のやり過ぎで犬をダメにし、自分も燃え尽きてしまった囚人たちを見てきたからだ。訓練は一定のペースでゆっくり行ない、しかも楽しめるよう工夫した。だが、一カ月たっても進歩は見られない。チューズデーはトムを見つめ彼の言葉に耳を傾ける時は例の眉毛が動きまわった。同時にあの悲しげな目が、なぜ？　こんなことして何になるの？と言うように見上げる。

「言われたことはすべて完ぺきに理解しているのに、そうしたいという気持ちになれなかったんだ」トムが分析する。

介助犬になるには、いやそれが会計士でも米軍兵士でも、何が何でもなって見せるという願望がまず必要だ。仕事に精通するには、絶対に成功したいという熱意が不可欠なのだ。ゴールを成し遂げることが喜びにつながるようしつける。これがルー・ピカードの訓練法だが、犬は元来、群生動物として行動するよう条件付けられている。群れのために仕事を達成することが褒美につながるのを本能的に知っているのだ。

チューズデーはこの達成と褒美のつながりを見失っていた。六カ月間、命令通り仕事をこなしてきたのに、トレーナーの間をたらいまわしにされた。そのうえ、やっと一緒にいられるパートナーを探し当てたかと思うと、無理やり引き離された。チューズデーにしてみれば、よい子にしたことで罰せられたわけだ。

こうなると普通のやり方ではダメだ。そう悟ったトムは打開策について思慮をめぐらせた。ふと刑務所の中庭に置いてあるゴム製プールが目についた。「鉄格子の中の仔犬」プログラムからの寄贈で、犬のご褒美に使うものだ。一メートル強の水深があり、いつも犬でごった返していた。ダメでもともと、やってみよう。トムはそう思った。

プールでの訓練

翌朝、いつもより早く起き、誰も来ないうちにプールに向かった。チューズデーも跳ね起きあとに続く。トムは一〇センチくらいの深さになるまで水を抜いた。その様子を一心に見つめるチューズデー。コンクリート製の中庭はすでに暑く「入れ！」の命令に躊躇なく従った。

「出ろ！」

チューズデーは言われた通り出た。

「入れ！」

今度はプールの中を駆けた。

「戻ってこい！」

トムが笑い声になって命令する。まず楽しませ、訓練だということを忘れさせる。普通の犬に戻してやるのがトムの狙いだ。プールの中のチューズデーが熱のこもった眼差しでトムを見つめる。

「お座り!」

その場に腰を下ろしたチューズデーは、舌をだらりと垂らし、口が目元までUの字になるあの笑顔を見せた。

「伏せ!」

水の中に腹ばいになる。

「横に付け!」

飛び起きたチューズデーがプールの端に素早く動く。「利口なやつだな」トムが笑いながらホースを持ってくる。「もっと水を入れてやろうか?」

ホースに向かって近づくチューズデーに、

「そこにいろ!」

の命令が飛ぶ。チューズデーは従った。水深が三〇センチくらいになった。「サイド!」トムの放った命令に、チューズデーが右側にやって来る。首輪がトムの足の真横に来るよう同じ方向を向いて立った。完ぺきな動作だ。

「よし、歩くぞ」

間髪を置かず、チューズデーがトムの横に付いてプールの周囲を歩き始める。ほかの犬たちが現れるころまでには、チューズデーは一メートル弱の深さになった水の中を全速力で駆けまわり、訓練用のプラスチック製ボールを追いかけては、トムのところに持って帰ってくる練習を繰り返していた。

「チューズデーのやつ、いったいどうして突然?」

驚く若手にトムはヌッと手を差し出し、

「チョコレート。賭けのかたをもらおうか」と迫った。

「いや……まだだ。先は長いぜ」相手はそう答えるのが精一杯だ。

最初の数日はプールでの訓練だけだったが、

じきにトムの右にピタリと付き従い、中庭を小走りする姿が見られるようになった。最初のパートナーの時と同じだった。プールにボールを投げ入れるや、チューズデーが真っ先に飛び込む。ほかの犬たちも負けじとボールを目指すが、チューズデーは嬉々として彼らを飛び越え、水しぶきをあげてボールを取ってしまうのだ。チューズデーを女々しいと呼んでいた若い連中が「おいトム、その犬、何とかしてくれよ！」と叫ぶ始末。

「何とかしろって言ってもな、手のつけられない犬になったワケじゃない。自分のプールだと思っているだけだ。お前さんたちの犬が臆病なんじゃないの」トムが笑いながらやり返す。

こうしてチューズデーはプールの覇者となり、中庭のボス犬として君臨した。本来の自信を取り戻し、ほかの犬の玩具を取り上げてしまうまでの存在になったのだ。過酷な刑務所暮らしで年老いた、しかし、心優しいトレーナーが手を貸してくれたおかげだった。

「プールで訓練の糸口を見つけるや、チューズデーは何にでも果敢に挑むようになった。絆はすでにでき上がっていたから、このあとの訓練は楽だった。実際、まったく手がかからなかったね」

チューズデーは人との絆を取り戻していた。

仮釈放の審問会

最初の犬を卒業させた時の悲しみは大きかった。が、ほかの囚人たちの前では、歯を食いしばって涙をこらえた。二匹目は盲導犬で、一六カ月のあいだ毎日一緒だった。この犬に去られた時、耐え切れずに泣き崩れた。涙したのは二〇年ぶり。トムに人としての感情が戻っていた。

チューズデーとの別れはことのほか辛かった。情の深い犬だったからだ。世話が焼けたが、いつもそばにいてくれた。これがなにより重要だった。トムは気まぐれでチューズデーを引き受けたわけではない。ベッドの下でチューズデーと添い寝してから五カ月後、仮釈放申請のための準備が整った。けれども、この仮釈放の審問会前の日々が、刑務所暮らしの中でも最悪の時間だという。刑務所での生活は単調だ。心を麻痺させ、魂を押しつぶす空虚な毎日。ただひとつの報いは、自由の身となる日のことだ。多くの受刑者は釈放日がだいたい決まっていたが、無期刑のトムにはない。仮出所の可能性こそ否定されていないものの、出られるという保証はない。トムによれば、仮釈放は運任せだという。「審問会で看守を叩きのめしても出て行くやつは出て行くし、矯正プログラムからの推薦状や認定書をすべてそろえたやつが却下されるのを見てきた」

受刑者の矯正状態が問われるわけではない。審問会で聞き取りをする連中が、前の晩を楽しく過ごしたかどうかで決まる。受刑者たちはそう信じて疑わない。

審問会を待つ受刑者たちは誰もが神経質になり、不安げに独房内を歩きまわる。極度の緊張から口論も起こりがちだ。口喧嘩が仮釈放にマイナスになるのを知りながら、どうしてもやめることができない。役に立たないとはわかっていても、提出する書類や心理状態を整え審問に備えようとあがく。

だが審問官らにとって、自分が数字以上の何ものでもなく、しかも、我が身につけられた数字すら知り得ない無力感が、受刑者の心を執拗にかき乱す。この仕打ちは逆効果であるばかりか、人生そのものを蚕食《さんしょく》するものだ。僕も心と体に残された傷のいちばん深いところで、孤独や強迫観念に長い間さいなまれた。だから受刑者たちの言うことがよくわかる。できもしないことをあれこれ考え続け、実体のない仮出所手続きについてひとり悩んでいると、失望と怒りに飲み込まれ圧倒される。審問会までの数カ月間、連日苦悶にさらされる彼らは、結果にかかわらず、素っ気ない聞き取りに一様に肩を落とすという。

チューズデーの秘められた能力

トムにとって、チューズデーが単なる気晴らしでなかったのは言うまでもない。選びうる最も完ぺきなパートナーだった。たいていの犬は主人の気持ちを真似る。人がイライラすると犬もそうなるものだが、チューズデーは違っていた。バラストタンクが船を安定させるように、主人と反対の感情を見せることで関係を平静に保つ能力があった。トムが苛立つとチューズデーは落ち着きを見せた。審問会が近づき、気もそぞろになったトムの前ではより集中力を示した。自分がパートナーにとって不可欠な存在であることを知っていたのだ。トムの力になりたいという切望が、チューズデーをトレーニングに駆り立てた。自分ではなく友のために、何が何でも成功すると決心していた。

チューズデーはトムが出す命令に注意を注ぎ、リードに逆らわないようになった。もうプールは目に入らず、代わりにトムの隣を軽やかに駆けた。審問会の日が迫り、夜が長くなるにつれ、トムはベッドに飛び乗ってくるチューズデーをそのまま居させてやった。テレビ室でトムの膝に頭を載せてくるチューズデーは、かつての愛に飢えた犬ではなかった。トムにはチューズデーが態度で、親友なのだということを示しているのがわかった。

ついに審問会の日がやって来た。看守がドアをノックする。トムはチューズデーをいま一度抱きしめ、そして覚悟を決めて独房を出た。振り返ると、ドアの傍らに座るチューズデーの穏やかな目が一心に注がれていた。数時間後審問会が終わりトムが戻るまで、チューズデーはまったく同じ姿勢で待っていた。

　仮出所が認められたと聞いた時、トムは泣き崩れ、隣に控えるチューズデーを抱きしめた。すべてはチューズデーのおかげだった。多くの囚人たちと同様、三〇年以上にも及ぶ監獄暮らしにもかかわらず、トムは人間性を失ってはいなかった。刑務所制度に怒りをぶつけることも、自己嫌悪に陥ることもなかった。「自分が憎悪をまき散らす人間になっていたら、それは刑務所制度の勝ちってことになる。でも犬と一緒にいたおかげで、憎しみはきれいさっぱり消え失せた」とトムは言う。

　刑務所の外への扉をくぐると、妻が待っていた。彼女を迷いなく抱擁することができたのは、夫婦関係を大切にする努力もしてきたからだ。後日トムは真に自由の身となったが、これは今日の刑務所制度では稀有なことだ。

　現在、トムは妻とともにドッグ・トレーニング施設を経営している。問題を抱え、ほかで望みなしとされた犬の訓練が専門で、とくにピット・ブルがお気に入りだ。

　誰しも二度目のチャンスを与えられるべきだ。トムはこのことを誰よりもよく理解している。愛情と辛抱さえあれば、ほとんどの動物は訓練で矯正できる。考えてみれば彼自身、人生を好転させたひとりではないか。一〇年の長きにわたり、トムは介助犬や爆弾探知犬を訓練することで社会につぐないをしてきた。またそのおかげで、心を前向きにすることができたのだ。出所後の成功には自信があった。成功七回失敗ゼロの完ぺきな記録があったし、何より、中庭に群がる犬の中で最も惨めだったチューズデーを立ち直らせたのだから。

　チューズデーはどうしたって？

　彼はルーのもとに戻った。そう。チューズデーはまたひとりぼっちになったのだ。

3 迷子のふたり

愛が失われることはない
報われなかった愛ですら、流れ戻って
心を和ませ、清めてくれる
ワシントン・アーヴィング

「犬とだったら、行かせてやれる」

イースト・コースト・アシスタンス・ドッグズの建物は見た目のよさをてらったものではない。青いトタン屋根の平屋で装飾は皆無。むしろその徹底した質素さが逆に目を引く。内部も実用一点張り。トレーニング場の床は打ちっぱなしのコンクリートで、教会の食堂でよく見かけるような長い折りたたみテーブルが二つ。床には黄色いペンキで通路が描かれ部屋を一周している。ほかには緑色の木箱が五、六個あるのみ。なんともガランとした印象だ。ブロック製の素っ気ない壁は薄灰色に塗られ、ここにチェックリストや統計表が貼ってある。部屋の右手にオフィスが三つ。いちばん奥の金属製ドアの向こうは、二週間の訓練期間中、クライアントらが使う居住区になっている。左側の窓の外には塀に囲まれた屋外ドッグランが三つ見える。うち二カ所にはありきたりの二歳児用プラスチック滑り台が置いてある。ここの質実剛健さは、言い換えれば、寄付金で運営される以上は時間も金もいっさい無駄にしないという証しだ。金持ちやスポンサー相手のビジネスではない。

犬の暮らしも控えめだ。訓練や運動のない時間は、大部屋の奥にある犬小屋が彼らの部屋だ。どこのペットショップでも売っている大型のケージだ。床に描かれた黄色い線のほかは、訓練用の緑色の木箱だけ。この箱は犬に昇り降りを教えるのに使う。小休止する時、犬たちはこの箱の上に座って、隣に立つトレーナーの言葉にじっと耳を傾ける。あとの訓練はすべて、どこの家にもある日用品を使って行なわれる。ドアノブ、電気スイッチ、ブラインド、それに椅子など、介助犬がこの先の仕事で出会う品々だ。

スタッフはみな優秀だ。ルーを筆頭に、職員はこの仕事を天職だと信じている。富裕層のために仔犬のしつけ教室をやっていた時は犬が主役だったが、今は違う。この訓練所はクライアントのためにある。ルーの口癖は障害者の人生を少しでも改善すること。本当にこれがすべてなのだ。

ある七歳の男の子は、脳腫瘍切除手術後、学校の階段で足を踏み外すようになった。「息子もほかの子どもたちのように遊ばせてやりたい」そう話す母親を前にすると、ルーたちの使命に異論を挟む余地はない。

車椅子の若者は右手しか動かすことができない。一二歳の時に自分でルーの訓練所を探し当てたのだが、母親が動物介在療法に乗り気でなかった。母の手助けもなく、犬の世話を自分ひとりでしなければならない責任にめげ、この時は結局わずか三カ月で介助犬を返却せざるを得なかった。その彼が、七年後、もう一度チャンスが欲しいと申し出てきたのだ。大学生活を近く終えようとしていたこの青年は、ひとり暮らしに入る前にどうしても犬が必要だったのだ。

また一二歳の時ひき逃げに遭った男の子は、脳損傷で言葉を失い、事故後四年間は歩くこともできなかった。「息子は本が好きで、自分で図書館まで歩いて行きたがるんです。もう一八歳ですし、ほんの数ブロックのところですから。でも、事故現場を通って行かなければならないので、どうしても、行かせてやれません。息子はいつもひどく腹を立ててるんですが、でも、私にはできなかった。それが、この犬のおかげで、息子はひとりで動く自由を取り戻せそう。犬とだったら、行かせてやれると思う」六年間苦しみぬいた母親の声には希望が感じられた。

チューズデーの秘めた能力

ルー・ピカードとスタッフの献身は、このような人々を支えている。生後たった三日目から緻密な訓練を始め、細心の注意を払って犬たちを育て上げるのは、ひとえにこの目的のためだ。訓練所の運営費を極力抑え、膨大な仕事に不平も言わず、落胆や失望に挫けることがないのもこの使命感があればこそだ。そうかと言って、自分を犠牲にしているのではない。それは、僕の陸軍人生が自己犠牲ではなかったのと同じだ。ルーたちも僕も、信じることのために働くのが生き甲斐なのだ。何かを達成する喜びは、金銭的成功とは比べ物にならない。他人の人生を豊かにすることに比べたら、新品の高級車にどんな価値があるのか?

当時のチューズデーは確かに問題を抱えていた。それは主人への絶対服従という点だった。ここで訓練された犬は、あらゆる面で完ぺきでなければ障害者を助ける使命が果たせない。前述の車椅子の青年に、命令を無視する犬は与えられない。脳損傷のためおぼつかない足取りの子どもを、通りに引きずり出してしまうような介助犬ではダメなのだ。

チューズデーは本来性格の悪い犬ではない。だが注意散漫で、最も基本的な命令、右に付け(サイド)と左に付け(ヒール)に従わないことがあった。成熟度不足というのがルーの見立てだったが、僕はトムから引き離されたことで再び心に深い傷を負っていたのだと思う。チューズデーはそれほど繊細な犬なのだ。

ルーのところで訓練された犬はみな人恋しさ

というものを知らない。特定の人間と強い絆を持たないように訓練されているからだ。ポルトガル語を知らない者は、この言語を聞いても郷愁は感じないし、北極の黄昏《たそがれ》を見たことがなければ、その光景を懐かしく思わないのと同じ理屈だ。

だが直感が鋭く感情豊かな犬が、一度ならず二度までも、一心に築いてきた絆を奪われる羽目になったらどうか？　チューズデーの傷心は想像にあまりある。

ルーは欠点と同時に、チューズデーの秘めた才能も見抜いていた。心が温かくハンサムで性格も穏やか。頭もよいし思いやりがある。そして何より、人を愛さずにいられない犬だ。トレーナー歴一五年の直感で、ルーはチューズデーの心に触れる最適の訓練パートナーの目星をつけた。ブレンダンだった。

チルドレンズ・ビレッジ

介助犬を訓練するという作業はトレーナーにも有益であることが知られている。グリーン・チムニーズはこの分野の草分けで、情緒面で問題を持つ子の療法として介助犬訓練を一九四〇年代に始めた。ルーも同様のセラピーを一三年間続けている。ニューヨーク市から北に一時間ほど行ったドブスフェリーにある全寮制学校、チルドレンズ・ビレッジ。ここに寄宿する十代の子どもたちが介助犬訓練をボランティアとして行なっている。最初のうちは引っ込み思案だったり敵意を持ったり拒否したりする者も少なくない。それもそのはず、彼らはニューヨーク州の児童養護施設の中でも、最も深刻な問題を抱えた子どもたちなのだ。ちょうどチューズデーのように、多くは複数の介護人の間を渡り歩いてきた。生き残るためには、心を固く閉ざすしかないと体験的に知っており、それは犬に対しても同じだった。

ブレンダンの身の上はその典型だろう。彼はブルックリンの貧困地区に生まれ、いくつかの里親と実の母の間を行ったり来たりして育ち、一カ所に数カ月以上とどまることはなかった。もともと目立たない方だったが、しだいに完全な引きこもり状態に陥った。里親の言うことを聞こうとせず、友だちを作ろうともしなくなった。腕力に訴えるタイプではなく、ただでさえイジメに遭いやすいタイプ。転校先の荒れた学校では体格が大きいぶん嫌でも目立ち、新顔のくせにと因縁をつけられては袋叩きにされた。そんなブレンダンのたったひとつの願いは母親のもとに戻ること。だが、幼い兄弟たちがいる実家に帰っても長くはとどまらなかった。

やがて昼夜を問わず街に繰り出し、遊びたい放題の生活にのめり込んだ。放蕩の果てに待ち受けるツケもいっさい気にかけなかった。どんな刑罰も自暴自棄になった者には効き目がないのだ。

ブレンダンは荒れに荒れた。心を深く傷つけられた子どもが幼さゆえに、やり場のない怒りを持てあましていたというべきだろう。母親の愛を求めたが、母のもとには居場所がなかった。だからブレンダンは学校に行けばもめごとを起こし、喧嘩に明け暮れ、あとはただ壁を凝視した。停学処分を命じられても、無関心に肩をすくめるだけだった。

そんな折、児童福祉相談員がチルドレンズ・ビレッジ行きを推薦し州も承認した。身寄りのない子にとって理想的な環境とはいえ、寮生活に慣れるのは容易ではなかった。これまでの生活以上にここでの毎日を忌み嫌い、同じ宿舎の生徒たちとも口をきこうとしない。クラスにやって来ても心ここにあらずで、食事も仕方なさそうに食べた。ブレンダンはニューヨークの喧騒に戻りたがっていた。母親が再び迎え入れてはくれまいか。そんな叶わぬ望みも捨てきれなかった。だが何より、愛犬のベアに恋い焦がれていたのだ。里親のもとで暮らしていた時も、実家に戻ればいつも必ず待っていてくれた大型犬だ。人生で頼れるのは、決して心変わりしない犬だけだった。

ブレンダンもチルドレンズ・ビレッジで犬の訓練が選択科目になっていることは知っていたし、これらの犬が電気を点けたりドアを開けたりできる特別なゴールデンレトリバーだという噂も聞き知っていた。興味をかき立てられたが、人前でそんなそぶりはまったく見せない。極度の引きこもりのため、簡単に心を開くことはできなかったのだ。それにたぶん、犬の話だってでまかせにちがいない。世の中はこれまで何もかもが嘘だった。所詮、大人が子どもを騙す新手の詐欺にすぎない。そう、自分に言い聞かせた。しかしある日クラスで犬たちのデモンストレーションを見た。もはや、はやる心を抑えることができなかった。目の前で、犬が鼻先を使って電気を点け、ドアを開けた。これは嘘やまやかしでない。チルドレンズ・ビレッジの生徒がトレーナーで、犬たちはそのすぐ横に付き従った。犬を従える仲間の姿は、すでに自分とはかけ離れた存在に見えた。

これだ。自分もこれをやらなくてはダメだ。そう決心していた。

似た者どうし

しかし、プログラムは彼の思い通りには進まなかった。犬たちとは気が合ったが、厳しい手順になじめなかったのだ。訓練中は不機嫌に黙り込み、いったん先生がいなくなると、ほかの子どもたちを小馬鹿にしていじめた。そう、ブレンダンはここに集まる典型的な生徒。根は優しいのに、当惑したりバツの悪い思いをしたりすると周りに当たり散らす。ある意味、チューズデーに似た存在だ。愛に飢えつつ、生きる目的を探し求めたブレンダンは、母親に見捨てられたと思い込んでいた。だから、この一六歳は八歳児のように振る舞う。それを見抜いたルーは、荒れた時でもブレンダンの背中に両腕をまわし抱きしめてやった。感受性が鋭すぎて心に傷を負った子は、抱きしめてやらなければならないのだ。

ある日、ルーはブレンダンをほかの生徒たちから引き離して言った。

「ブレンダン、やってもらいたい特別な仕事があるんだけど、いいわね?」

「何?」

「チューズデーよ。ヒール（左に付け）の命令に従わないので困っているの。手伝ってくれるかしら?」

ブレンダンもそのことには気づいていた。チューズデーは誰からも好かれたが、訓練ではほかの犬に後れをとっていた。ただそれも程度問題で、普通の犬に比べたら、チューズデーは行儀がとくに悪いわけではない。たいていの人にとっては、十分にしつけが行き届いた犬だろう。だが時折、分別を失って犬たちと大はしゃぎをしたり、トレーナーの命令に逆らって玩具をくわえて離さなかったり、箱に乗れの命令にも動かず、その場でニヤニヤしていたりすることがあるのだ。靴下を一足取って来いと言われたのに二足くわえ、そのうえ部屋じゅうを走りまわって見せびらかす仕草は、ルーによれば未成熟にほかならない。体は体重三六キロにも成長したのに心は仔犬のままなのだ。ブレンダンもこうしたチューズデーの素行を目撃していた。だからルーの頼みが自分への新手の罠ではなく、この犬が本当に助けを必要としているのだと悟った。振り返るとチューズデーが見つめている。盛り上がった眉毛の下の目がブレンダンの瞳の奥底まで注がれていた。

「チューズデー、お前もちょっと心が傷ついているんだな。わかるよ。僕もそうだから」少年はこの時、チューズデーとの絆をはっきり感じとった。

ベスト・フレンド

犬を訓練するということと、その犬を自分のものと感じるのは別物だ。毎日少しずつ成長していく様子を目の当たりにし「チューズデーが電気を点けられるようになった。僕が教えたんだ」と言える。これは犬に責任を持ち、また自分に誇りを持つことでもある。ひとつの目標に心身を注いだ結果には目を見張るものがある。

チューズデーが先を歩いてしまったり、リードを引っ張ったりしてもブレンダンは苛立たなかった。集中力テストで、目の前に投げられた餌を食べようと立ち止まってしまった時にも声を荒げなかった。課題を与える時、ルーは「この犬に電気の点け方を教えてちょうだい。三百回でやるのよ」とは言わない。「この犬が電気を点けられるようになるまでに、さあ、どのぐらいかかるかしら」と持っていく。それでも子どもたちは、たいてい五百回目ぐらいで痺れを切らす。犬がなぜ言われたようにやらないのかが理解できず、自分への当てこすりだとムキになるからだ。だがブレンダンは違っていた。チューズデーが、山積みの品々から指定された物を取ってくる訓練に手こずった時も、あいつは心がちょっと傷ついているだけで悪気はない。そのうちうまくやるさ。ブレンダンはそう考えるようになっていた。そして、自分に対しても同じように感じ始めていた。

チューズデーはいつだって目をかけてくれる人には誠実に応える。人と犬の気持ちはリードを介して互いに通じるものだから、チューズデーはブレンダンが自分を信頼してくれているのを知っていた。同時に、ブレンダンが自信を持てないでいることや、次は何としても成功したいと願っていることも感じていた。

実は僕もブレンダンに会ったことがあるが、何とか助けてあげたいという気持ちにさせられた。決して悪い子ではないが、途方もなく傷つきやすい印象だった。こんな子どもが何か頼んできたら、見捨てられる人はまずいない。チューズデーもブレンダンの持つ繊細さに気づいていた。

ブレンダンがチューズデーを受け入れ、チューズデーの成功は自分の成功でもあると感じるようになればなるほど、チューズデーもブレンダンに喜んでもらおうと必死になった。最高の連鎖反応が起きていたのだ。ほどなく、ブレンダンはトレーナーとして抜きん出る存在になった。しかもそれをこれまでのように自慢しようとは思わなくなっていた。その代わり、成功の喜びを犬たちに対するより深い愛情で表現した。

訓練後、彼は居残って犬小屋を掃除し、犬たちの毛をブラシで梳《す》いてやるようになった。週末にもキャンパスに足を運んだ。朝早く起きて犬たちに餌をやる係も引き受けた。すべての犬を世話したが、お目当てはやっぱりチューズデーだ。犬と一緒に映画を観ることができるベスト・フレンド・ナイトになると、ブレンダンとチューズデーはいつもお互いを見つけ出した。

一日の訓練が終わったあとの一〇分間、子どもたちは訓練した犬と一緒に座る時間を与えられた。犬に特定のトレーナーを与えないのがこれまで通りルーの基本方針だったから、ブレンダンとチューズデーはいつも一緒だったわけではないが、誰がその日のトレーナーだったとしても、チューズデーは必ずブレンダンのところにやってきて、膝の上に頭を載せた。

「いい子だ。お前は本当にいい子だね」ブレンダンが微笑みながらささやく。チューズデーはたいていそのまま眠りに落ちた。

二人の相性のよさは尋常でなかった。かつての問題児たちは地域社会への奉仕活動の一環として、病院や老人ホームを定期的に慰問するようになった。ブレンダンは実演トレーナーとして公開イベントに出る一方、オンラインのＰＲビデオにも何回となく登場している。

ブレンダンとの別れ

仔犬たちが生まれると、ブレンダンをはじめ数人の子どもたちが、名付け親になる名誉を与えられた。秋だったので季節にふさわしい名前、たとえば「ハーベスト」（訳注：収穫）という選択もあったが、一七歳の大きな子どもブレンダンは「マックンチーズ」（訳注：アメリカで子どもに人気のあるマカロニ＆チーズという料理）を選んだ。

ブレンダンとチューズデーの別れは辛いものだったが、ルーが心配したほどではなかった。ブレンダンもチューズデーも、一緒に過ごせる時が終わりに近づいているのを察し、気持ちを抑えていたのだ。チューズデーはブレンダンを敬い心から好いていたが、盲目の執着ではなかったと思う。刑務所での最初のパートナーや、トムの場合とも違っていた。これまでの別れの悲しみを通じて、チューズデーの心は強靭になっていたのだ。

ブレンダンもチューズデーに深い愛着を感じていたが、訓練のはじめから、誰かほかの人のために訓練していることを自覚していた。生まれてはじめて信頼され、チャンスをもらい、その訓練を見事やり遂げたということのほうが、チューズデーを自分のもとに置いておくことより意味があった。「他人を助けることで心を前向きにし、人生のよい面に集中できた」というトムの言葉どおりだった。僕が二人の人生に登場する頃には、ブレンダンもチューズデーも先に進む心の準備が整っていた。

だからといって、お互いを忘れてしまったというわけではない。チューズデーと僕がパートナーになってから数カ月後、募金集めの活動でイースト・コースト・アシスタンス・ドッグズに戻った時のことだ。チューズデーがいつになく興奮していたので、つい、ルーの忠告を無視してリードを放してやった。一目散に子どもたちの一団に駆け寄った彼は、いちばん上背のある子に飛びつきペロリと顔を舐めた。男の子も笑顔になって抱きしめ撫でてやったが、すぐチューズデーを押し戻し、僕のところへ戻るよう言った。

「今の見た？　あんなチューズデーは今まで知らなかった」隣に立っていたトレーナーに言ってみた。

「ほんと、ブレンダンのところに飛んでいったわ」

「ブレンダン？」

彼女は笑顔でこう答えた。

「あなたのパートナーを、元どおりにしてくれたのがブレンダンよ」

このあと、ルーがチューズデーの波乱の身の上をすべて話してくれた。これほど深く心を傷つけられてきたにもかかわらず、チューズデーはいったいどうやってこれほど完ぺきな介助犬になったのだろう？

「完ぺきですって？」ルーの笑い声が答えた。「チューズデーがパーフェクトなもんですか。あなたにとって完ぺきなパートナーってこと。それだけよ」

4 国境の街アルワリード

戦友よ、僕は君が殺した敵兵だ
その眉をひそめる様子から暗闇の中でも君だとわかる
昨日、君は僕を刺殺した
かわそうとしたのだが……
いま僕の手は冷たく生気がない
友よ、そろそろ寝ようか――
『奇妙な出逢い』ウィルフレッド・オーエン中尉

戦争前の自分には戻れない

この物語を語るうえで、いちばん辛いところにやって来た。思い出そうとすると記憶が沸騰して泡立ち、冷や汗が滲み出す。眠れない日が何日も続く。数年前にもこんなことがあった。全米公共ラジオの番組で戦闘体験についてインタビューを受けた時だ。次々と繰り出される細かな質問には疲れたが、それを除けばいくらか気分が悪くなったことしか覚えていなかった。ところが後日、放送を聴いてみて驚いた。ラジオの中の僕は何度となく言葉につまった末、インタビューの途中でトイレに駆け込み嘔吐していた。忘れようにも忘れられない体験を語っているはずなのに、言いよどみ、しばしば沈黙する。自分はどこにいたのだったたっけ？　どんな気持ちでいたのだったか？　なぜ、それを思い出すことができないのか？

辛さをおして記憶をたぐるのには理由がある。回復の助けになるからだ。砲弾の破片をその場で抜き取って包帯を巻くような、苦痛をともなう荒療治だが、これもひとつのセラピー。自分の体験を語ることが、ほかの復員兵や家族にとっても一助になるなら、それは重要な役目になるだろう。

心的外傷後ストレス症候群（ＰＴＳＤ）は、

治癒すれば元の自分に戻るという単純なものではない。戦争で心の底から震え上がる体験をすると、筋肉や骨、思考や信条、さらには人間関係や夢までも、スノードームの中を舞う雪のように舞い上がって思い通りにならなくなる。必死でリハビリに打ち込めば、攪拌された我が身の破片もいつかは降りてくる。自分の体験から言っても回復は可能だ。しかし、飛散した断片がまったく同じ場所に収まることはありえない。ひとたび戦闘を体験すると、前と同じ人間でいることはできない。良くなるとか悪くなるとかではなく、もっと単純に、違ってしまうのだ。いったんこの状態に陥ったら、戦争前の自分を探し求め、元の自分に戻りたいと願うのは百害あって一利なしだ。

この地でアメリカは理想を捨てた

イラク――。茫漠とした砂漠。灰燼《かいじん》に帰した街の一角。戦死した米軍兵士。焼け焦げたイラクの少年。刑務所の独房に無言で座るスンニ派の男たち。煉獄をさまよう魂のように虚ろに前を見つめ、地獄に落とされるのを待っているかのような男たちの列。イラク人の友マハーの笑顔を覚えている。死ぬ数カ月前だった。彼が吸うリンゴの匂いのするパイプタバコの香りと街に漂う異臭が混ざり合い悪夢の中にいるかのようだった。ひとりの男が通りに現われた様子がいまだに忘れらない。なぜって、その見知らぬ男をもう少しで撃つところだったからだ。来る日も来る日も、途切れることなくこういう体験をしていると、いつしか心がすり切れてしまうものだ。

イラクとの国境沿いで、シリア兵が待ち伏せ攻撃を仕掛けてきたことがある。曳光弾が空気を切り裂いて飛んで行く音を想像できるだろうか。朝の四時。黒ずんだ地面が漆黒の空と出会う地平線がかすかに見えるだけで、前方数キロにわたって何もないなか、突然国境の土手の上に陣取ったシリア軍兵士が、機関銃と旧ソ連製装甲兵員輸送車の重火器で掃射してきた。憤怒《ふんぬ》にかられ、僕はその場に立ったまま暗視ゴーグルで連中を睨みつけた。「シリア陸軍が俺たちを撃ってくるなんて!」下車したシリア兵士らが再装弾する様子を見て叫んだ。

我々は応戦し、シリア軍を撃退した。タイソン・カーター上等兵が応射するM240機関銃の切れ目ない銃声と、五〇口径重機関銃のハンマーで叩きつけるような咆哮を聞き続ければ、戦闘というものが本能とアドレナリン・ラッシュ、そして自制心の世界だということがわかるだろう。戦場では、銃声が兵士の血肉を震わせるリズムなのだ。

幸いこの小競り合いで死傷者は出ず、夜のとばりが朝日とともに消え去る頃、我々は帰投した。僕はまだ興奮冷めやらずシリア軍の越境攻撃に激高していた。だが同時に、未知の高揚感にもひたっていた。銃撃戦とはこの世で最も激烈な体験のひとつ。シリア軍との交戦の重大さがわかったのはもっとあとで、火が消えて冷たい灰が残るように、躁状態が鬱に取って代わった頃だった。

イラクという場所が持つ二律背反はここにある。多くの将兵はこの地で得がたい体験をした。兵士の兵士たる役割を探し当て、誇るべき仕事を成し遂げ、そして決して忘れることのできない人々や風景に出会えたからだ。

同時にイラクは、我々が完膚なきまでに栄誉を失った場所でもある。この地でアメリカは理想を捨て去った。米陸軍は、出世主義の将軍や戦争ポルノにとりつかれたマスコミ、軍産複合体の拝金主義のために兵士の忠誠を裏切ったのだ。名誉と責任感が生き延びていたのは、最前線で命をかける兵士の間だけだったろう。なぜ僕がイラクで傷ついたのか? それは戦闘の恐怖でも物理的な傷でも死でもない。端的に言えば、兵士らに対する指揮官たちの裏切り。アメリカの理想に対する背信行為。イラク国民と同胞に対する誓約をないがしろにしたことだ。無能が犯罪になり、身勝手が道徳上の破綻になるのはいったいどのレベルからか？　どれほどの虚偽を重ねれば正真正銘の嘘になるのか？　正確な境界線がどこにあるにせよ、アメリカはイラクでその一線を越えてしまった。今日に至るも怒りが収まらない。優秀でまっとうな人々が命を失い、今もなお死に続けている。

イラク戦争以前

「お前、何だってそんな話を人様に聞かせたいの？」この本の出版を知った母は尋ねた。「自分は心の問題を抱えてますって、わざわざ世間に公表する必要があるの？　誰も雇ってくれなくなるわよ」

母の気持ちはよくわかる。僕だって母に心配をかけたいわけではない。もともとプライベートなことはあまり話さないタイプだったし、イラク後はより内向的になっていた。にもかかわらず、何もかも書き尽くしてしまいたい衝動にかられた。

「書かなきゃならないんだ！　これは戦傷からの癒しの話だから。すべて書いてしまうことで、自分に勝つことができるんだ」母にそう言いたかったが、出てきたのは「母さん、心配しないで。この本、チューズデーのことだけなんだ」という言葉だった。

もっとも、チューズデーを語るには、良くも悪くも、自分のことに触れる必要がある。この犬が僕の人生にどれほど大きな影響をもたらしたか、チューズデーがいかに重要な存在であるかをわかってもらうには、イラク以前の僕と、その後どこまで堕ちたかをきちんと書いておかなければならない。

僕がアルワリードに赴いたのは二〇〇三年。ちっぽけな前哨基地で、バグダッドから四八〇キロ離れ、いちばん近い米軍前進作戦基地からさらに九六キロ前方にあった。着任当初、僕は強靭そのものだった。ベンチプレスで一六〇キロ近くを上げ、腕立て伏せは軽く九五回。軍の障害物コースも難なくこなした。一六キロの持久走も朝飯前。強い意志を持ち、とにかく自信に満ちていた。任務が三度の飯より好きな陸軍指揮官、それが自分だった。

僕は軍人一家の出ではない。高名な経済学者の父と会社役員の母を持ち、何ひとつ不自由なく育った。両親はほかの兄弟姉妹と同じく僕にも大学進学を望んだが、当時はレーガン政権下。楽観主義や愛国心が人々の考え方の根本にあった。レーガンがソ連をして「悪の帝国」と呼んだのは有名だが、当時八歳だった僕はこの演説を真に受け、共産政権転覆の任務を果たす覚悟を固めたものだ。一九八三年、米国はグラナダに侵攻。キューバからの難民だった父や叔父たちの間では、次はキューバだと噂された。が、少なくとも父の考えでは、ゴリ押しの軍事侵攻は選択肢になりえなかった。父は経済や思想というものの力を信じており、ベトナム戦争にも真っ向から反対した。しかし僕は、世界を変えるためには犠牲と努力が必要で、行動がともなうべきだと確信していた。両親の希望に逆らい陸軍に入隊したのは一七歳の誕生日。高校三年生の夏、新兵訓練に臨んだ。その最中、サダム・フセインがクウェートを侵略。米国と多国籍軍は臨戦態勢を整えた。湾岸戦争行きを切望したが、一八歳になり高校を卒業する頃には、あの「百時間戦争」はすでに終結していた。

次の一〇年を歩兵として過ごしたのち、大学に入り、結婚し、心身を鍛え続けた。サダム・フセインは中東の力関係というトランプゲームで何をしでかすか予想がつかないワイルドカード。この独裁者に王手をかける仕事は未完だったから、米軍が再び砂漠に赴くことはわかっていた。しかし、いつどのようなかたちで戻るかは見当がつかなかった。

その答えは突然やって来た。当時、首都ワシントンのジョージタウン大学に併設の陸軍予備役士官訓練部隊（ROTC）で少尉任官を目指していた。あの日、国防総省の方角からもうもうたる煙が立ち昇るのを見て所属部隊に電話を入れた。「覚悟はできている。どうやったら戦争に行けるのか教えてくれ！」

それから二年、ついに戦いの時はやって来た。準備は万端。腕がなった。祖国アメリカと米陸軍に信をおき、指揮下の兵士を信頼していた。人生の目標は母国を守り、イラクの人々に自由を取り戻すこと。僕の任務はイラクとシリアの国境の街アルワリードにあった。

ポート・オブ・エントリー

シリア国境にポート・オブ・エントリー（通関手続地）は二つしかなかった。アルワリードはそのうちの大きい方で、汚職の巣窟《そうくつ》だった。数カ月にわたり、ここから外国人戦闘員や武器がスンニ派支配下にあるアルアンバー州に流れ込んでいた。このため二〇〇三年秋には、駐留米軍に対する暴動が起きる寸前だった。同年九月下旬、司令部はこれ以上の情勢悪化を防ぐ目的で僕の部隊をアルワリードに派遣した。第三機甲連隊第二大隊G中隊ホワイト小隊の任務は前哨基地の設営。通関手続地の治安を確保し、密輸品と敵戦闘員の流入を食い止めることだ。周辺のアンバー砂漠は五千平方キロ以上もある広大な地域。百キロ長の国境線をシリアと接していた。ここで任務を成功させるためには数百名の兵員が必要だ。しかし、拡大しすぎた作戦地域を担当する第三機甲連隊にそんな余裕はない。小隊長の自分に与えられたのは、ハンビー三両と一五名の下士官・兵のみだった。

我々はともかく基礎固めから始めた。まず国境施設内の建物をひとつ分捕り、周囲に防御線を敷いたうえで電気などの基幹設備を整え、ここを作戦基地とした。部下たちは優秀だった。ブライアン・ポッター二等軍曹、カール・ビショップ三等軍曹、タイソン・カーター上等兵、そして疲れ知らずの二〇歳、デレック・マーチン上等兵はラバ顔負けの働き者。だが資材不足は深刻で、鉄条網はイラク陸軍の前哨基地から失敬してしのいだほどだ。自爆テロの接近を難しくするため土嚢に土や砂利を詰めて積み上げたが、これには数週間を要した。

防御線補強以外の時間は、ぼろ家が立ち並ぶ村々や、周囲に延々と広がる砂漠のパトロールに出かけた。たいていの場合、九名がハンビー三両に分乗した。ここの風景はアメリカの西部開拓時代を彷彿とさせる。サダム・フセイン政権下では、国境から四〇キロ以内に近づいたり居住したりする者は見つけ次第銃撃せよとの命令が出されていた。これではまともな人間は住み着かない。政権末期、通関手続地近隣の住人は九割が男性、その六割が密売業者と犯罪人で、もちろんひとり残らず武装していた。このような任務の舞台を与えられ、スリルを感じなかったといえば嘘になる。今でも思い出すが、砂漠を軽トラックで逃走する密売業者を追跡する際、機関銃手のエリック・パーシー特技兵が銃座から身を乗り出し「イーハー！　モンタバン突撃隊のお出ましだ！」とカウボーイよろしく叫んだものだ。遊牧民の野営地では、干し草の中に隠された新品のAK47突撃銃などの武器類を何度も押収した。しかし、こういうパトロールは派手で過酷な割には効率が上がらない。村人の大半は密売に手を染める犯罪組織のメンバーだったから、武器や価値のある品々を自宅に隠すようなドジは踏まなかったのだ。

任務の成否は通関手続地を抑えられるかどうかにかかっていた。ここは税関と旅券発行所、それに民兵組織の基地を兼ねた施設。イラク国境近くの主要道路にまたがって建設されていた。建前上は親米の新イラク政府管理下に置かれていたが、実情はラマディ市のスンニ派部族長らが動かしていた。この部族長たちが急成長する反政府組織を支援しているのはほぼ間違いない。頭目はラマディ出身の役人で通称「ミスター・ワリード」。警察官や通関手続地で働く職員の大半がこの男の息がかかった部族員だ。彼らは金銭欲で動くマフィアにすぎなかったが、イラクの政情不安を助長しているのは事実だった。

硬軟まじえた作戦

現地米軍指揮官である僕の任務は、ここの勢力バランスを変えることだ。汚職役人を左遷・拘束する一方、実直な職員を引き立てる。また遊牧民を味方につけて地域の密輸活動を麻痺させるのだ。この目的達成のために、武力で協力を強いるハードパワーと、現地の文化や価値観に理解を示し協力を促すソフトパワーを組み合わせた。前者の例にはこんなものがある。イラク人税関職員と警察がすでに検査したトラックを僕の部下が停止させる。もし禁制品が見つかれば、その職員らに責任をとらせる。合同パトロールでは発見された密輸品を没収し、当地の顔役アブ・メテブも逮捕した。この男は米軍の間でアルアンバーのトニー・ソプラノ（訳注：TVドラマの主人公。イタリア系アメリカ人でマフィアのような存在）として知られていた。米軍の官給品であるコンテナ式居住ユニットが数百個、彼の隠れ家敷地内で発見され、さすがに観念したらしい。武装民兵をかかえていたがおとなしく出頭した。この簡易住宅はメソポタミア地方の猛暑にあえぐ米兵のために送られてきたものだったが、アブ・メテブは米国政府が通行料を払うまでアルワリードに足止めしていたのだ。

　アルワリードで横行する腐敗の最たる例がベンゼンの流通だ。ベンゼンはイラクで使われるガソリンで、アルワリードの政府系ガソリンスタンドを通じて市民に無償提供される建前だった。が、この給油所は開いていたためしがない。それもそのはず、ドラム缶に移し替えられたベンゼンは、通りを渡った闇市場で売られていたのだ。

　アルワリードにはびこる汚職の象徴「ベンゼン取引」。これを大目に見ることはできなかった。売人は誰であろうと逮捕し、ベンゼンは没収。燃料容器はナイフで使用不可にせよとの命令を出した。違反者には見張りをつけて門の外に立たせ、連日アルワリードを通過する何千台もの車両に無料で給油する様子を見せつけてやった。没収ベンゼンは膨大な量にのぼり、巨大な貯蔵タンクを調達しなければならなかった。これは犯罪者と一般大衆の目に、米軍が合法で実行可能な経済活動を主導している証拠だと映った。

　ソフトパワーは地域社会への働きかけだった。ところがホワイト小隊には通訳がいない。アルワリードという戦略要地に派遣された部隊が、語学兵を連れて来なかったのは致命的な失策だった。この地で信頼関係を築くには、お茶を飲みながらの会話が不可欠だったからだ。幸い、到着後まもなく税関検査官のアリが通訳を申し出てくれた。彼の通訳がなかったら、ソフトパワー作戦の成功はおぼつかなかっただろう。僕の右腕兼銃手のパーシー特技兵とともに、アリは毎晩の会合に出席し、訪れる名士や部族長との話を通訳してくれた。古式に則った、しかしくつろいだ会合は名誉ある伝統で、地元要人らの支援をとりつけるために欠かせない。会合は深夜を過ぎてもなお続き、途方もない量のお茶とタバコの煙を我慢しなければならないのには閉口したが、部族長らを通じて、ならず者たちとの妥協点を見いだし、こちら側に引き入れるチャンスだった。会議を終えて外に出ると、地平線に日の出が迫っていることもしばしばだった。アルワリードのモスクは周囲六〇キロにそびえる唯一のまともな建物で、ここから朝の礼拝の祈りが響き渡る。疲労困憊したが、過去八回のパトロールよりも、八時間の話し合いの方がより多くの成果を挙げたように感じた。

当初、僕はならず者の頭目ミスター・ワリードと会合を持った。この男は賄賂の権化だったが社交好きで人当たりがよかった。しかし、米軍の目的が腐敗した現行制度に応急処置を施すことではなく、根絶やしにすることだとわかるや、我々との話し合いに興味を見せなくなった。そこでほかの有力イラク人を探すことになった。その中にはエマッド中佐もいた。新任の国境警察大隊指揮官でサダム・フセイン政権下では陸軍少佐。名誉を重んじる男だった。ラマディの部族長らは中佐が米軍に協力するのを快く思わなかった。ことに汚職に大鉈を振るい始めると、エマッド中佐の首をすげ替えようと新指揮官の候補を次から次へと送り込んできた。

当初はこちらも大人しくしていたが、それが一カ月も続くとさすがに我慢ならなくなった。新顔が信任状を手に、したり顔でやって来ると、僕はこう言ってやった。「今すぐ出て行かないと逮捕する。エマッド中佐の権威を損なうまねは許さない。イラクとイラクの人々のために中佐が遂行中の仕事を台無しにはさせない！」

軌道に乗り始めた密輸撲滅作戦

だが、我々の最高の助っ人はマハー・ティエブ・ハマッドだった。地元イラク警察の新米警察官。ハリウッド映画からそこそこの英語を身につけていてた。「ラスベガスに行って人生を満喫する」がお得意のジョーク。ラマディ出身者ではなく、したがってマフィア一派の息がかかっていない。ほかの多くのイラク人同様、サダム・フセインの失墜が二〇年にわたる腐敗を断ち切るチャンスだと考えていた。この汚職構造こそが、フセインの残虐行為以上に、一千年の歴史を持つイラク社会の骨組みを蝕んでいたのだ。マハーが我々を信頼するようになると、僕の部下をパイプタバコに誘い、戦術を話し合った。腐敗役人の習性を説明することもあれば「あいつは大丈夫。信用できる男だ」とアドバイスしてくれることもあった。まだサダム・フセインが捕らえられる以前のことで、米軍に協力するイラク人が次々殺害されていた。そうした中で、おおっぴらにアメリカ側につくには相当の勇気が必要だった。実際、ガイドとしてはじめて砂漠パトロールに出た時、マハーはシュマーグと呼ばれるアラブの伝統的スカーフをまとって顔を隠した。このとき外国人戦闘員や密輸業者が武器を隠す暗渠《あんきょ》に案内してくれたが、基地から二キロも離れていないところで、ロケットランチャー二四基、AK47突撃銃四挺、機関銃三挺、それに弾薬一八〇〇発が発見された。我々の粗末な前哨基地を破壊し、小隊に甚大な損害を与えるのに十分な量だった。

マハーの存在には大いに助けられたし、ガールフレンド五人を手玉にとるプレイボーイ、ウィリー・T・フローレス軍曹の武勇伝や、危険任務手当で下半身の手術をしたという部下の与太話にはいつも笑わせられた。にもかかわらず、この派遣任務は臼で轢きつぶされるような苦痛だった。日中の気温は四三度にも達し、砂嵐は皮膚を食い破ってくる激しさ。絶え間なく耳にする銃声にも神経をすり減らす。九月三日に発生し、国際紛争寸前まで行ったシリア陸軍の攻撃よりも、連日の銃声のほうがこたえた。戦場で精神を参らせるのは死の恐怖ではない。事実、一度として死ぬことが怖いと思ったことはない。いつなんどき銃を向けてくるかわからない数千人に囲まれた状況下、少人数の部隊が生き延びるには四六時中まわりに目を光らせているしかない。これが過度の警戒心となり心身を蝕むのだ。やがて僕はストレスを自覚しなくなった。銃声や迫撃砲の爆発にもビクつかず、笑って過ごせるようになったら、それは、心がこれまでとは違うものになってしまった証しだ。

米軍指揮官の中には汚職を見逃す者もいた。腐敗役人から豪勢な食事の招待を受けこれに応じるのは、それは何カ月も冷えた戦闘糧食しか食べていない米兵には途方もない誘惑だが、それは汚職を容認するも同じだった。僕と部下はこの種の誘いを拒絶し、どんな禁輸品も違法行為も許さなかった。我々が相手の卑劣な手に乗らず、危険や困難にもかかわらず一歩も引かないことがわかると、イラク人たちは勇気を鼓舞され協力するようになった。一般の人々が米軍を信じ始めるとともに、密輸撲滅作戦も軌道に乗り始めた。隠れ家に関する情報もあれば、外国人戦闘員が密入国するルートに用いる涸れ川や峡谷の位置を遊牧民から教えられた。こういう地形は米軍地図には明確に記述されていないものばかりだった。敵の夜間行動パターンや武器の隠し場所についてもわかってきた。イラク治安部隊が密輸物資を大量に没収するようになると、我々はそれを流用し、時代遅れだった治安部隊の装備やシステムを改善した。おかげで没収がさらに進むという好循環につながった。

これらの任務はどれもこれも超人的努力を必要とした。自分の小隊ではひとり残らず、週七日、劣悪な条件下で働き続けた。停電はいつものことだし水道水などない。何日間もシャワーなしが当たり前。そのうえ敵兵や武装した密売人、そして簡易爆弾の脅威にさらされていた。
この頃、僕は仲間内からターミネーターとあだ名されていた。それはアーノルド・シュワルツネッガーに似ているからとかではなく、一日一八時間勤務をこなし、作戦基地に戻っている時でさえ、決して仕事の手を休めようとしなかったからだ。

突然の襲撃

前哨基地での話だが、我々が陣取った敷地のど真ん中を幹線道路が貫いている。アルワリードが軍事施設というよりは通関地だったからだが、これでは誰でも車やトラックで容易に近づくことができる。自衛のため、屋上には銃座を備え、基地を囲む防御線には鉄条網を張りめぐらせた。あとは小隊のメンバーがお互いを頼り合って守るしかない。だから寝床でも警戒は怠らなかった。圧倒的な敵に囲まれ、いつ制圧されてもおかしくない状況だったのだ。

努力は実り、アンバー砂漠での任務は成功した。二〇〇三年一二月までには、米軍上層部もアルワリードの状況が安定しつつあることを聞き知っていた。当地のイラク国境警備隊と米軍パートナーは、ほかのどの通関手続地よりも多くの禁制品、武器を没収し、外国人戦闘員と密売人を逮捕していた。僕はこのことを誇りに思っている。

この事実はイラク軍指揮系統を通じ、ラマディからバグダッドまで伝わっていた。部族長らは味方のはずだが、我々の成功を快く思わなかった。アルワリードでの規制強化は、悪戦苦闘するスンニ派の権力基盤にとって収入源を締めつけることだったのだ。一二月初旬、レッド小隊が加わり、米軍兵力は約五〇名に増えた。部族長らはいい顔をしなかった。ほどなく僕はミスター・ワリードに会い、米軍が訓練したイラク国境警察官二五〇名を補充要員としてアルワリードに送ると伝えた。ミスター・ワリードはそれとわかるほど動揺した。マハー自ら厳選した正規イラク警察の面々プラス米軍の二個小隊に、二五〇名の国境警察が新たに加われば、マフィア組織は根絶やしにされてしまうからだ。

一二月中旬、ミスター・ワリードは急遽ラマディに呼び戻された。それから一週間ほどたった二〇〇三年一二月二一日午後九時半。僕はデビッド・ペイジ特技兵を従えイラク国境警察の本部に向かった。例のタバコとお茶の会合に出るためだ。冬の訪れにともない、砂漠の空気はすでに冷たかった。通関施設内を国境に向かう主要道路が伸びる。ここを二〇〇メートルほど歩く間、吐く息が白く見えた。金網フェンスの外側には、漆黒の荒野が延々とひろがり、ものの音ひとつしない。フェンスのこちら側には、黄色がかった電気が灯る運輸省の建物がぼうっと浮かび上がっている。正面に三〇両あまりのトレーラーが停まったままだ。一〇〇メートル以上手前からでも、闇に明滅するタバコの火が見えた。通関手続きを終えられず、役所の敷地内に足止めを食った運転手たちだ。トレーラーに近づく。ペイジが拳銃のスライドを引く音が聞こえた。イラクの民間人と接する際、我々は無意識にこうするようになっていた。いくらかでも安心感を高める効果があった。その場には平凡極まりない静けさと、今にも何かが起こりそうな不吉さが同居していた。これがイラク。一寸先は闇だ。

「ペイジ、左に行け」そう命じ、自分はトレーラーの右前にたむろする男たちに向きを変えた。毎晩の仕事だ。この連中を、朝の祈りがすんで役所が開くまで防御線内にとどめるのは危険すぎる。だから、砂漠に押し返すのだ。最初の一団に話しかける。たどたどしいアラビア語に、運転手らは頷いてタバコを弾き飛ばすと、嫌々ながらトレーラーによじ登った。

さらに進む。今度のドライバーは首を振り、まずアラビア語で「困るな」次いで片言英語で「ノー・グッド」と言ってきた。男は視線をトレーラーの連結器に向ける。これも毎晩の駆け引きだ。人殺しや拉致が頻発する砂漠のハイウェイで夜を明かしたい者などいない。フェンスに守られた敷地内の方がよいに決まっている。

だが、僕は首を振り「ダメだ」と伝えた。

「ここに来い」男がタバコを弾き飛ばしアラビア語で言う。二両のトレーラーが投じる影の中に入り、自分の運転席の後部を示した。いま思えば、もっと用心するべきだったが、男のあとに続いた。指さされた箇所を見ようと腰をかがめた途端、背後から突き飛ばされ、トレーラーの連結器とワイヤーにおもいきり叩きつけられた。

反射的に振り返り、右手を上げ第二撃をかわそうとした。この時、視界の端に二人目が長いナイフを手に突進してくるのが目に入った。トレーラーの間の狭い空間で、繰り出されるパンチや肘鉄を腹に食らった。そこへナイフを振りかざした二人目が渾身の力を込めて飛びかかってきた。勢いあまってお互いの顔がぶつかりかけた。瞬間、男の口臭を、嗅ぐというより味わった。相手がナイフをこっちの首に突き立てようともがく。その目に浮かんだ憎悪を五感で感じた。一瞬体をひねる。ナイフは左肩を覆う防弾ベストの上端に当たって弾かれ、ユニフォームとその下の上腕三頭筋を切り裂いた。男を突き放した隙に、腿のホルスターから拳銃を抜く。右の敵に向けて発砲。弾丸は男のど真ん中に吸い込まれた。体の奥底から沸きあがる苦痛の叫びが漆黒の砂漠にこだました。同時に僕はナイフの男ともつれ合って仰向けに倒れていった。脊髄がコンクリート路面に激突する寸前もう二発撃った。直後、頭部に激しい衝撃を受け、世界が闇になった。

5 自由の守護者

できるかぎり崖っぷちに立ちたい
転げ落ちる直前の視点から中央では見えない
ありとあらゆるものが見えてくる
カート・ヴォネガット

部下を残して帰国できない

人生が変わってしまった瞬間を特定するなら、やはりあの襲撃とそれに続く日々だろう。連日、頭痛と背中の痛みに耐え、夜は夜でナイフを振りかざした男の憎悪の目と、撃たれた男の絶叫を悪夢で追体験しては跳ね起きた。

チューズデーに逢うまでの道のりは険しく長かった。その過程で待ち受けていた予測不能の出来事や偶然の出会い、そして数々のまわり道に思いを馳せることがある。職業軍人を続けていなかったらどうだったか？　介助犬プログラムを紹介するメールを見ていなかったら？　チューズデーが「鉄格子の中の仔犬」プログラムに送られていなかったらどうか？　チューズデーがほかの誰かのパートナーになっていたら？

しかし僕は幸運だった。チューズデーを見つけたのもそうなら、襲撃後の数時間はもっと強運だった。ペイジ特技兵は僕が撃った男にとどめを刺したが、ナイフの男は彼が来る前に姿を消していた。意識が朦朧とし断片的な記憶しかないが、レン・ダンハウス二等軍曹が腰をかがめ「少尉殿、大丈夫。これでうちに帰れますよ」と言っていたのを覚えている。次に目が覚めた時は、ほとんど全裸で緊急医療班のバックボードに固定され、ブラックホーク救護ヘリの機内にいた。衛生兵の暗視ゴーグルが暗闇の中、淡い緑色の光を放っていた。

陸軍野戦病院の簡易ベッドで再び意識が戻ると、戦友のアーニー・アンブローズ中尉の笑顔があった。彼はプレイボーイ・マガジンとジャズ歌手ダイアナ・クローのCDを渡してくれた。下半身の感覚がなく体じゅうが痛んだが、数時間で両脚とも動かせるようになった。三日目になると、外傷も確認できるまでになった。ナイフによる裂傷と左腕の打撲が最も目立ったが、包帯に滲み出した血の量から察してたいしたことはない。一生残る障害はゼロ。凝固し黒ずんだ血を見て思った。なんだ、これだけか？死んだと思ったのに、たったこれだけだったのか？

実は本物の傷は内側にあった。脊椎骨三個にヒビが入ったうえ、激しい脳震盪の結果、外傷性脳損傷を負っていた。あいにく、どちらの負傷にもそれから数年間まったく気づかずにいた。野戦病院にレントゲン設備がなかったので、医療班はバグダッドに搬送すると言ったが断った。わずかに体を動かすだけで、目もくらむ閃光が頭を駆け抜ける。だからバグダッドの病院に行けば、戦場任務を解かれるのは間違いなかった。本国送りだけはゴメンだ。この戦場にやって来るまで一三年も待ったのだ。しかもアルワリードでの任務はまだ道半ば。クリスマスを数日後に控え、砂漠の真ん中に部下たちを残して帰国するわけには行かない。ここに踏みとどまるのは自分の小隊に対する責任と義務だ。危険を承知で米軍のために働くエマッド中佐やアリ、マハーのようなイラク人たちのためでもあった。母国アメリカに対する責務もあった。勝利に貢献したあとでなら帰国もできたろう。遺体袋に入っての帰還だってあり得た。けれど背中の痛みや頭痛、腕の切り傷ぐらいでこの場を離れるわけには行かない。

襲撃から四日後、二〇〇三年クリスマス当日、僕はアルワリードに戻ってきた。部下たちは歓声をあげて出迎えてくれた。小隊の任務掲示板には「G中隊1点　シリア陸軍0点」と書かれた走り書きがあった。

近づく限界

心理的問題が出始めたのはたぶんこの頃からだが、肉体の負傷と同様、まだその深刻さに気づいていなかった。アルワリードに舞い戻った僕は猜疑心に取り憑かれていた。あの晩の襲撃は偶発的なものではなく、入念な計画と下調べが必要だったはずだ。後日マハーがそれを裏付けてくれたが、暗殺の指令はイラクの命令系統から出ていたのだ。腐敗と正面切って闘うホワイト小隊のやり方を快く思わないラマディの連中だ。味方のはずのイラク人役人が、僕の暗殺に裏から手をまわしていたのだ。

犯人が誰かはわからなかったが、アルワリードの密売活動に大きな利権を持っている者であることは間違いない。新生イラクをないがしろにする腐敗役人どもに、喧嘩の相手を間違えたことを思い知らせてやる。必ず密売組織を解体してみせると誓った。残りの派遣期間三カ月はがむしゃらだった。パトロール任務を延長し、トラックの積荷検査をより厳格にした。役人がイラク国境警察官の出動を阻むと即時にこれを跳ねのけた。エマッド中佐の副官ファージ少佐が武装蜂起を試みるに至っては、これを完膚なきまでに制圧した。ラマディの連中がもがけばもがくほど徹底的に容赦なく締めつけたのだ。これは怒りが頂点に達した男の私的な戦争であり、こんなろくでなしどもに勝たせることは断じてできなかった。

精神は怒りに燃えていたが、体は限界に近づきつつあった。焼けるように全身が痛み、眠れぬ夜が何日も続き、ついに消化器系がやられ脱水症状に陥った。耐えがたい頭と背中の痛みに手のひら一杯の鎮痛剤モトリンを飲み下す。陸軍でレインジャー・キャンディと呼ばれる自己治療のひとつで、多くの兵士がやっていた。それでも痛みに歯ぎしりし、部下が見ていない時は膝をついて耐えなければならなかった。簡易ベッドに横たわっても不快感は去らない。よしんば眠りに落ちることができたとしても今度は悪夢にうなされた。シリア陸軍による待ち伏せや迫撃砲攻撃、暗殺未遂事件、それに謎に包まれた人物と炎が激しく入り混じった夢だ。

一方、覚醒している時は、脳裏をさまざまな思考が凄まじい勢いで駆けめぐり、めまいがした。これは、実は脳損傷によるものだったのだが、当時はそれを知るよしもなかった。

ずさんな家屋捜索やパトロールが命取りになると必要以上に心配し、神経過敏状態に陥った。基地の中でさえ、ドアから離れ壁に背を向けて座るようになっていた。イラク人らの表情に、襲いかかってくる気配が一瞬でも浮かんではいないかと目を光らせた。M4カービンの引き金に指をかけようとすることも多くなり、襲われたらどう動くか、敵の動きにどう対応するかといった数々のシナリオを反芻した。地元首長との夜ごとの茶会では、座る位置を慎重に見極めナイフを脇においた。もし襲われたら、その時はいかに素早く皆殺しにするかをつねに考えていたのだ。

消化不良が悪化し、治療のためアルルタバにあるバイヤー前進作戦基地（訳注：戦死した米軍大尉にちなんで名付けられた基地）に行くよう命令を受けたが、一日といた試しはなかった。前線に戻るたびに怒りはさらに激しく燃え上がり、決意は強固になっていった。

アルワリードが心身を蝕みつつあった。けれども僕の私的戦争を遂行するのはここをおいてない。諦めるわけにはいかなかった。

誠心誠意の努力が認められた

二〇〇四年三月下旬、ついに派遣期間が終わった。しかし任務半ばの帰国は忍びがたく、アルアンバー州を引き継ぐ海兵隊補佐の名目で残留を申請した。戦友への義務感もあった。米陸軍はいかなる場合も戦友を残して撤退しない。だが、アリやエマッド中佐、そしてマハーのようなイラクの同胞を残し帰還しようとしている。彼ら勇敢なイラク人将兵は任務遂行に不可欠だった。その業績に鑑み、我々が去ったあとも、彼らの身の安全を保証するのが筋というもの。彼らがいなかったらとうの昔に死んでいたにちがいない自分の場合、この思いは切実だった。

しかし、残留要請は却下された。アルワリードを最後に見たのは二〇〇四年三月一五日。一カ月もしないうちに、僕はコロラド州コロラド・スプリングスにいた。ピーターソン空軍基地に着陸し飛行機を降りると母国に帰ってきた実感が徐々に湧いてきた。足を止めたレストランでは食事の豪華さと量に驚愕した。目に入る建物はどれも洗練され清潔そのもの。猛烈な砂嵐にかすむコンクリート建造物と土壁の掘っ立て小屋を見慣れた目には奇妙に映った。熱いシャワーが出ることに感動し、連日連夜浴び続け、しまいには母に電話で報告さえした。「母さん、ここには熱いシャワーがあるんだ。凄いだろ!」母は僕がおかしくなったと思ったにちがいない。

六月、中尉に昇進。階級が上がっただけではなく、機甲科将校なら誰もがうらやむ任務、偵察小隊の小隊長を拝命した。イラクで過ごした夏の任務評価には次のように書かれていた。「カルロス・モンタバンは当中隊で最も優れた機甲部隊指揮官である」「モンタバンは傑出したリーダーであることを行動で示した」「速やかに昇進させ、より重要なポストにつけることを進言する。彼の持つ可能性はほとんど無限である」自分が頭角を現わしつつある尉官クラスと評価されていた。イラクでの誠心誠意の努力は認められ報われた。最高の気分だった。昇進式では、部下を前に情熱を込め、「米陸軍兵士のモットー」を諳《そら》んじた。


私はアメリカの兵士。

戦士であり、チームの一員。

アメリカ市民に仕え、陸軍の価値観にしたがって生きる。常に任務遂行を第一とする。

敗北は受け入れない。決して諦めない。いかなる場合も倒れた戦友を置いて行かない。

規律を守り、心身ともに強靭。戦士の任務に精通している。

自分の武器と装備、そして自らを常に最良の状態に維持する。

熟練したプロの戦士であり、どこにでも赴き合衆国の敵と白兵戦を挑み撃破する用意ができている。

自由とこの国のライフスタイルの守護者。

私はアメリカの兵士だ。


ただ暗唱したのではない。中隊全員の前で絶叫していた。連隊長が「君の部隊は戦闘準備ができているか?」と尋ねてきたら「はい、連隊長殿!」と答える、その雄叫びだ。

太陽と鷹と星条旗

イラク派兵の少し前、左腕に新しい刺青を加えた。同時多発テロ以来、紅蓮の炎をあげて燃え盛る太陽の夢を見るようになっていた。この太陽のイメージの刺青だ。アルワリードにやってきてからは鷹の夢をよく見た。実際、蜃気楼のようなイラクの風景に鷹の姿はいつもあった。砂漠をパトロールしている我々の上空を舞い、見上げるとちょうど陽光に溶け込んでいくところだった。そこで、左腕の太陽に鷹を重ね彫りし、周囲には愛国心と名誉を表す星条旗をあしらった。アルワリードにやって来た記念だ。この時の自分こそ「米陸軍兵士のモットー」に描かれた戦士そのものだったろう。

しかし、猪突猛進していた当時ですら、見えない傷の影響は出始めていた。前線での六カ月におよぶ簡易ベッドでの生活の間、後方のカーソン基地の快適なベッドで熟睡できたのは一カ月足らずだった。

アンバー砂漠をパトロールしていた一一月、姪が生まれていた。一時帰国した際に、この赤ん坊に会うためニューヨーク市まで車で出向いた。血のつながった赤ん坊のルシアを抱くと、その温もりと無垢に心が洗われる思いがした。神がルシアの清廉な瞳を通じて微笑みかけているかのように、その瞬間だけ、戦いの記憶は洗い流されていた。このあと首都ワシントンの自宅に戻り、両親と友人らにイラク遠征のスライドを見せた。彼らは笑みを浮かべ心から誇りに思うと褒めてくれた。両親らに功績を認められるのは嬉しかったが、この晩を境にして戦場のイメージが蘇り、眠りを奪われた。浅い眠りに落ちても悪夢が待ち受けていた。陸軍仲間とマイアミまでドライブに出かけたのはよかったが、そこで今度は激しい頭痛に襲われた。神経がささくれだち一触即発の状態。そして苦痛が去った時、僕は世界から完ぺきに切り離されていた。他人と話したくなければ街に出たくもない。ホテルのプールサイドには魅力的な女性が大勢いたが声をかける気にもならず、ひたすら酒をあおった。

再派遣を前に部下が消えた

カーソン基地に戻ってからも酒浸りの日々。一日でボトル半分の鎮痛剤を飲み下したが効き目はなく、午後にはひどい頭痛にやられた。耐えがたい偏頭痛に夜通し嘔吐することすらあった。いくらかマシな晩でも、寝られるのはせいぜい三〜四時間。その浅い睡眠も背中の痙攣とめまいに妨げられた。夜な夜な飲みつぶれるまで酒を飲み、翌朝は筋肉のコリと痛みがひどくベッドから起き上がれない始末だった。

当時、すでに結婚生活は破綻していた。僕たちは二年交際したあと、ケンタッキー州ノックス基地近くの公園で法務官立会いのもと結婚式をあげた。派兵される間際だった。

軍は力になってくれたし、僕も妻のそばにいてやりたかった。だが、部下八〇名をイラク派兵に向け訓練する責務とストレスのため、彼女を実家に帰した。僕がイラクに去ったあと、取り残された傷心の妻はうつ状態に陥ったらしい。その頃、僕は難民を扱う任務に没頭していた。餓死寸前のインド人たちがシリア軍に暴行されていたのだが、米軍上層部からは干渉するなとの命令だった。陸軍としては面倒な前例を作りたくなかったのだろうが、こっちは瀕死の男たちを目の前にしている。僕は命令に背きインド人らを逮捕することで食事を与えた。命を救う苦肉の策だった。

その僕が皮肉にも自分の妻を救えなかった。派兵任務の前半、彼女からは手紙が一通来たきり。負傷した際、母には連絡したが妻には電話一本入れなかった。結婚生活は国に帰ってから取り繕うことができると思っていたのだ。帰国後すぐに、コロラドから妻に電子メールを送り、妻が住むメリーランド州に出向いた。再会したのはショッピング・センター内のレストラン。僕はよりを戻そうと懸命だったが、すでに手遅れであることは最初の一〇分で明らかだった。復縁の代わりに、二人して悲しみを酒でまぎらわす羽目になった。このあと数週間、僕は大量の鎮痛剤で後悔と悲哀を飲み下そうとあがいた。

窮地に陥っていたのは自分だけではなかった。第三機甲連隊が短期休養を終え春にはイラクに再派遣されるとわかるや、部下たちが蜘蛛の子を散らすようにいなくなった。文字通り消えてしまったのだ。除隊者もいたし、ほかの部隊に転属した兵もいた。中には臆病風に吹かれた者もいたかもしれない。しかし大半は心身が再派遣に耐えられる状態でないことを悟っていたのだ。部下たちの心は綻びつつあり、喧嘩に深酒、離婚、恋人との離別、そしてありとあらゆる言い争いに明け暮れていた。無謀運転やスカイダイビング、見境なしのセックスなど、とにかくスリルを求める行為が爆発的に広まっていた。戦場で味わったアドレナリン・ラッシュを再体験するためだ。

アルワリードで最も活躍してくれたひとりタイソン・カーター上等兵はオートバイ事故で片足を失った。もうひとりの兵はコロラド・スプリングスで逮捕された。彼の刑務所行きを防ごうと夜中、警察署まで車を飛ばした。陸軍のリーダーであることは名誉であると同時に責任もともなう。民間人とは異なり、朝九時から夕方五時までの勤務だとか、家庭に帰ったら仕事は忘れるというわけにはいかない。私生活も部下たちと不可分に絡み合っており、休暇中の事故や不祥事も指揮官の責任だ。深夜であろうと、酔って寝てしまいたい時であろうと、窮地に陥った部下を見捨てたことは一度たりともない。

奈落の底に落ちて行く

カウンセリングでは、慢性的痛みやストレス、不安については触れず、不眠症と妻のことを手短に話した。だがそれも二回でやめた。もっと続けるには、中隊長に事情を説明し正式な許可をもらう必要があったからだ。当時はカウンセリングを受けることは、すなわちキャリアを台無しにすることだった。

七月下旬、ついに肉体的な問題が手にあまるようになった。まず腹筋の肉離れを起こし、数週間後には大腿後部のハムストリングスを傷めた。半年もの間、無意識のうちに損傷した脊椎をかばおうとした結果だったが、もはやそれも限界に来ていた。部下との体力練成から外れ、代わりに毎朝プールでリハビリに没頭したが、回復は思わしくなかった。頭の中も矛盾する思考で混乱状態に陥りつつあった。任務に誇りを持っていたし、軍での将来は有望だった。「イラクの自由作戦」の大義を信じ、イラク人たちにも信頼を寄せていた。

しかし同時に、心は舫《もや》いを解かれた小舟のように漂い始め、戦場で体験した生存競争を飽くことなく反芻し始めた。シリア陸軍の待ち伏せ、砂嵐、暴動、そして、あとに残してきたイラクの友人アリやエマッド、マハーたちのことを……。

アルワリードで最も優秀だった部下のひとりは、派兵期間半ばに休暇で一時帰国した。このとき妻が妊娠したが胎児は致命的な先天性異常を患っていた。軍の医療サービスは事情を問わず中絶手術を行なわない。彼の妻は出産するよりほかはなかった。

生まれてきた小さなライラは鼻と数個の臓器がなかった。軍の給料では、彼らにライラの苦痛を癒してやる経済的余裕はない。ライラを自分の両手に抱いた時、本当に心が張り裂ける思いだった。

ライラの八週間の人生は苦痛だけだった。それは両親の心をも引き裂いた。苦しみしか知らないライラに生きることを強いた軍の冷酷。それが、奈落の底に落ちていく自分に弾みをつけた。

外にこそ出さなかったが、深層心理では陸軍に対し憤慨していた。ライラの両親が、娘の短く辛いだけの人生を耐えねばならなかったのはなぜだ？　戦地派兵ですでに辛酸は十分味わっていたではないか。なぜ軍は一〇カ月前に帰還したばかりの連隊を再びイラクに送り返そうとしているのか？　兵や僕の痛みを癒す手助けをなぜしない？　部隊は深く傷つき疲れ果て、兵力不足のうえ装備も不十分。しかし陸軍の上層部にとってそんなことはどうでもよい。ただ我々を追いたて、イラクに押し戻して帳尻を合わせることのほうが、将兵の健康とサバイバルより大切なのだ。

根っからの兵士

二〇〇四年夏、アメリカは勝利のチャンスを逃そうとしていた。それは誰の目にも明らかだったにもかかわらず、マスコミは虚偽のニュースを流し続けた。「将軍らによれば兵力は十分で装備も足りている。状況は好転している」

だが、前線で体を張り地獄を味わった将兵にはそれが嘘だとわかる。二〇〇三年、ろくな武器も弾薬もなしにイラクのバラドに到着するや、来る日も来る日も敵の迫撃砲攻撃にさらされた八〇名の部下。そして二〇〇五年には、十分な回復期間も、増加装甲付きの軍用車両「ハンビー」もなしに、僕たちをあたふたとイラクに戻そうとしている。司令官らはマスコミや上層部の顔色を伺い、戦場の兵を顧みない。これ以上の裏切り行為はない。

二〇〇四年八月、第三機甲連隊から転属する旨を上官に告げた。僕はアメリカの兵士であり、自由の守護者であり、熟練のプロだ。しかし心身ともに消耗しすぎていた。しかも昇進を望むかぎり、治癒に必要な医療を受けることは不可能ときていた。

軍務評価で将来を有望視され、「米陸軍兵士のモットー」を叫ぶように諳んじたあの頃に戻りたかった。だが今は走ることもできず、頭痛は耐えがたい。ほぼ毎日、ひとりで酒を飲み続けた。早い話、周囲からの期待に応えることができなくなっていた。エリート連隊を去る潮時だった。

それにもかかわらず、一カ月後の九月、二度目のイラク派兵に同意した。僕は根っから、アメリカの戦士だった。

6　不安の日々

魚め、手を焼かせるな。老人は思った
が、それも当然だ
お前さんみたいに巨大で、美しく
堂々と落ち着いた生き物を見たことがないよ、相棒
さあ来い、私を殺ってみろ
どのみち同じことだ
『老人と海』アーネスト・ヘミングウェイ

戸棚のナイフ

前の二章は辛い体験を蘇らせる。現在進行形の日常生活を覆い隠してしまうほどリアルな記憶。おかげでこの三〇分間ほど、僕は戦場の追体験にどっぷり浸かり、アルワリードで喉元にナイフを突きつけられたり、救護ヘリ内で暗視ゴーグル姿の衛生兵らに見守られたりしていた。二〇〇四年夏、病状の深刻さを悟り、恐れおののいた記憶も蘇ってきた。三年間にわたる奈落の底への長い転落を思い出し、ベッドで思わず身を固くした。

すると、浴室のひんやりしたタイルの上に寝そべっていたチューズデーが部屋にやって来る。ベッドの端に顔を載せたかと思うとドサッと身を横たえ、やさしい目で僕を見つめる。この一途さはＰＴＳＤの興奮状態を突き破って心に届く。チューズデーは僕の呼吸をモニターし、身振りや姿勢などの動きも注意深く観察している。過去に引きずり込まれているのを察するや「今」に引き戻すために来てくれる。彼がキーボードに鼻先を載せタイピングを妨げたりする場合、僕は逆らわない。この介助犬は僕に何が必要か、僕以上に知っているからだ。仕事を邪魔してくるのは退屈や人恋しさのためではない。僕の病気がチューズデーの助けを必要と

しているからだ。

　こんな時は介助犬と書かれたベストを着けて散歩に出るか、部屋でテニスボールを投げてやる。もっとも、マンハッタンのアパートは、三六キロの大型犬がボールを追うには狭すぎる。廊下でボールを壁にバウンドさせる手もあるが、真夜中の今はどちらの選択肢もアウトだ。そこで、作業中のデータを保存してからチューズデーのお気に入りビデオを見せてやることにする。インターネットの犬モノの動画。風船を破裂させる犬とかスケボーに乗る犬、そして何より、互いに追いかけまわってはしゃぐ犬たちだ。チューズデーは頭を左右に振って彼らを追い、体を小刻みに震わせながら低く唸る。猫やハムスターにはあまり関心を示さないが、リスには俄然注意を払い、疾走する馬の群れに興奮し、酔ったような笑みを浮かべて見つめるのだ。

　ブックマークしておいたお気に入りの動画をクリックする。「跳び乗れ」そう言ってベッドに招きあげる。チューズデーは並んで横になると僕と同じくらいの体躯があり、お腹を枕代わりに寄りかかればうたた寝もできる。だが、今夜の様子は原稿で使うことになるかもしれないと考え、画面を凝視するチューズデーを見やった。こちらの心を読んだかのように一瞬、僕を振り返り、またモニターに視線を戻した。その瞳には愛情と感謝の思いがきらめいていた。

「お礼はこっちが言わなくちゃな、チューズデー。一緒にいてくれてありがとう」ちょっと手荒く揺さぶりながら話しかける。と、少しだけ寝返りをうってお腹を撫でてくれという仕草をするが、両目はじゃれ合って飛びつく二匹の犬に釘付けだ。僕は笑ってもう一度揺さぶると、ベッドから下りてキッチンにある彼の容器に水を入れる。戸棚から自分のカップを取り出して水を満たす。この戸棚にはナイフが置いてある。アルワリードで襲撃されて以来、イラクではもっと大きいナイフを肌身離さず持ち歩いていた。二度目の派兵から帰ってからの三年間はこの刃渡り八センチほどの、法定制限より一ミリだけ短いナイフを身につけていた。持ち歩かなくなったのは、チューズデーとコンビを組んでから数カ月後。このことからも、チューズデーがどれほど大きな変化を僕にもたらしてくれたかがわかる。

このナイフはまた、二度目のイラク行きを志願した理由を思い出させてくれる。この決断を後悔したことは一度もない。行かなければならなかった。アルアンバー州は内戦状態で、アブグレイブ刑務所でのイラク人捕虜虐待事件はすでに全米ニュースの一面を飾っていた。イラクは目の前で崩壊しつつあり、現地ではアメリカ人もイラク人も生命の危険にさらされていた。イラク人たちと握手を交わし、同じ釜の飯を食い、ともに戦い、ともに倒れた間柄。彼らを置き去りにするなど死んでもできなかった。そんなことをしたら、生きているかぎり、罪の意識にさいなまれただろう。

だが、成功をわずかでも疑っていたら戻ることはなかった。成功の可能性を信じたという意味だ。僕をこんな気持ちにさせたのは、第三機甲連隊の新任連隊長H・マクマスター大佐だった。大佐は連隊にとどまるよう無理強いはせず、僕と膝を交えて話し合い、僕に何ができるかを示唆してくれた。マクマスター大佐はほとんど命令というものをしない。部下が秘める指揮官としての能力を呼び起こすタイプだった。彼のリーダーシップのおかげで、イラクの現状を改善することができると思うようになった。つまり、軍への信頼を取り戻したわけだ。そのうえで、大佐は連隊の参謀としてイラク治安部隊との連絡任務につく機会を与えてくれた。これを断る手はなかった。

死の三角地帯

二〇〇五年三月、バグダッド南部のいわゆる死の三角地帯に赴いた。ここには戦場という言葉から連想されるすべてのものがそろっていた。廃墟、くだけ散ったガラス片、一面の焼け焦げた瓦礫の山、狙撃兵、爆弾テロリスト、民兵、それにスパイ……。連絡将校の任務はこの地域に展開するイラク治安部隊に随伴し助言を与えることだったが、まずイラク陸軍の無秩序ぶりに仰天した。米軍側が管理する給料名簿には数百名の名前が載っていたが、誰一人任務に出頭したことがなかった。もともと存在しなかったのかもしれない。蔓延する暴力にもかかわらず兵はろくな武器を持っておらず、持っていてもたいていは弾薬が不足していた。攻撃を受けない日はなく、パトロールに出るとかならず三〜四回はやられた。車載爆弾、簡易爆弾、狙撃、武装山賊の襲撃、居住区や検問所で待つ人々の列への自爆テロ、主婦や子どもたちへの脅迫、ごった返す通りでの銃撃戦など枚挙に暇がない。

イラク陸軍第四旅団は一年以上にわたり戦死者を出し続け、かつては規律があったにせよ、とうの昔に打ち砕かれていた。脱走兵が大量発生し、在籍するイラク兵も戦闘ノイローゼで焦点の合わない目をしていた。だが中には反政府派、つまりスンニ派をひとり残らず追いつめ、素手で殴り殺したくてウズウズしている者もいた。イラク兵は訓練不足で目的意識も低く、ただ報酬を得るためだけに戦っていた。バグダッド南部は民族的にも派閥的にも大きな断層地帯で、スンニ派とシーア派の人口がほぼ拮抗している。にもかかわらず駐屯するイラク陸軍はほとんどシーア派で占められており、こういう状況にいると、どっちが正しいのかわからなくなる。

ある日、シーア派のモスクで自爆テロがあった。現場では母親たちが泣き叫び、血だらけの子どもや巻き添えになった露天商の遺体が通りに散乱していた。二日後、別のシーア派モスクを急襲した際、大隊が武装するのに十分な武器が隠されているのを発見した。奥の部屋で写真を見つけたが、スンニ派の男たちが拷問され、斬首され、椅子にしばりつけられたまま両目を焼かれた様子が写っていた。

裏切りのイラク戦争

ニューヨーク・タイムズ紙の記者、サブリナ・タバーニスを連れてマハモウディアのダウンタウンをパトロール中、無線連絡を受けた。イラク陸軍による大規模な掃討作戦のはずが宗派間の暴力沙汰に陥り、兵士がスンニ派男性らを建物から引きずり出しては路上で叩きのめしていた。何が起きているのかと尋ねられたが、事実を記者に気づかれないよう「イラク兵に戦闘任務はまだ無理だ。出る幕じゃない」と答えるのが精一杯だった。

この言葉が引用され、ニューヨーク・タイムズの一面に載った。ほどなく第七〇機甲連隊第二大隊の大隊長がやって来て「こういう発言で注目を集めてもらっては困る。今後はもっとイラク軍に対して前向きになれ」と苦言を呈された。

「同盟軍」であるはずのイラク陸軍は根深い問題を抱えていた。宗派間の暴力がいたるところで起こり、バグダッド南部が内戦状態にあるのは明らかだった。イラク政府は陸軍を使い、スンニ派に対して一方的な部族・宗派浄化作戦を行なっていた。米陸軍はこの違法行為に加担していたのだ。上級司令官たちがそれを知らなかったとでも言うのか？　それとも、訓練済みの兵員数さえ計画目標に達していれば、イラク兵らの戦闘即応性や道徳規範などどうでもよかったのか？　ニューヨーク・タイムズの記者に何と言えばよかったのか教えてもらいたいものだ。

バグダッド北西部の街ニナヴァで、マクマスター大佐の連隊参謀らと合流するまでに心身の消耗はピークに達していた。連隊の死傷者は相当数にのぼり、将兵がもはや何のために戦い、戦死しているのか理解できなくなっていた。

イラクの人々を助けている？　世界をより安全にしている？　長い目で見た場合、米軍は人命を救っている？　ナイーブなハト派の言葉ではないが、人命保護こそ軍隊の究極の役割ではないか？　にもかかわらず暴力行為は急増し、地元住民の米軍に対する評価はこれ以上落ちようがないところまで来ていた。戦争の目標がこれほど曖昧になったことはかつてない。それでも上層部の言葉は相変わらずで、正しい戦略のもと、十分な兵力によって戦況は勝利に向けて好転している、だった。

僕は国境地区における第三機甲連隊の作戦将校だったので、階級の割に任務上の地位は高いほうだった。このためイラク政府機関が集まるレッド・ゾーン・ゾーン（連合国暫定当局が置かれたグリーン・ゾーンに隣接）で行なわれる高官会議にペトレイアス将軍の主だった参謀たちと参加した。モスルのアビザイド将軍やタル・アファーのケイシー将軍とのブリーフィングに出ることもあった。二〇〇六年四月に帰還の際には、オディアノ将軍やラムズフェルド国防長官らとの会議に出席するマクマスター大佐に同行して国防総省まで赴いた。

この頃までにはっきりしていることがある。バグダッド駐留司令官らとアメリカ中央軍、そしてワシントンは、戦場に立つ指揮官たちの要望を聞かなくなっていた。上層部が欲しいのは自分たちの主張を裏付けるサクセスストーリーにほかならない。それを要求するためペンタゴンまでわざわざ呼びつけたのだ。前線での本物の成功などどうでもよかった。軍のお偉方は、戦闘に身をさらす将兵との接点などとうの昔に失っていた。連中が執着したのは捕虜の人数だとか敵の戦死者数という類の統計。それが将兵たちの重要任務にかける時間を削ることになり、地元住人の怒りを買うだけだとわかっていたにもかかわらず、そうしたうわべだけの帳尻合わせを求めた。

僕はイラク治安部隊将兵の訓練達成率を質問された。米国納税者の血税から給料は出ていたが、半分はもともと存在しないか、よしんばいても出頭したこともない「幽霊兵士」たちだ。訓練達成率などわかるはずがなかった。加えてお偉方は、我々に兵力は十分だと言わせたがった。マクマスター大佐が数回にわたり、任務達成に必要な人員が不足していると上官に進言するのを聞いた。だが翌週、将軍たちがマスコミに向かうと「前線司令官らが作戦要員は足りていると断言した」となってしまうのだ。

戦場の指揮官は部下と同僚に対する全責任を負っている。兄弟同様の彼らを守るためには全力を尽くす。期待を裏切れば、戦死する者も出るからだ。

しかし、少なくとも二〇〇五年から二〇〇六年にかけて、イラク駐留の高級将校たちの関心はまず軍上層部、マスコミ、公式発表、米国世論に向けられた。指揮下の兵士たちへの責任だけがすっぽり抜け落ちているようだった。これがイラク戦争に絡む裏切りの最たるものだ。僕はバグダッドやニナヴァでこの事実に直面し失望した。

睡眠二時間で任務に没頭した

自分以外の連隊参謀のことはわからないが、二度目の派兵の後半にさしかかると、もはや米陸軍は高度な作戦計画を組織的に遂行しているとは思えなくなった。米兵であれ、イラク兵であれ、僕は自分の部下を死なせないために必死に働いていた。時間の大半を前進作戦基地で過ごす駐在官の身分だったが、それ以前は戦闘指揮官やアドバイザーとして兵隊たちとともに過ごした。ジョセフ・ノット上等兵は路上爆弾の犠牲となり、ジョン・コールドウェル連隊上級曹長は簡易爆弾で頭蓋骨を粉砕され戦死した。上級曹長は二〇〇三年にはじめてイラク入りした際、最初に握手で出迎えてくれた友人でもあった。前年の夏、コロラド・スプリングスで刑務所行きから救った兵士も重傷を負った。ブラック・ホークヘリの墜落で三名の士官を失ったが全員顔見知りだった。死とは数字や統計ではない。

僕は第三機甲連隊の兵士たちに対し重大な責任を覚えた。自分の仕事ぶり次第で彼らの命を救えるかもしれないと感じていたからだ。その結果、酒も付き合いも断ち、テレビも観なければビデオゲームもやらなかった。一時間でも休むと気がとがめ、ただの一回でも苦痛に屈して諦めたら、それっきり立ち直れなくなると感じていた。だから六カ月間、一日二〇時間、ひと握りの鎮痛剤だけを頼りに、傷ついた背中と疼く頭を力ずくで抑えながら頑張りぬいた。毎晩、疲れ果ててベッドに倒れ込んだ。

ついにマクマスター大佐の副官に抜擢された。一介の尉官にとっては格別な処遇だ。大佐は朝七時から真夜中の一時まで連日勤務。自分もいつも一緒だった。そして、大佐が床についてから、連隊司令部が効率的に動くことを確かめ、大佐が翌日の作戦遂行に必要とする部署の準備を四時間かけて整えた。何かに突き動かされるように、執拗なまでに任務に没頭した。睡眠時間は二時間を切っていた。ニナヴァでともに働き宿舎でも同室だった軍医が僕のPTSDの公式診断書をまとめてくれたが、それによると「他人に対し実現不可能なほど高い期待を持つ」とあった。驚きもしなかった。これほど長時間、必死に働ける者などいやしないし、そんな僕の期待に応えられる者はどこにもいなかった。

焦げたトースト

派兵期間は終わった。もっと居させてくれとは頼まなかった。任務延長ならアルワリードで一度、南部バグダッドで一度すでに志願していた。さすがに限界だった。心神喪失状態に陥らず一日をまっとうすることだけ考え一心不乱にやってきた。二〇〇六年二月コロラドに舞い戻ったが、自分は焦げたトースト状態。黒々と焼かれ電熱線に挟まれたまま煙を上げているパンの塊。あの頃の自分から連想するイメージだ。

四カ月後、マクマスター大佐は第三機甲連隊長の任務を完了した。大佐の副官である自分は、指揮官交代式で閲兵場を駆け抜ける栄誉を与えられていた。負傷のため一年以上走っていなかったが、短い距離をダッシュするだけなら差し障りないと判断した。前日リハーサルが行なわれたが、九〇メートルほど走ったところでスプリンクラーの栓に足を取られて転倒。地面で頭部をしたたか打ち、またもや脳震盪を起こした。さらに左の膝蓋腱《しつがいけん》も切断した。救護トラックに乗せられながら苦痛に顔が歪んだ。陸軍病院を目指して時速八〇キロで走行中、突然車内の消火器が破裂した。ボンベは圧力で車内を飛びまわり、消火剤の泡を四方にまき散らす。

「目が見えねえ！」運転手が叫び急ハンドルを切った。

「路肩に寄せて止めろ！」

「路肩が見えねえ！」

「とにかく止めろ！」僕は怒鳴った。

道端に猛スピードで突っ込んで止まると、同乗の兵士二名は車外に転げ落ち、咳き込み、嘔吐した。取り残された自分は「おい、出せ、出してくれ！息ができん」と叫ぶしかない。どうにかドアノブを見つけ車外に身を投げ出したが、肺は燃えるように痛み、軍服も皮膚も有害な消火剤で真っ白だ。消火剤の味が口の中いっぱいに広がった。誓ってもいい、チューズデーの歯磨きよりひどいシロモノだ。吐き出そうとすればするほど喉に詰まり窒息しそうだった。自分のことでさえなければ、さぞかし滑稽な場面だったにちがいない。

7 辛い決心

人にとって最も忌まわしい苦悩とは
真実を知っていながら
何ら打つ手がないことだ
『歴史』ヘロドトス

戦場の後遺症

戦いで負った心身の傷は戦場を去ってから本格的に悪化する。精神的に負傷した将兵が二度三度と派兵を重ねるのは、平穏な市民生活に適合できないからだ。死の三角地帯の一角、南バグダッドで、自分がイラク陸軍での任務を延長する決心をしたのはおそらくこのためだった。イラク人の裏切りで殺されかけたというのに、よりによって治安が最悪の地区を選び、再び彼らの中に飛び込んでいった。任務をまっとうする責任感も、仲間を残して帰還する罪悪感もあるにはあった。だが、慢性的苦痛を無視し掃討作戦や急襲作戦に参加したのは、身の安全より、アドレナリンの興奮状態で気を紛らわせることを優先したからだ。

考える時間というやつが何より厄介だ。膝蓋腱手術から回復するまでの二カ月がまさにそれだった。体は散々な状態で寝たきりの毎日。負傷した膝は固定され、損傷後二年も放って置いた脊椎は変形し、神経に触れていた。痺れを感じたり突然の痛みが走ったりする。さらに繰り返された脳震盪の後遺症で不意に頭痛が起こり、時には数日続くこともあった。こうなると体を動かすことすら怖くなる。おまけに照明が効いた部屋で目を開けようものなら、突き刺すような痛みが走った。

精神状態はなお悪く、フラッシュバックや不吉な予感、それに悪夢にさいなまれた。夢の中でアルワリードに引き戻された僕は、地面に倒れたままナイフの一撃に身構えている。目覚めた時には全身汗で濡れそぼっていた。日中も気持ちを紛らわせてくれるような任務はなく、イラク体験の一部始終を飽くことなく反芻して過ごした。記憶の中、かつての戦場を順に歩き、そこで味わった戦闘やはじめて見る死体、死を免れた日に射殺した敵を思い起こした。こういう特別な出来事が兵士の心を離れることは決してない。

僕はほどなくリサーチを始めた。戦争から目を背けることができないなら、いっそありとあらゆる詳細を知ってやろうと思い立ったのだ。戦争計画と目標を知るため、無味乾燥な国防総省の報告書から戦場で兵士らがしたためたブログに至るまで、かたっぱしから読みまくった。これは自分を追い詰める行為だったが、答えを探し求めるこの作業のおかげで、かろうじて正気を保つことができたのも事実だ。

乗り越えられないトラウマ

二カ月に及んだ治療のあと、ベニング基地の第一一歩兵師団第一大隊B（ブラボー）中隊の副中隊長を命じられた。当時、症状の深刻さは誰の目にも明らかだったから、病み上がりの自分に対する気配りのポストだったが、陸軍の常でブラボー中隊も人手不足で、いかんせん仕事のテンポが早すぎた。戦闘任務を控えた新任少尉六五〇名。彼らを信頼に足る指揮官に鍛えあげるためには、我々教官の人数があまりに足りなかった。しかも僕は苦痛に足をひきずる有り様。まずは傷ついた我が身を案ずるのが筋だ。しかし、これから戦場に赴く仲間に誠心誠意尽くさなければ士官失格は免れない。

僕はすでに陸軍を信じていなかった。いや、それは違う。軍に信は置いていていたし、一層強い愛着も持っていた。陸軍のためにともに戦う仲間にも敬意を払い、心を砕いていた。ただ陸軍を動かしている制服組トップと、戦争を遂行している文民首脳部を信頼していなかったということだ。ここの新米少尉らは、兵力不足で場当たり的な作戦計画しかない戦場に送られる。自分にできることは、可能なかぎりこの理不尽な現実に備えさせてやることだった。

いま思えば、憤怒があの頃の自分のトレードマークだった。心的外傷後ストレス障害（PTSD）は長期間つきまとう。そうするうちに過去のトラウマを乗り越えて行くことができなくなる。軍食堂、制服、訓練、演習など、どれもがイラクで体験した最悪の瞬間を蘇らせる引き金になる。集中力を失うと心はすぐ過去に迷い込み、トラウマの原因となった出来事を細部までふるいにかけ、どこで手違いが生じたのかを探り出そうとする。

僕が味わったトラウマを総括すれば、裏切りに対する怒りだろう。気持ちが高揚した瞬間ですらこの憤りが脳裏を去ることはなかった。それだけではない。無力感、戦死した者たちへの悲嘆、罪悪感、恥辱、築き上げてきたものすべてを失った嘆きなどが心の深部でうごめいた。孤独感が死装束のように体を包み、骨まで染み込んでいった。

「トラック一台分ずつの敗北」

疎外感と戦争の記憶に取り憑かれた挙句、僕は基地から五〇キロほど離れたトレーラーハウスに移り住んだ。これは女性の大家がかつて犯罪歴のある元恋人を近寄らせないため、上部に鉄条網を張った高さ二メートル強の特製フェンスで囲った頑丈なシロモノだった。こんな場所を選んだのは、文字通り壁を築き世界から隠れてしまいたかったからだろう。この時すでに、僕は今この瞬間に生きることをやめていた。アラバマ州サーレムにいても、イラクの記憶は僕を葬りにやって来た。夕食の匂いから太陽を横切る鳥の影、そして肌身離さず持っていたナイフまで、ありとあらゆるものがフラッシュバックの引き金だった。

だが記憶から逃げることはせずコロラドで始めたリサーチを続けた。一日の半分を新米少尉らの訓練に費やし、夜の八時間はビールやバカルディラムを片手に政府文書を精査、戦争の事実関係を掘り下げた。ページをじっくり読み進めつつ憤怒を義憤に昇華していった。正義と真実のための戦闘開始だ。信ずるに足る大義があれば絶望や落胆に負けることはない。一六年間戦士だった者の生存本能がそう言っていた。これに勢いを得て、国務省と国防総省の報告書数千ページを読み込み、膨大な数の計算も行なった。夜な夜な浮かぶ考えを書き留めては、マスコミが描く戦争と実体験がどうしてこうも違うのか、そして、勝てたはずの戦いがなぜ似ても似つかぬ結果に終わったのかを解き明かそうとした。

二〇〇七年一月、ブッシュ大統領が増派を発表して二日後、実体験に基づいた論文『トラック一台分ずつの敗北、イラク戦争』の要約版がニューヨーク・タイムズ論説コラムに二〇ページにわたって掲載された。テーマは二つ。米軍とイラン軍内部に存在した汚職体質と、政府高官らの説明責任の欠如だった。これは軍という階級社会にかなりの物議を醸《かも》した。多くの現役士官からは賛同の声を聞いた。中には僕が仕えた高級将校も数人いた。ウエストポイント陸軍士官学校の教官は教授職に応募するよう言ってくれた。保守系シンクタンクのアメリカン・エンタープライズ・インスティチュートからは「非公式の」誘いがあり、ブッシュ大統領の増派計画実行の戦略について意見を求められた。学者や戦略家と真剣な討論を重ねたが、退役将軍のジョン・キーンやデビッド・バーノー、そして、アフガニスタンで北大西洋条約機構軍による訓練任務を指揮するウィリアム・コールドウェル将軍らの姿もあった。

だが、ベニング基地の上官となると話は別だ。記事がワシントン・タイムズやフォート・ワース・スターテレグラム、そしてアトランタ・ジャーナル・コンスティテューションといった大手新聞に再掲載されると、彼らは僕の口を封じるか辞めさせるかに腐心した。

その夏、米陸軍を正式に退いた。双方合意のうえでの名誉除隊だった。

二〇〇七年九月一一日。同時多発テロからちょうど六年後。一七歳で入隊してからは一七年後だった。ちなみにその数日前、チューズデーもニューヨーク北部の州刑務所から解放されたばかりだった。自分とチューズデーの人生には共通点がある。そう考えると、辛い日でも自ずと微笑みが浮かんでくる。

真新しいスーツ

ほどなくニューヨーク市非常事態管理局の職につくこととなった。一カ月たたぬうちに、アラバマ州サーレム郊外のトレーラーハウスからブルックリン市サンセット・パークにある小さなアパートに引っ越した。家具はなく、衣服もリュックサックに入るだけ、ノートパソコンを使うときは床に胡座をかいた。寝るのは絨毯の上。毛布一枚で暖をとったから、アルワリードで寝袋にくるまっていた頃と変わらない。仕事を始める数日前にクローゼットを覗いてみた。新品のスーツが二着、木製ハンガーからぶら下がっているだけだった。この仕事はうまくいかない。そう直感した。

非常事態管理局という重責のせいではない。生死に関わる状況下での計画立案・実行はお手のものだし、実際、ベニング基地では数百人の新米士官と数百万ドルもの装備を任されていた。評価には「傑出した仕事ぶり」とあり、少佐昇進も間近だった。自分は緊急事態にこそ手腕をふるい、対処できるタイプのリーダーだとの自負もあった。

しかし日常的な面ではどうか？ まだ無理だ。杖が必要なうえ、頻繁にめまいの発作を起こしては転倒した。慢性的な痛みもある。真新しいスーツをまじまじ見るにつけ、この仕事はラッシュアワーの地下鉄で通勤し、ごった返すオフィスに入り、受付嬢と世間話を交わすことだと気がついた。他愛もないお喋りなど一年以上した記憶がない。

外出することはめったになく、出るとしても深夜、食料品などを買いに行くためだけ。アル中ではないにしろ毎日酒を飲んでいた。不安を鎮め酔いつぶれて寝てしまうためだ。この頃の自分はちょっとおかしくなっていた。すぐそこの酒屋まで行くのに、一時間かけて勇気を奮い立たせなければならなかったのだ。

非常事態管理局の仕事を辞退するのは正しい決断だったと思う。しかし辞退の電話をかけるのは辛かった。興味あるポジションでもあり、給料も悪くなかった。キャリアとしても絶好のスタート。それを辞退するとは自ら選んで失格者となるにも等しい。もう二度とめぐってこないチャンスかもしれない……。

が、受話器を置くや途方もない解放感が湧きあがってきた。あんなに自由を感じたのは後にも先にもこの時だけだ。約四年間、僕はありとあらゆる症状を無視してきた。仕事に専念し無茶をすることで、病気と直面するのを避けていたのだ。非常事態管理局の仕事でまたもや同じ過ちを繰り返すところだったが、今回はすんでのところで立ち止まることができた。これ以上自分を偽ることをやめ、勇気を振り絞って現実を受け入れた結果だ。ようやく助けを求める決心がついたのだ。

手遅れにならないうちに助けが欲しい

残念ながら両親の意見は違っていた。辛い列車の旅をおして首都ワシントンの実家まで出向いた時のことだ。辞退の件を告げるや、母は頭を振りながら部屋を出て行った。父は面と向かってこう言った。「生活破綻者の復員兵にはなるんじゃないぞ」

これは脅しではなく、彼らの気持ちをありのままに述べていた。息子が自ら進んで失意の人になることを恐れ、そうはさせないと言いたかったのだ。両親は僕が戦争で負傷したことはもちろん知っていたが、その傷がいまだ癒えず、心身を蝕み続けている事実には気づいていない。だから自力で惨めな状況から抜け出すのが真の男だと考えたのだ。名誉除隊時に診断されたＰＴＳＤという耳慣れない病名は、父には下手な言い訳に思われた。

言い返してやりたいのは山々だったが、怒りで言葉にならなかった。この瞬間がどん底だった。陸軍の裏切りで僕の心は切り裂かれ、さらに父の信頼を失ったことで魂までも刺しぬかれ、末期患者の孤独にのたうった。黒々とした怒気《どき》が自分を乗っ取り、イラクの記憶がすべてになった。

心がきりもみ状態で落ちて行き、不安と被害妄想に取り憑かれた。僕をつなぎとめてくれるものはもはや何もない。完全に希望を失っていた。夜な夜なネットで戦争関連のニュースに目を通し、自分の置かれた状況について頻繁に、時には憑かれたように書きまくった。外出は皆無。唯一の例外は酒屋で、ラム酒の大瓶とダイエット・コーク四リットルを買い求めた。数時間で飲んでしまうこともあれば、数日もつこともあった。飲み干すと再び酒屋に出向く。家族が集まる感謝祭の日でさえ、アパートでひとりラム・コークをあおった。ありとあらゆることに無感覚になるためだ。七面鳥のご馳走も何もない感謝祭。ただ琥珀色の酒がみるみる底をつく。薄暗い部屋にクリスマスツリー用の豆電球が一本、力なく明滅していた。

明け方、ラム・コークと悲しみに酔いしれてエッセイを書いた。全米公共ラジオの「私が信じること」という番組に宛てたものだ。見捨てられ自暴自棄になったこと、裏切られた悔しさ、そして必要な医療処置すら拒否された時の投げやりな気持ちについて綴り「手遅れにならないうちに助けが欲しい」と結んだ。

米陸軍による二度目の裏切り

いま読み返すとこのエッセイの結末はいささか意味不明だ。自殺願望はなかったと言い切れる。だが、ある終末に向かって突っ走っていたのは本当だ。尋常な酔いを通り越し、三日三晩飲み続けベッドに横たわる。眠りに落ちることができたらどんなにいいだろう？　目覚めることがなければもっと素晴らしいのではないか？

だが、あっさり負けを認めるには怒りが激しすぎた。僕は重い足取りで人生を歩み続けた。複数の戦傷は陸軍が公式に診断したものだが、障害者手当はいっこうに支給されない。一七年間陸軍で蓄えた貯金は底をつき始めていた。しかし週に数回ブルックリンの退役軍人病院へ通院する時だけは、電話で同じ運転手が呼べるハイヤーを使った。バスなら片道二ドルのところを一一ドルもかかるが、そんなことを言っている余裕はなかった。見知らぬ顔やさまざまな臭いに充ちたバスの車内に逃げ場はない。たどり着くまで正気を保つのは無理だった。病院では毎回山のような書類に記入させられる。そのつど異なる研修医を何時間も待った挙句「さて、今日はどこが悪いのかな？」とにこやかに話しかけられるのが毎度のことだった。だから、多少なりとも理路整然と話せる精神状態でいる必要があったのだ。

あかの他人にプライバシーやイラク体験について話すのは嫌だった。言い換えれば、当時の僕は典型的な戦傷復員兵。退役軍人省にそれがわからないはずはない。たらい回しはやめて、なぜ処方箋を書くか治療するかしないのか？

退役軍人病院は慢性的な人手不足で財源に事欠いていた。それはイラクとアフガニスタン両戦争でどれだけ兵士が傷ついたかを、政府が認めたくないからではないのか？　自分が置かれた状況はまさに死活問題。にもかかわらず病院は助けを差し伸べようとせず、もう戻って来るなと言わんばかりの態度で、自分など存在しないかのようだ。惚れ抜き、忠義を尽くした米陸軍による二度目の裏切りだった。

コロンビア大学大学院

この年の秋、コロンビア大学大学院に合格した。非常事態管理局の仕事を辞退した時、両親には願書を出したことを告げてあったがどうせ信じないだろうと思った。だから合格通知だけ、いっさい説明をつけずに郵送した。この数カ月間、父の仕打ちと陸軍の裏切りに怒りを煮えたぎらせていた。叱りつける父の顔に、命を狙ってきたあのイラク人を重ねたほどだ。合格通知は、言わばいくらか上品な「このクソったれ」だった。

授業は一月から始まった。コロンビア大学はマンハッタンのアッパー・ウェストサイド地区にあり、サンセット・パークからは片道一時間以上離れている。もっと近くに引っ越そうにもそんな余裕はなかった。地下鉄に乗ると胃が締めつけられるように痛んだが、歯を食いしばって耐えた。目的地の駅で降りるやひどい頭痛におそわれ、プラットホームのごみ箱に嘔吐したりする始末。アパートに逃げ帰りたいのは毎朝のことだったが、それを耐えたのは、自分は傷痍軍人かもしれないが、人生の落伍者ではなかったからだ。今は誇りを持って言い切れる。サンセット・パークと惨めな人生から脱する手段がコロンビア大学だった。大学院なしには生きる目的もないことに心の奥で気づいていた。そうなれば、孤独死したまま何日も発見されない羽目になるのは目に見えていた。

正直なところ、酔っ払って授業に出たこともある。酔うまでは行かなくても、いつも数杯は飲んでいた。授業中、耐えられなくて教室を抜け出した。洗面所の鏡に映る自分の顔を見て驚いた。目が飛び出し、顔じゅう冷や汗をかいている。たかがゼミの発表に恐れおののく馬鹿さ加減を呪いたかった。マクマスター大佐と彼の上官にブリーフィングしたこともあれば、アメリカン・エンタープライズ・インスティチュートでは将軍らを前に助言したこともあるではないか。何千という兵士の命を預かり、いつも必ず任務を果たしてきた。その自分が、たかが一五人の同級生に対するプロジェクト説明でおびえきっているとは……。

三度目の脳損傷

あとで知ったのだが、サンセット・パークの隣人らは僕のことを怖がっていたらしい。果たしてクラスメートはどう思っていたのだろう。脂汗を浮かべて授業を終えるや、バーかコンビニで缶入りのバドワイザーを数本買って飲み干した。授業に出るほかは、週に三〇時間ブルックリン退役軍人病院で過ごした。医師による三〇分ほどの診察や数回のセラピーを受け、薬の処方箋をもらおうと必死だった。背中が疼き、裂傷を起こした膝が痛んだ。心にヒビが入り、めまいがした。地下鉄のコンクリート階段を数段転げ落ち気を失った。偏頭痛が始まるやもう何も手につかない。勉強だけはかろうじて続け、単位だけは取っていたが、その代償に精も根も尽きかけていた。

二〇〇八年の五月七日、起きるべきことが起きた。最初の学期が終わる頃のこと。その晩、退役軍人支援組織「戦傷戦士プログラム」の招待で大物ロック歌手ブルース・スプリングスティーンのコンサートにニュージャージーまで出向いた。神経を鎮めるためラム入りコークをロビーで飲んでおいたのだが、ショー半ばでパニック発作が起きた。呼吸が制御不能なまでに速くなり激しい吐き気に襲われた。会場を飛び出しバスと地下鉄を乗り継いでアパートを目指した。とにかく惨めだった。惨めすぎた。背中を丸めポケットのナイフに手をかけながら、鳴り物入りのコンサートに耐えられると早合点したことを悔やんだ。消耗し切った状態で、人混みの真っ只中に出向くとは馬鹿げた思いつきだった。

まだ深夜前だったが、地下鉄が空いていたのは不幸中の幸いだった。ブルックリン駅に着くまでは、車両には自分と高齢のアジア人夫婦、それにもうひとりの乗客のみ。そこへラテン系の若者が入ってきた。この二人組を見た瞬間ピンときた。面倒を起こしたがっているのが雰囲気でわかる。案の定、食べもののカスを老婦人の膝上に投げつけ、スペイン語で罵り始めた。僕はこの手の非礼には我慢ならない。

「いい加減にしろ」

「なんだと、この野郎?」若者がにじり寄る。

「ごみを拾って座ってろ」

「喧嘩を売る気か?」

「売ったのはお前だ」

若者がつかみかかって来るのを察し、とっさに席を立って身をかわした。相手は勢いあまって車両の後ろまで飛んでいった。が、次の瞬間、僕はバランスを崩した。地下鉄が急に揺れたのかもしれないし、杖が滑ったか、あるいは腰が抜けたのか。激痛が走り、すべてが闇になった。


四番街九番通り駅のプラットホームで気絶しているところを発見されたが、足首を骨折し頭部からの出血で、あたりは血の海だったという。意識が戻ったのは翌日ブルックリンのルーテル病院だった。こともあろうに三度目の脳損傷。受難はここに極まった。今回ばかりは、笑うに笑えなかった。

介助犬のことをはじめて耳にしたのは、それから二カ月後のことだ。

8 介助犬プログラム

貴女は闇の中を通り抜けている。凡愚なる故
貴女が惨めにさいなまれていることしか見えない
が、これはただの闇
何かの終わりでも、すべての終焉でもない
『グレイス・ノートンへの手紙』ヘンリー・ジェームズ

部隊のマスコット

二〇〇八年七月一日はたまたまチューーズデー(火曜)だった。この日、ブルース・スプリングスティーンのコンサートに招待してくれた復員兵支援団体が一通のメールを転送してきた。いつものように削除しなかったのは、タイトルに興味を惹かれたからだ。「傷を負った戦士プロジェクトと鉄格子の中の仔犬」とあった。鉄格子の中の仔犬だって?

メッセージは簡潔。「イラク、アフガニスタン戦争の戦士の皆さん、『鉄格子の中の仔犬』プログラムでは、毎年三〇匹の介助犬を戦傷復員兵の方々と縁組させています。PTSDや外傷性脳損傷、または肉体的負傷を負った人々が対象で無償です。説明文と応募用紙を添付してあります」

一読して、これは自分のために作られたプログラムだと確信した。介助犬は広場恐怖症患者の苦痛を感じとり、精神を落ち着かせる訓練を受けている。めまいを起こしても転倒しないよう助けてくれるらしい。背中の痛みでかがむこともままならない毎日だが、介助犬がいれば何か床に落とした時でもすぐ拾ってくれるのだ。そのうえ犬がパートナーなら寂しさも感じないですむ。

僕は大のイヌ好きだ。そんな自分にとってア

ルワリードで最も辛かったのは野犬を安楽死させる任務だった。徘徊する野犬たちはみな痩せこけ、不潔な皮膚は腫瘍に覆われ、吐血する犬もいた。地元住人や健康な犬たちにとって危険な存在だった。兵士たちは悄然とした面持ちで野犬の頭を撃ちぬいた。無抵抗の犬を撃つのは兵士から人間性を奪い去る過酷な任務だ。これに耐えられたのは、小隊のマスコット犬ブルースが我々を信じ、なついたことが大きい。ブルースは白と灰色のまだら模様で、もともとは野犬の一匹だった。陽気で心優しい迫撃砲班リーダー、スナイダー二等軍曹が引き取るや、ほどなく部隊のマスコットに収まった。このハンサムなボス犬は携帯食糧の配布時間になると決まってやって来る。そして午後のひと時、前進作戦基地の涼しい日陰で昼寝していくのが日課だ。ペットとして世話をしたり可愛がってやったりする時間などない。いや逆に、世話を焼いていたのはブルースだったかもしれない。この犬のおかげで全員の士気があがったからだ。明日をも知れない戦場では、うたた寝するブルースを見るだけで心がなごんだ。危険を察知するブルースは頼りになったし、また、愛犬と過ごす母国の生活を思い出させてくれた。

愛犬マックス

多くのラテン系米国人の例に漏れず、両親は成果主義で厳しかった。母はしつけ担当。父はひたすら不屈の精神を持てと説いた。二人とも親切だったが、惜しみない愛情を注いでくれるのは何かをやり遂げた場合だけで、うまく行かなかった時、両腕に迎え入れて慰めてくれる両親ではなかった。それも無理からぬことではある。二人はともに母子家庭に育ち、母親が苦労するさまを見てきた。自分たちの子にはそういう思いをさせたくなかったのだ。

父はアメリカに本拠を置く国際機関「米州機

構（ＯＡＳ）」のエリート職員で、トップに上り詰めるまで何回となく転勤をした。そういう父の姿を見て勤労意欲と倫理観は十分に培ったが、友だちはできなかった。中学生の頃、いじめにあった。テニス部の練習に行く途中でいつも三人組が待ち伏せしていた。はじめは僕が転校生だったから目をつけたのだと思う。だが連中がいじめを続けたのは、僕が誰にも言いつけなかったのと、多勢に無勢の喧嘩だったにもかかわらず一歩も引かなかったからだ。何回殴られても腕をビュンビュン振りまわしてやり返した。僕が家に帰ると母は仕事の手を止め「またやられたのね？」とひとしきり頭を振り、そして家事に戻った。父はいじめのことは意に介さぬようだった。が、一六歳になりはじめて父の車を借りた時、この不良たちがタイヤを四本ともナイフでパンクさせた。さすがの父も怒り、これを境にいじめは止んだが、後の祭りだった。

当時の辛い日々の中で、唯一僕を慰めてくれたのは愛犬のマックスだった。ドイツ産まれの大型犬で自分にとっていちばんの遊び相手だった。学校から帰り制服を着替えてドアを出るや、マックスもあとを追って駆け出る。そして公園や近所の下水口の中を一緒に駆けずりまわった。母は不潔だからとマックスを家に入れたがらなかったが、僕らは気にもとめず雨の中でも遊びまわった。

八年たったある日、マックスは突然いなくなった。僕はショックに打ちのめされた。電信柱に迷子犬のポスターを貼ってまわり、毎晩、父に運転を頼んで近所の通りを探した。不良と一戦交えて帰宅するや、迷子になった愛犬の姿を求めて近所を歩き続けた。数カ月は、夜の公園でマックスの鳴き声が聞こえた気がして暗い森に入っていったものだ。

マックスはついに戻ってこなかった。しかし彼との友情を忘れたことはない。あれから二〇年。ブルックリンのアパート住まいになった今も、愛犬マックスとの絆が懐かしく愛おしい。理学療法や定職を得ることにも増して、パートナー犬を得ることが、最大の目標になっていった。

希望と変革の時

介助犬プログラムの件で、恩師や旧友、牧師、そして理学療法士など、知り合いという知り合いに推薦状を頼んだ。軍歴と診断書もまとめこちらの熱意を伝えた。最初の面接にのぞむ前から、自分が選ばれるのはわかっていた。実は、僕の勘はよく当たる。コロンビア大学大学院も受かる確信があり、ほかの大学院には願書を出さなかった。いつか自分が本を出すことになるのもわかっていた。この先、僕はいずれ西部の牧場に移り住む。そこが山々を遠望する場所で、裏手の牧草地には何頭かの馬がいることもわかっている。これは、目標を定め達成に向けて努力することだけを言っているのではない。自分には前もってそうなることが本当にわかるのだ。この揺るがぬ予感があるから、何ごとにおいてもゴールへ邁進することが可能になる。これが自分を信じる、ということだろう。

二〇〇八年の晩夏、ルー・ピカードと二度目に面接した際、彼女が僕の人生を大きく変えると「わかった」。訓練は九月に始まる予定だったが一一月にずれ込んだ。少し残念だったが意気消沈はしなかった。そう遠くない将来、介助犬と一緒になれる。まだ見ぬチューズデーにそうやって思いを馳せるだけで救われた。

同時に日常生活を変える努力も始めていた。必要な医療を受けるためブルックリンで八カ月悪戦苦闘したが果たせなかった。だからマンハッタンにある退役軍人病院に転院した。地下鉄に乗る時間こそ長くなったが、ここでようやく有能な担当医による総合的な投薬計画と、元海兵隊員の女性セラピストに出会った。彼女は僕の言い分を忍耐強く聞き、戦場体験をわかってくれた。ひとりで過ごす時間も、ネットにあふれる戦争関連ニュースの代わりに、ゴールデンレトリバーの写真に見とれて過ごした。夜な夜なユーチューブで犬の動画を見続けた。

二〇〇八年の大統領選が最高潮に達する秋までには、この数年間でいちばん症状が改善していた。折しもバラク・オバマのメッセージは「希望と変革（ホープ・アンド・チェンジ）」。この言葉は当時の僕の胸に深く響いた。

二〇〇八年一一月三日夜。大統領選挙の一日前、僕はイースト・コースト・アシスタンス・ドッグズにやって来た。戦傷復員兵にとって、はじめて介助犬と出逢う日は生易しい体験ではない。

列車に乗って訓練所に向かう道すがら、心はすでに舞っていた。今回の縁組にはほかに三人の復員兵がおり、介助犬との絆を作り上げるまでの間、訓練所に設けられた宿泊施設で共同生活することになっていた。いつもだったら、生まれも育ちも異なる人たちと一緒に過ごすと考えただけで縮みあがっていたはずだ。まだ若い陸軍のメアリー・デイグ軍曹はモンタナ州出身。簡易爆弾で両腕を失った。陸軍特技兵（退役）のアンドリュー・ハンソンは物静かな兵士で故郷はミネソタ州。同じく簡易爆弾にやられて両足がなかった。陸軍二等軍曹（退役）のリッキー・ブーンは人あたりのいい黒人で、ニューヨーク市北部のヨンカーズの出身。彼は重度の脊髄損傷とPTSDを患っていた。モヒカン刈りで、歩行のための補装具を腕につけている。

三者三様の経歴にもかかわらず、僕らは会った瞬間に打ち解けていた。犬がそばにいたせいかもしれないし、戦闘を生き延びた者どうしの連帯感だったかもしれない。それともお互い意見を異にした大統領選が影響していたのかもしれない（メアリーとアンドリュー対リッキーと僕という構図だった）。

あの晩、仲間たちが寝てしまったあとも、僕は朝四時まで選挙速報を見ていた。選挙番組のコメントはくだらなかったが、寝てしまうことができなかったのだ。翌日誰が当選しようと、イラク戦争の立役者であり応援団長であったジョージ・ブッシュは舞台を去る。国家と自分にとっての長い長い悪夢が終わるのだ。そして翌日、僕は介助犬に出逢う。まさに希望と変革そのものだ。だが、現実はそれほど簡単には行かなかった。

9 出逢いの朝

炎と怒りが過ぎ去ったあとで
探求と苦痛のあとで
神のご慈悲が
両親に恥じぬ生き方へ再び導いてくれる
『選択』ラドヤード・キップリング

愛情が百倍になって戻って来る

ドアが開き、犬が一匹ずつトレーナーに付き添われて入って来る。慌てたり迷ったりするそぶりを微塵も見せぬ、自然で滑らかな動作。正確に一秒後、二頭目がまったく同じ様子で入ってきた。残りの犬も同様に続き、僕らのテーブルの周りを粛々と歩いた。チューズデーを含む全頭がそろうや、彼らが尋常一様な犬でないことは一目瞭然だった。毛は艶やかで目には知力が宿っている。姿勢も品評会の犬を思わせるほど完ぺきだ。犬が入室した途端、雑音やお喋りは消えた。いや、時間が停止したように思えた。六カ月の間、人生を変える介助犬との出逢いの場面を夢想してきたが、実際に起きたことは想像をはるかに超えていた。

「飛び乗れ!」犬がいっせいに緑の箱に飛び乗ってお座りをした。僕らは言葉を失った。

ゴールデンレトリバーが四匹と黒と黄色のラブラドール・レトリバーが一匹ずつ。装着した大型ハーネスを気にするでもなく、箱の上でじっと次の指示を待っている。見知らぬ人間たちを前に怖じ気づいた様子はない。

過去三カ月間、犬たちは毎日訓練を続けてきたのだから今日もその繰り返しにすぎない。しかしリッキー、アンドリュー、メアリー、そして僕にしてみれば、結婚式当日バージンロードを歩く花嫁を見るようなもの。心のどこかで、生涯の伴侶に見惚れる至福が永遠に続いて欲しいと願い、花嫁に駆け寄って抱え上げ「式なんか忘れて、今すぐキミとボクで行こう」と言いたい衝動が湧いてくる。

黄色のラブラドールはメアリーのために訓練されていた。彼女は両腕の肘から下を失っていたから、リードを使わなくても口頭だけで付き従う従順な犬が必要だった。小柄で愛らしいレミーは内気な雌犬。リードをメアリーのベルトにつなげた状態で、物を取ってくるよう訓練されている。レミーはパートナーが必要だったと見え、メアリーに引き合わされるやそばを離れず、情愛こもる目でメアリーを見つめた。絆は一瞬にしてでき上がった。

ひと目見てたちまち芽生える愛と仲間意識、そして途切れなく続くパートナーとの特別な瞬間。僕もそれを求めていたが、レミーのような従順な犬ではなく、もっと頑固で意地のある、人間で言えば行動力に満ちたA型のような性格の犬を探していた。一目置かれるボス犬のことだ。他人が僕の犬を目にする時、そこに、かつて自信にあふれ成功を約束されていた自分の化身を見て欲しかったのだ。

　ニューヨークにやって来る前から僕は自分の殻に閉じこもり、家族にさえも愛情を示せなくなっていた。実際、一年以上、生き物に触れたことがなかった。だから犬を両腕で胸に抱き、愛情が百倍になって戻って来るのを実感したかったのだ。出逢いの朝、我と我が身を犬の前に投げ出したい衝動を抑えるのに苦労した。犬と一緒に転げまわり動物との絆を実感したかった。

　だが、チューズデーはそういう気持ちにさせる犬ではなかった。実際その場に居合わせた犬の中で、彼が最も遠慮がちだったように思う。初日、犬といたのは二時間だけ。それぞれの犬と三〇分ずつで、合間にルーによる授業が行なわれた。メアリーだけはすでにレミーと絆を結んでいたが、残りの我々は犬たちとの間を行き来した。ルーがそれぞれの犬と一緒にいる僕たちを観察したあと、四日目に縁組が行なわれる仕組みだ。初日はリードの扱い方に慣れることと二〇の基本命令の練習だった。

　これまでとたいして変わらない訓練だったかもしれないが、犬たちは聞き耳を立てていた。いつもと違う何かを察したのだ。新しいトレーナーが来たうえ、彼らは潤沢な愛情を振りまいてくれる。こっちが高鳴る胸の内を隠せなかったように、犬も情熱をほとばしらせた。午後には、鼻先で僕たちを小突いたり手を舐めたりするまでに慣れた。お気に入りの命令「ハグ」を与える。犬たちは即座に立ち上がってハグされた。

　ここでも唯一の例外はチューズデー。その日の午後、ペアを組んだ際は嬉しそうに尻尾は振るものの、湧き出す感情といったものは見てとれなかった。ほかの犬たちは集中して僕の命令を待つのに、チューズデーだけは部屋の中を見まわして、ぞんざいな様子でそばから離れていってしまう。チューズデーはほかの犬が何をしているかのほうに関心をひかれた。ことに兄弟犬のブルーが気になる様子だ。当時は知るよしもなかったが、チューズデーはこの日、朝起きてから犬小屋で丸くなって寝るまでの日課をただ形だけこなしていたのだった。

次の日はチューズデーの別の兄弟犬リナスに目が行った。チューズデーとブルーは活発な犬だったが自分たちのことで頭がいっぱいという感じ。これに対しリナスは人好きがする犬で、顔をキリッと上げ僕の横を小走りする姿は一緒にいられることがとにかく楽しくて仕方がないと言わんばかりだった。こちらまで訓練がひときわ楽しくなった。何かに失敗した時でも「まぁたやればいいさ」というような表情で見つめてくる。リナスの楽天的な性格のおかげで、生きることがすーっと楽に感じられた。何カ月にも及んだ深い闇の中で、これこそ望んでいたものだった。

最初のキス

二日目の朝の訓練ではチューズデーとペアになった。最も印象に残っているのは、肩を左右に振りながら二歩先を歩く後ろ姿。本来、介助犬は人の横について歩かなければならない。それまで、チューズデーが前を歩いてしまうのは注意散漫のせいだと思っていた。だがこの日、おやっと思った。チューズデーが先を行きたがるのは、たとえ同じコースを繰り返し歩くだけの訓練であっても、行く手にどんなことが待ち受けているのかを知りたがる熱意、つまり好奇心ではないのか。

その朝練習した二つめの号令は「お手」と「キス」で、これはチューズデーにとっては朝飯前。だから、お手をする時は集中しなくてもできた。でも、キスに進むとチューズデーも僕の顔に注目しなければならない。こげ茶色の目が一心にこちらに注がれ、僕はそこに類まれな誠実さを見た。この犬はとびきりハンサムで頭がいい。性格に深みがあり感情も豊かだ。そして心の底の部分で傷ついている。ペタリと座り込んだまま例の眉毛を動かしてみせるチューズデーの様子に、なんとか笑い出しそうになるのをこらえた。仕草がおかしかったこともあるが、本当に心から幸福だと感じたからだ。介助犬は機械ではない。人の親切や献身、それに愛情を必要とし、それを百倍にして返してくれる生き物なのだ。

僕たちはしばし見つめ合った。チューズデーがこちらの内心を探りつつ、自分の置かれた状況を見極めようとしているのがわかった。小心なのではない。自己中心とも違う。瞳に浮かぶ優しさから、チューズデーが絆を渇望しているのが見てとれた。だがリードが僕に渡されたからといって、はいそうですかと新しい主人にへつらうには彼は賢すぎた。僕はチューズデーが用心深くなっているのをこの時はまだ知らなかった。感受性が鋭く愛情に飢えていることにも気づいていなかった。何度となくトレーナーに見捨てられてきたことで、チューズデーは自信喪失に陥っていたのだ。彼の情緒あふれる目に垣間見た、知的で思いやりにあふれる犬に戻してやるのが、誰でもない自分の責務だとわかったのはもっとあとになってからのことだ。確かだったのは、チューズデーの愛情を勝ち取るには努力が必要で、それが叶った時には、ほかのどんな犬より僕を愛してくれるということだった。

その朝、訓練の残り一〇分は天にも昇るようだった。命令のやりとりではことごとくヘマをしたがそんなことは、まったく気にならなかった。僕たちはチームで、チューズデーは一緒に成長できるパートナーだったからだ。僕が「ヒール」（左に付け）と「サイド」（右に付け）の命令を取り違え、何度もチューズデーと衝突した。そのつど、僕は子どものように笑い転げた。お互いまだ完ぺきではないにせよ、チューズデーは将来有望な犬だった。

「チューズデーしかいない」

「チューズデーとペアを組む」ルーに宣言した。

「まだ二日目でしょう。ダメよ。午後はリナスとペアを組むの」ルーが笑いながら答える。

「いや、チューズデーと組む。彼しかいない」

「どうかしらね」

午後、合図と命令に関する授業が終わったあと、僕は脇目もふらずにチューズデーのもとに直行した。ルーは止めなかった。これで自分の選択が正しいものであると悟った。犬は一匹一匹違う。さまざまな特徴や行動の癖が束ねられて性格を形作っているから、十分な訓練をしたからといって、必ずしも思い通りに矯正できるものではない。だからこそ、犬はある特定の人間に最もよく合うのだ。犬にピッタリの飼い主を見抜く目がなければ、厳しい訓練にもたいした意味はない。この点、ルーはマッチングの達人だ。僕とチューズデーが似合いのペアでなかったら、ルーは決して僕の選択を許さなかったはずだ。彼女の判断に僕とチューズデーの人生のすべてがかかっていた。

この瞬間、チューズデーと僕は一心同体になった。午後はずっとチューズデーとペアを組み、訓練後の一〇分間、ブラッシングをしてあげた。それから訓練室の裏にある居住区まで歩いた。自分たちにとって訓練以外のはじめての時間だった。僕がソファに横になって背中を休めたり、小さな台所で夕食を作ったりする間、チューズデーはそばを離れなかった。パートナーになったことを察したらしい。僕を守ることに燃え立つ義務感を抱いているが、陸軍時代の体験からピンときた。

　その晩、チューズデーは床で寝るものと思っていたが、ベッドに上がって来るではないか。ごく自然に両手をまわし、そばに引き寄せた。九八キロの人間と三六キロの犬がツインベッドで寝るのだから、スプーンみたいに体の凹凸を合わせないとはみ出してしまう。もっとも、キングサイズのベッドだったとしてもきっと同じことをしただろう。チューズデーが添い寝してくれることが、それほど心地よかったのだ。

「おいおい」

　チューズデーが体をくねらせ背中で僕をベッドから押し出そうとする。「お手柔らかに頼むよ」小声で言った。チューズデーが以前にも人と一緒に寝たことがあるのはわかった。だがずっと昔のことで、彼は落ち着かずどうしたものか迷っていた。

　落ち着かないのはチューズデーだけではない。僕のベッドにラム酒のボトル以外が入ってきたのは、一体いつ以来のことだったか。もう僕はためらわなかった。チューズデーを抱きしめ、穏やかな呼吸と鼓動に耳を傾けた。こうするのが正しいと思ったからだ。チューズデーがそばにいてくれることで心が安らいだ。過去が遠のき、今がより近くなった。枕とチューズデーの肩の間にぎこちなく頭を押しつけたまま、僕はほどなく眠りに落ちた。

10　心のボディガード

友と獄舎につながれるほうが
見知らぬ他人と庭園にいるよりまだマシだ
ペルシャの諺

「傷ついた戦士プロジェクト」

リッキー、アンドリュー、そしてメアリーと介助犬訓練所で過ごした時間は素晴らしかった。ブルックリンの手狭なアパートにいる時とは比べものにならない。彼らは戦友であり、同胞であり、家族。戦地や退役軍人省のお役所機構で自分たちがどんな目に遭ってきたかをお互いに理解できる。両腕切断や脊髄損傷にPTSDといった、それこそ人生を一変させる戦傷を負った兄弟《ブラザー》であり、仲間だった。厳密に言えばメアリーはシスターだが、とにかく戦友であることに違いはない。

自分がドン底にあった時も含めて、戦闘体験のある退役軍人の中にいる時がいちばん居心地いい。二〇〇七年の大晦日、退役軍人支援団体「傷ついた戦士プロジェクト」は、タイムズ・スクエアで行なわれる年越しカウントダウンのイベント「アップル・ドロップ」にメンバーを招待してくれた。ニューヨーク市警察の厚意で最前列の席だった。だが、日が近づくにつれ憂鬱な気分になった。人混みと交通手段のことを考えるとストレスが溜まり、三〇日の朝から飲み始めていた。警察官がエスコートにやって来てくれたが、僕はすでに酩酊していた。ひと晩じゅう海に浮かぶ都市にでもいるようで、宙に浮く地平線にきらめく街の光が本物なのかどうかついに判然としなかった。

「傷ついた戦士プロジェクト」の一環として、

僕はある復員兵を見舞ったことがある。ところが彼がどんな状況で負傷したのかが思い出せない。ブルース・スプリングスティーンのコンサートの前半だけ見て逃げ出し、散々な目にあったことは前述した。同プロジェクトを通じてメッツの試合も一度観戦したことがある。いや二度だったかもしれない。球場の大観衆に対応するため、この時もへべれけに酔っていた。記憶が不確かで面目ない。見た試合の数くらい覚えていて当然だと自分でも思う。だが、チューズデーと逢うまでの人生には、ところどころ記憶がスッポリ抜け落ちてしまっている部分があるのだ。

明瞭に覚えている事柄もあるにはある。イラク南部のスィンヤー市で見た自爆テロ犯の焼け焦げた車。アルワリードのモスクから響いてくる礼拝の声。イラク人の友マハーと吸ったパイプタバコの味。シリア軍の曳光弾が空気を切り裂いていく音などだ。それなのに、祖母が亡くなった日にちを思い出せない。子どもの頃、兄や姉と一緒に毎週何時間か必ず祖母の家で過ごした。祖母は子ども時代の僕の英雄。カストロが権力を掌握してからキューバを席巻した狂気の中で、純粋に意志の力で、歳若い未亡人だった祖母は息子と娘、つまり僕の父と叔母とともにキューバから脱出。数十年にわたりアメリカで看護師として働いた。教育学修士号を取るため学校に戻ったのは五五歳の時。後年、教育省に勤務した彼女は、キューバの親族たちと切り離された僕にとって、自分の歴史を知るための知識の宝庫だった。祖母は祖国に伝わる物語や一族の伝統を教えてくれた。自身の生き方を通じて、懸命に努力して人生を築く実例も見せてくれた。祖母は降りかかった困難を恨むことも、かといって過去の悲劇を忘れてしまうこともなかった。二〇〇五年五月、祖母は二度目のイラク派兵中に亡くなった。通夜にも葬式に出られなかった。それなのに今、大切な祖母の命日さえ思い出すことができない。そんな自分が、いたたまれなく腹立たしい。

犬と出逢う日が近づくにつれ、こんどは不安が募った。思わず手にした酒瓶を、なんとか封を切らずに置いたことも一度や二度ではない。だがルーの訓練所でクラスメートと対面するや不安はかき消えた。腕のない者、足を失った者、矯正具を付けた者、そして一様に用心深い目つき。この連中なら知っている。深く傷つき助けを必要としている兵士だ。ならば士官の任務は指導力と自制心を発揮すること。気がつけば、僕は大尉に戻っていた。兵士たちと一緒にいるのは最高の気分だった。

課された任務を真面目に受け止め、二日目の朝にはクラスメートのリッキー二等軍曹のモヒカン刈りの頭を舐めたほどだ。もっとも、これは訓練の一環だ。犬になったつもりで命令を受けることで、犬側の感じをつかむためだ。リッキーは一連の命令で僕を試した末、ようやく両前足を上げる「アップ」の指示を出した。こうなったらとことん犬になりきってやる。そう思うや目の前のモヒカン頭をべろりと舐めてやった。

リッキーは一六三センチと小柄でボーリングの球みたいな体つき。かつては保釈金立替業者をしていたこともある。陸軍時代は歩兵で、除隊したら保釈中に逃亡した犯罪者を連れ戻す賞金稼ぎになるのが夢だった男だ。

このままでは引っこみがつかない。リッキーは大笑いしながら仕返しに知恵を絞った。突然、テレビドラマの『特攻野郎Aチーム』に登場するモヒカン刈りの黒人俳優ミスターTのモノマネを始めた。

「馬鹿は哀れなものだ。その馬鹿はルイス、お前さんだ！」

ミスターTお得意のセリフに僕はたまらず吹き出した。見事に一本取られた。

2005年4月「ブラッシュ・バック（威嚇）作戦」中、バグダッド南部で、かわいらしく、かけがえのないのないイラク人の子どもたちと写真におさまる。肉体的および心理的プレッシャーに耐えながらの戦線復帰だったが、こんな美しい瞬間に立ち会うこともあった。

バグダッド南部で行なわれた「スクイズ作戦」に参加し、疲労困憊してハンビー車内でひと息つく筆者。2005年6月にクライマックスを迎えた本作戦は、イラク進攻作戦以来最大規模のもので、多国籍軍とイラク軍の合同作戦だった。

2003年10月、イラク・シリア国境の通関手続き地アルワリードに到着直後のホワイト小隊。後列左端が小隊長を務めた筆者。ここで前進作戦基地を設けて、地域の偵察や密輸防止、税関の警備、そして復興支援任務を行なった。

スンニ派の男性がお茶を淹れてくれた。彼の自宅を捜索したあとにもかかわらず、家族との席でお茶を勧められ恐縮した。(Photo by Craig Walker : *Denver Post*)

仔犬時代のチューズデー

介助犬レミーにキスされるメアリー・デイグ陸軍三等軍曹。あやうく保護者責任放棄の疑いをかけられ、離ればなれになるところだった。

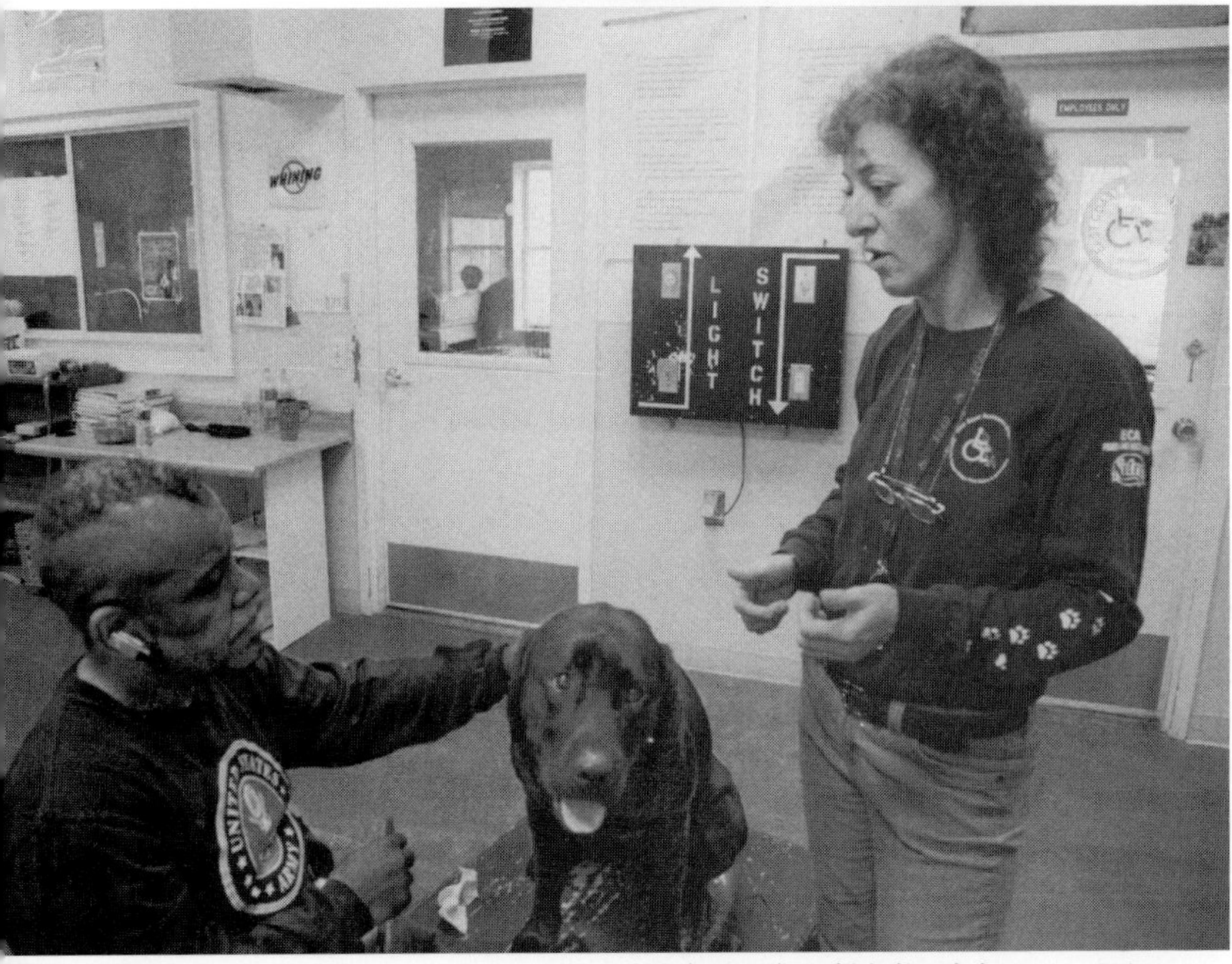

イースト・コースト・アシスタンス・ドッグズ（ECAD）の創立者でありディレクターであるルー・ピカード。介助犬レイバーンの歯の磨き方をリッキー・ブーン陸軍二等軍曹（退役）に説明している。

2008年11月「癒やしのプロジェクト」が終わる直前の4人の陸軍戦傷復員兵。左からリッキー、筆者、メアリー、アンドリューと新たにコンビを組んだ介助犬の面々。

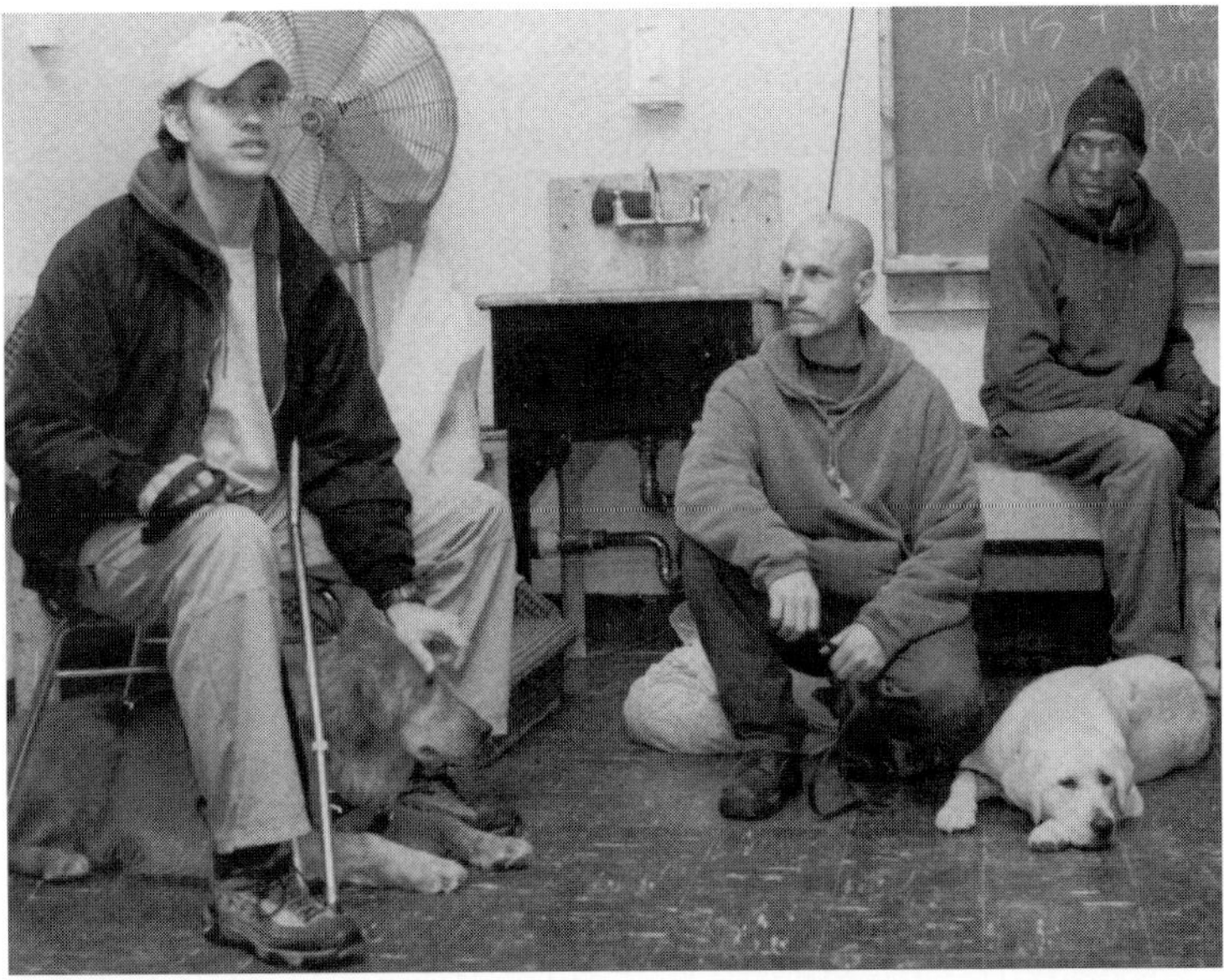

2008年11月「鉄格子の中の仔犬」プロジェクトで犬の訓練を行なった服役囚たちに礼を述べる筆者。足元で休んでいるのはチューズデー。（Photo by Timothy Lamorte）

戦傷復員兵に介助犬を提供するためのチャリティでこっそりキスするチューズデー。2010年に行なわれた9.11同時多発テロ追悼記念式典での姿。これらのイベントは辛い記憶を呼び起こすが、戦友たちを助けなければという義務感に駆られ、チューズデーと出席した。

ECADの卒業式に向かうチューズデーと筆者。この1年後の2009年11月「癒やしのプロジェクト」の第2回卒業式にも出席した。
(Photo by Leslie Granda-Hill)

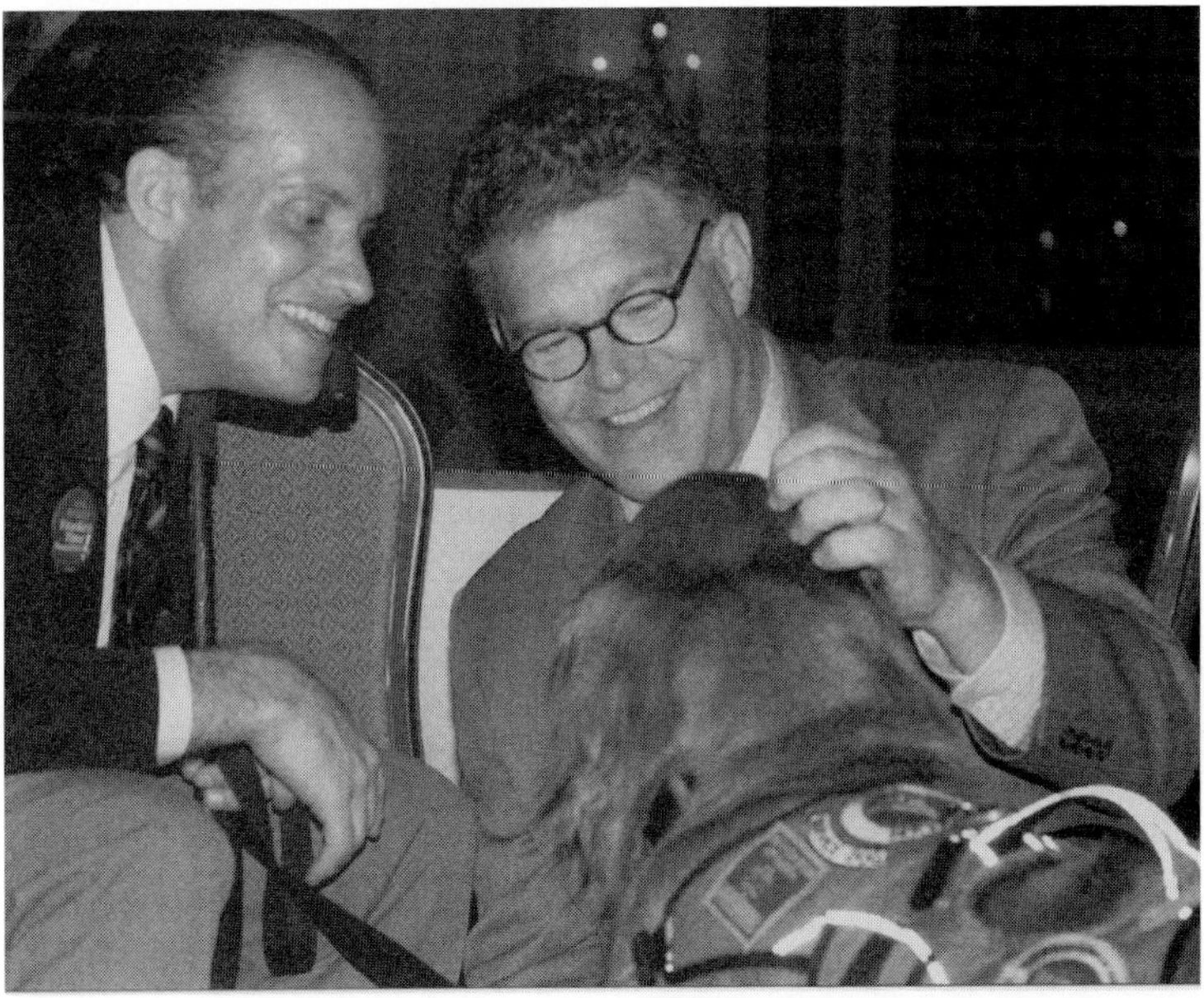

2009年8月に行なわれたアル・フランケン上院議員の当選祝賀会でのひとコマ。前日にフランケン議員が提案した最初の法案「復員兵介助犬提供法」が可決されていたため、祝賀ムードはさらに高まった。

ブルックリンのサンセット・パークの階段をチューズデーと慎重に降りていく筆者。2009年冬（Photo by Leslie Granda-Hill）

2010年5月、コロンビア大学大学院ジャーナリズム学部卒業の日。角帽と礼服姿のチューズデーと筆者。

ブルックリンのサンセット・パーク付近をチューズデーと連れ立って歩く。2009年3月
（Photo by Leslie Granda-Hill）

介助犬は心のボディガード

　復員兵どうしうまくやっていくのはたやすかったが、最初の数日間に限って言えば、この親しみはお互いが感じていた緊張のカモフラージュだった。自分らがここにいる理由は、粉々になった人生を一から建て直すこと。失敗すればどうなるか、皆よくわかっていた。だから無事に犬とペアになるまでは平穏な気持ちになれなかったのだ。

　僕は二日目にチューズデーとペアになると言い張り実行した。すると気持ちにゆとりが出てきた。人生が落ち着きを取り戻し始めたと言ってもよい。この数年間、僕の心は絶え間なく過去に引き戻され、体はボロボロの状態だった。

　介助犬を扱う訓練には相当な体力がいる。僕は背中の負傷のため、キッチンのソファでしばしば腰を休めねばならなかった。そんな時、チューズデーは必ず隣に座り、物憂げに室内を眺めたり膝の上に頭を載せたりする。ほどなく人と会話する時は自然とチューズデーに手を触れ、首輪やリードの感触を確かめるようになった。

　イラクから戻って以来、何か喋ろうとすると過去の出来事が引き金になり、心身が極度に緊張した。チューズデーに触れている時だけは、なぜかそれが起こらなかった。言い換えれば、チューズデーが隣にいることで自分の意識が現在にしっかり根づいたのだ。

　話を元に戻そう。僕がおどけてリッキーを茶化す。ミスターTのモノマネでリッキーが応酬する。彼のパートナー犬レイバーンは、ミスターTと化した主人に狼狽して目を見開く。その様子にチューズデーが「どうなってるの?」という顔をするからこっちも吹き出す。笑いながら互いの犬を撫でているところに、メアリーがレミーのリードを腰に付けてやって来る。「あんたたちね、馬鹿騒ぎもいい加減になさい。言うこと聞かないと、この切り株みたいな腕でぶん殴るわよ」

この冗談めかした台詞に、メアリーに起こった変化が感じとれる。これまで、彼女が失った両腕をネタに冗談を言ったためしはなかったからだ。戦場で手足を失う。これは手術による切断のように理路整然としたプロセスではない。一瞬にしてすべてが血に染まる途方もない暴力体験。あとには激しい苦痛をともなう手術につぐ手術と、何年にもおよぶリハビリが待っている。彼女が両腕を吹き飛ばされてからまだ半年あまり。手術とリハビリの激痛にさいなまれながら、いかに人生を建て直すかの答えを模索している最中なのだ。メアリーは二一歳。だが見た目は一六歳にしか見えない。夫のジェラートも兵士で訓練所に同行して来ている。寡黙だが折り目正しいきわめて真っ当な男だ。二人ともモンタナの田舎町からやって来た、底なしに人なつっこい、どこにでもいる普通の人々。二人を両腕に抱きしめ、冷酷な外部社会から守ってやりたいと願ったことは一度や二度ではない。誰もがそう感じていた。チューズデーも例外ではなかった。

だが、メアリーは筋金入りの兵士である。イラクで爆発物処理班にいた彼女は自らの体験をこう書いている。「銃撃され、狙撃され、刺され、車に轢かれ、爆発で四回吹き飛ばされ、迫撃砲攻撃を受け、仲間が戦死したばかりの場所で爆弾処理し、イラク人男性に乱暴されかけ、おまけに卵巣嚢胞《らんそうのうほう》が破裂したこともありました。これだけの目にあっても無事だったんですが、その直後、両手で持っていた簡易爆弾が爆発しました。両腕を失ったのはこういういきさつです」

トラウマと負傷、そして誇り。これほど過酷な体験を理解できるのは戦場を知る兵士だけだ。しかも、真に強い者でなければ耐えられない。このような辛酸をなめたあとは、滅多なことでは諦めなくなる。同時に、自らの体験を語ることも稀になる。

それが訓練開始からわずか四、五日で、メアリーはパートナー犬レミーとワルツを踊りながらやって来て「切り株の腕でブチのめすわよ」と言ったのだ!

「切り株の腕」メアリーのこの言葉こそ米軍戦士の闘魂にほかならない。そして介助犬が秘めるパワーの証しでもある。介助犬は心のボディガード。隣にいるだけで安堵と快適を与えてくれる。犬とパートナーになったばかりのハネムーン期間はとくに彼らが素晴らしい新世界を体現してくれる。疑心暗鬼しかなかった我々に、介助犬が自信を持たせてくれるのだ。

たったの二週間の基礎訓練

だからと言って、訓練所でチューズデーと過ごした日々が楽しいことばかりだったわけではない。ほぼ毎日コロンビア大学でも授業があり、このダブルヘッダーは心身ともに消耗した。何時間もの訓練を終えて授業に向かい、帰ると再び訓練を繰り返す。チューズデーこそ準備万端だったがこっちは素人。しかも基礎修得時間はたったの二週間。失望と落胆の連続が、ほんの一瞬、成功の喜びで断ち切られるという繰り返しだ。チューズデーは八〇の命令を判別できたが、これをすべて覚えるのは人にとっても一仕事。そのうえルーが目標レベルを絶えず上げるのだからPTSDを患う僕にとってはなおさらだ。

「左側に付け（ヒール）」と「右側に付け（サイド）」の命令の出し方をマスターしてチューズデーと歩けるようになるや、ルーが次の命令を加える。

「ルイス、見てて。チューズデーをその箱に乗らせるわ。こうするのよ」

「止まれ、チューズデー。よし、いい子よ。箱に乗って」

「箱、という言葉は知っているから大丈夫。じゃあ今度は、窓の外を見るように指示してみて」

次は僕の番だ。

「レッツゴー、チューズデー。よし、いい子だ。右に付け。窓を見ろ」

「窓はまだ知らないわ。どうやって教えたらいいかしら?」

「上を見ろ、チューズデー。あれが窓だ。まど。よーし、いい子だ」

「次はあなたの杖よ」

「チューズデー、杖を見ろ。取ってこい。そう、それだ。持ってこい。いいぞ、ここに持ってくるんだ。よーし、いい子だ」

この訓練中、ルーと彼女のスタッフは手を変え品を変え邪魔をしてくる。歩いている最中にすぐ横のドアを開けたり、チューズデーの鼻先におやつを落としたりするが、彼はいっさい無視しなければならない。

次に「あっちへ行け」の命令をするよう言われた。これでチューズデーは、次の指示が少し離れた場所から出されるとわかる。チューズデーの気を散らすために、車椅子や犬用の噛むオモチャ、郵便配達員(ルーはチューズデーが見知らぬ人にどう反応するか確かめたかったのだ)、ほかの犬たち、そして自動的に開く傘が登場した。外の世界とは込み入ったところだ。目の前で突然開く傘も些細なことだが、障害物のひとつなのだ。

はじめての遠出

リッキーとアンドリューがそれぞれの介助犬とペアを組んだ四日目、児童養護施設「チルドレンズ・ビレッジ」のキャンパスに赴いた。翌日は車で地元ショッピング・センターに繰り出し、公共の場に慣れる訓練。そのあとは、訓練所の大部屋に戻り、床に引かれた黄色の線に沿ってテーブルの周りを延々と歩いた。この時期は激しいストレスとこの上ない解放感が入り交じり、上達していると感じられる時もあれば、三日前にできた命令を忘れてしまったとがっかりすることもあった。

朝のひと時を公園で過ごすため、ある日全員で隣町まで電車で出かけた。はじめての遠出はお互いの進歩の度合いを知るよい機会だった。簡単に聞こえるだろうが、人や動物でごった返す公園は僕とチューズデーの気持ちをかき乱した。見知らぬ場所への過度の警戒心で僕はガチガチに緊張した。その隣でチューズデーは走りまわるリスに目と心を奪われていたのだ。彼の助けをその場で求めそこねたミスに、公共の場で過ごすプレッシャーが重なって情緒が不安定になった。おまけに訓練所に処方薬を置いてきてしまったので、昼頃には背中が疼き始め頭もフラフラする始末。循環する血液から薬の成分がみるみる薄れ、ドブスフェリーに戻るため駅に向かう頃には、隣にいるチューズデーを忘れるほど狼狽しきっていた。

電車がやって来た時、神経の昂ぶりはピークに達し、頭蓋骨の中で脳が苦痛に呻いた。訓練所に戻って薬を飲むためには、どうしてもこの電車に乗らなければならない。しかしホームの手前で、リッキーがレイバーンの扱いに手こずって間に合いそうもない。もっとも、ニューヨークを走るメトロ・ノース鉄道の昼間のダイヤはかなり複雑で、果たしてこれが目的地に向かう列車なのか居合わせた誰にもわからなかった。車両が速度を落として止まる。ブレーキの軋む金属音は不快な耳鳴りになり、やがてズキズキする痛みに変わった。そして、乗るべきかリッキーを待つべきかで一同がダラダラと意見し始め、それは耐えがたい不協和音と化した。待つのか待たないのか、あの家を偵察するのか、あそこの建物を爆破するのか、それとも……。

以前だったら症状は悪化の一途をたどっていただろう。偏頭痛が起き、たいていは激しい嘔吐が続いた。が、この時は違っていた。きりもみ状態で落ちていく代わりにチューズデーに目をやった。彼は僕の右足に体を押しつけるようにして立ち、穏やかに見上げていた。こちらの動揺を感じとってはいたが、毅然としていた。実際、この瞬間のチューズデーはこれまでいちばん神経を集中していただろう。だが彼は僕に決断の催促をしていたのではない。介助犬と主人の関係とはそういうものではない。「乗るか乗らないか自分で決めてください。どっちにしても僕は従います」と言っていたのだ。意を決し、仲間をホームに残して電車に乗り込んだ。座席に腰を下ろす。こちらを見やるチューズデーの様子から「やったね、その調子!」と思っていたのは疑いない。主人を誇る介助犬のお陰で、こっちも自分の決断に満足することができたのだ。みんなが帰って来る頃には、薬のお陰で神経の昂ぶりもおさまっていた。キッチンでチューズデーとひと息つきながら、

「君たち、ちょっと遅かったんじゃない?」と笑って言う。

メアリーが切り株の腕を振り上げ「ぶん殴ってやんなきゃ」とやり返す。

「まあ、椅子でも持ってきて座れよ!」

このきわどいジョークに、しかしメアリーは相好を崩した。

11 愛なしでは生きられない

内なる輝きは遮られることがない
メイヤ・アンジェロー

ミラクルドッグ

地下鉄の一件は試練だったが自信がついた。チューズデーが僕の判断を信じてくれたおかげで、不安に揺らぐ心を鎮めることができたからだ。あの日以来、チューズデーとの信頼はさらに深まり、命令に対する反応もよくなってきた。どうやら僕を主人として受け入れてくれたようだ。ペアを組んで二週間目、僕たちは訓練をバリバリこなしていた。近所の散歩も、電気を点けるのも、椅子の乗り降りから杖を拾ってくることまで、どれも完ぺきにこなした。

だが、チューズデーは行儀作法にいささか問題があった。命令は的確に理解するが注意散漫になることがある。本当なら前方を注視していなければならない時に、誰かにいいところを見せようと舌を垂らし頭を左右に振ったりする。十数個の品物の中から特定の物を取ってくる訓練では、それがボールであれ、ソックスであれ、彼は指定されたものを難なく選び出した。だが数回成功すると、その場に居合わせた人や犬の前でビクトリーランをしないではいられなくなる。くわえた品物をブラブラさせながら、長い髪をなびかせ颯爽と走りまわるのだ。

「ルイス、あんなマネさせないで。ボスはあなたなのよ。介助犬はね、熱意があるのはいいけれど主人より自己主張が強いのはダメ」ルーは口を酸っぱくして言う。だが、どちらがリーダーであるかに疑問の余地はなかった。長年将校だった僕にはリーダーの資質があり、チューズデーは生まれついてのサポート役だ。楽天家でお調子者のチューズデーと意志強固な将校だった僕たちは、互いにとって完ぺきなパートナーだったわけだ。もちろん訓練には真剣に取り組んだし、ルーの助言にはいつも耳を傾けた。それでも僕は極楽トンボみたいなチューズデーの一面が好きだった。口からソックスをぶら下げた笑顔を見ると、しつけを厳しくする気にはなれないのだ。自然体のままでいいじゃないか。だからこそ彼をパートナーに選んだのだ。

チューズデーと巡り会えて舞い上がっていた僕はそう考えた。命令にはすべて従うし、隣にいる時は注意散漫になることもない。そのうえ、寝る時はいつもピッタリ体をすり寄せてくる。離れたくても離れられず、いつも視界の中にその姿がある。一歩踏み出せばすぐにチューズデーも立ち上がって歩き始めるので、手にしたリードがグイグイ引かれる。トイレの中でも一緒なのだ（幸いなことにプライバシーなど軍隊生活でとうの昔に失っていた）。いつもそばにいてくれる、まさに自分にとってはミラクルドッグ。それまでに知っていたどんな動物よりも、むしろ人間よりも、僕はチューズデーに惚れ込み頼りきっていた。そうした興奮状態にあったので、彼が抱える問題の本質を見ぬくことができずにいた。

この時点ではチューズデーが僕と心をつないでいないとは考えもしなかったし、介助犬と人との関係は常に寄り添い命令に服従するだけのものだと思っていた。

まだ本当の絆とは呼べない

声ではなくリードを通じ、人と犬は本当に心がつながるものだと聞いていた。チューズデーはリードを通じて、僕の持つ恐れ、不安、不信、躊躇、プライド、パワー、そして敬愛といったものすべてを感じとっている。これはルーの言葉だ。いつかリードがコントロールの道具でなくなり、我々をつなぐ「へその緒」になる日が来れば、僕にもチューズデーの感情がわかるようになる。そう思ってはいたが、真の理解にはほど遠かった。チューズデーが違う方向に行きたがったり、走りたくてウズウズしたり、休みたがったりするのを感じたが、そのたびにリードは弛んだりピンと張ったりする。介助犬とはそういうものなのだろうと思っていた。

だが、もしリードを介して犬の心が読めたなら、僕はそこに「無関心」を感じただろう。いや、無関心では言葉が悪い。チューズデーは確かに僕を好いていたし、一緒にいるのを楽しんでいた。それが僕を喜ばすことだと知っていたからだ。しかしそれは、絆と呼べるものではなかった。出逢って二日目、チューズデーの瞳にパートナーとしての可能性を見たと言ったが、少しだけ深読みし過ぎていたかもしれない。人は往々にして何もかも運命だと考えたがるものだからだ。

「ヒトといるのが大好きなんだけど、僕は心に傷を受けている。だから、このままの僕を受け入れてくれるパートナーが必要なんだ」チューズデーはそう言って僕を試していた。

確かにいつもそばにいて、いいことをすればご褒美を与え、頻繁にハグしたり、情熱的に話しかけたり、馬鹿騒ぎをしたりするパートナーだったが、チューズデーにすれば、ブレンダンやトムと変わらないその場かぎりのトレーナーだったかもしれない。「話しかけながら触れる」という実績ある訓練方法を、僕はほかの誰よりも熱心に行なったが、それが単なるテクニックではなく、心からの愛情をこめたものだとチューズデーがわかってくれたか確証はなかった。

ほどなくほかのペアとの違いに気がついた。たとえばメアリーとレミー。このペアは出逢った瞬間に絆を作りあげていた。レミーはご褒美をもらわなくてもメアリーのためなら何でもしただろう。それでもメアリーは夫に頼んで切断された両腕の先端に両面テープを巻いてもらい、そこに犬用おやつを十数個つけた。ご褒美をあげる時、メアリーはおやつを口にくわえる。するとレミーがゆっくりとした動作でやって来てそっとおやつを口移しにもらう。それから長い間、メアリーが笑みを浮かべながら離れるまで、このカップルは唇を合わせている。尻尾が床を叩く様子から、レミーもメアリー以上に喜んでいるのがわかった。これほどの繊細さを持った犬をほかに見たことがない。レミーこそルーの秘蔵っ子。従順でしつけの行き届いた、愛の絆を何よりも欲する介助犬だ。

アンドリューとブルー

僕とチューズデーの間にはこういう結びつきが欠けていた。メアリーの境遇を過小評価するわけではないが、僕らの場合、事情はもっと込み入っていた。傷が深かったと言い換えてもいい。

どちらかと言えば、絆を慎重に探り当てようとしていたリッキーとレイバーンの組み合わせに近かったろう。もっともなかなかお互いが理解し合えなかったアンドリューとブルーのペアよりは少しマシだったかもしれない。

アンドリューはミネソタの田舎育ちで、ユーモラスだが寡黙なのんびり屋。これまでの人生で一度も面倒を起こしたことがないタイプだ。積極的に活動する犬を必要としていた僕とは逆に、彼には忍耐強い介助犬が必要だった。だが、ペアを組んだブルーは何でも自分でしたがるボス犬タイプ。両足に義足をつけてからまだ日が浅く、歩行がぎこちないアンドリュー向きの犬ではなかった。ブルーがアンドリューのバランスを崩してしまうところを何回か見たし、命令に対するブルーの反応も今ひとつ情熱に欠けていた。強情なブルーとの主導権争いにアンドリューはかなり参っていたが、ブルーを見捨てようとはしなかった。ルーはしばらく様子を見ることにした。

「私ってね、気が短いのよ」いつだったかルーが言った。しかしこれはニューヨーカー一流のジョーク。なぜって、犬を訓練するには途方もない忍耐がいるからだ。傷つき臆病になっているクライアントに介助犬との付き合い方を指導するにも根気が必要だ。実際、ルーほど辛抱強く心が広い人をほかに知らない。

イースト・コースト・アシスタンス・ドッグズの門を叩いた数多くのクライアントを想像して見て欲しい。障害と生きる日々を向上させたいと切望しながら、リードを持つことすらおぼつかない人たちや、何年もの間、病気の子に普通の生活をさせたいと願ってきた母親。そして僕と同じ境遇にある人たち。ルーはこのような人々を救い、その痛みをやわらげてきたのだ。

僕はチューズデーにすべてを賭けていた。ここでうまく行かなかったら、介助犬なしでブルックリンに戻ったら、人生は回復不能のきりもみ状態に陥っていたはずだ。父が危惧したように、よくて生活破綻者の復員兵に落ちぶれるか、下手をすればホームレスになるか死ぬかしていたはずだ。ルーはこのあたりの事情を理解し、チューズデーが僕にとって最後のチャンスだと見抜いていた。ほかの復員兵仲間の場合も同様だ。だから「ブルーで大丈夫かしら?」と根気強く問い続けたのだ。が、何度聞かれてもアンドリューの答えは、「はい、大丈夫です。本当に」

面倒を起こしたがらないアンドリューは目立つのも好まない。放っておいて欲しいのではないかと思い、プレッシャーをかけ続けるルーのやり方を危ぶんだこともあった。

恋に落ちて

訓練二週間目に入る直前、僕たちは犬同伴で映画館に出かけることになった。映画に行ってみたい気もするが、狭苦しい座席で闇の中、二時間も過ごすのは難関だ。出発前にルーがアンドリューを脇へ連れ出して言った。

「ブルーじゃなくてジャッキーと一緒に行って」

「いいえ、ブルーとで大丈夫です。本当に大丈夫」

「映画の間だけよ。ずっとじゃないんだから心配しないで」

「わかりました」

アンドリューは渋々うなずいた。

映画が終わって照明がつくまでに、アンドリューとジャッキーは恋に落ちていた。たった二時間のデートで、この新カップルはじゃれあい鼻をすりあわせている。「ルイス、ジャッキーの耳を触ってごらんよ。すごくフワフワなんだ」夢見心地の声で言った。

ジャッキーの耳がとても滑らかでやわらかなのは本当だが、アンドリューがブルーにこんな様子を見せたことは一度もなかった。これが本当の一目惚れなのかもしれない。

アンドリューとブルーが相思相愛でないことはルーには初めからわかっていた。だが規則上「鉄格子の中の仔犬」プロジェクト以外で訓練された犬を復員兵にあてがうことはできない。それでもルーは最終的に、アンドリューに最適なジャッキーを選んだ。クライアントのために、規則に反して資金提供を失う危険をあえて冒したのだ。

「フェラーリをあげる約束をしておいて、フォルクスワーゲンでお茶を濁すわけにはいかないわ」いかにもルーらしい台詞だ。だが次のひと言がたまらない。

「より素晴らしい人生をクライアントに約束した以上、それを実現するためにできるかぎりの努力をするのが私のやり方なの」

　アンドリューとブルーのリード戦争を見てから、チューズデーのよさがいっそうわかるようになった。犬の良し悪しということではなく、相性が合わない人と犬では、たとえルーの監督下でもうまくいかないものなのだ。首ったけになれる犬と出逢えた幸運に、僕は何度も何度もチューズデーを抱きしめた。

　とは言うものの、チューズデーとやっていくにはそれなりに苦労もあった。賢さと愚かさが複雑に交錯した犬をあえて選んだのは、誰でもない僕自身だった。

　映画館での話に戻ろう。僕は最後列に座っていた。チューズデーは座席とその後ろの壁の隙間が人には狭過ぎで入って来られないと見るや、隙間を右へ左へと走り始め頑として出てこなかった。ときおり隅で何やら食べていたが、いったい何を食べていたのか想像するだけで身の毛がよだつ。捕まえようと首輪に指が触れる寸前、また駆け出す。座席の列の両端に人が立って出口をふさぎ、四人がかりで捕まえようとしたがうまくいかない。数分後、遊びに飽きたチューズデーは何事もなかったかのように自分から出てきた。歯をずらりと見せて笑う賢くも愚かな犬。こんな愉快なことは今までなかったよ、と言っているようだった。

これからは僕とお前だけだ

　訓練所での講習が終わりに近づくにつれ、チューズデーの注意散漫とお調子者ぶりが気になり始めていた。不安が頂点に達したのは、ドブスフェリーの街中にくりだした時だ。戦傷復員兵と介助犬のカップルを写真に収めようと地元紙のカメラマンが待ち構えていた。言われるがまま、我々四人は古き良き時代の趣きが残る通りを行ったり来たりした。仲間の介助犬はおとなしく歩いたが、チューズデーはいつものように僕には目もくれず、犬とカメラマンの前で目立ちたがった。同行のトレーナーは赤面し、ああしろこうしろと言い始める。しかしここは自分でけじめをつけたかった。チューズデーに言うことをきかせる方法はいくらでもある。厳しい口調の命令から、注意を集中させるため「ヒール」の指示を反復して出すことだってできる。だが、このトレーナーは、リードを強く引いてコントロールしろと言い張る。行儀を正そうとしないチューズデーとトレーナーの苛立った甲高い声、それに首を長くして待っているカメラマンに挟まれ、例の病的不安が心の底から浮かび上がってきた。

状況を一時中断しなければ危ない。とっさに僕は歩道の真ん中に片膝ついてチューズデーを引き寄せた。首根っこをつかんで顔を寄せ、額と額を合わせる。彼が周りを見なくなるまで待って、落ち着いた声で静かに話しかけた。なんと言ったか正確には覚えていないが、僕たちはパートナーで、チームなんだと言い聞かせたのだろう。絶対傷つけたりはしない。言うことを聞いてくれれば一生愛し続けると約束したと思う。

ほどなくチューズデーは耳を傾け始めた。僕の瞳を覗き込む目にはそれまで見せたことのない冷静さが漂っていた。愛なしでは生きられないチューズデーが心を開いた瞬間だったのかもしれない。あるいは、僕との絆がこれまでのパートナーとは違うことに、その時ようやく気づいたのか。チューズデーは、言ってみればトレッドミルで全力疾走を繰り返しトレーナーたちに駆け寄ろうとしてきたのだった。だが、結局いつも振り出しに戻り、ひとりぼっちだった。しかしこの日、この瞬間、少なくとも僕が彼を必要としていることだけはわかったはずだ。おそらくは僕自身も、この関係が一方通行ではな

いこと、そしてチューズデーも僕を必要として
いるのを理性と魂で感じた。
　視線をあげると、トレーナーも復員兵仲間も
犬も、その場の全員が身じろぎもせず僕たちを
見つめていた。カメラマンがカメラ向けていた
のを克明に覚えている。ルーによると、チュー
ズデーと僕はまるまる五分、頭をくっつけあっ
ていたらしい。自分ではせいぜい三〇秒くらい
かと思っていたのだが。
「さっきのこと、何だったのかしらね？」チュ
ーズデーと僕が並んで歩いているところにルー
が聞いてきた。
「僕たちだったらもう心配はいりません。お互
い、わかりあえたんです」
　そう答えてから二日後、チューズデーと僕は
新たな生活に踏み出すため列車でニューヨーク
市を目指した。この日の高揚感をどう表現した
ものか。何もかもがうまくいき、未来に希望が
持てた。これまでとはすべてが違っていた。何
もかもチューズデーのおかげだった。
　地下鉄の回転式改札口も難なく通過し、人々
でごった返す地下深い駅の騒音の中で、彼は二
時間以上もエスコートをしてくれた。周囲を冷
静に観察し分析する完ぺきに訓練された介助犬
だった。同時に、チューズデーの興奮と喜びも
感じとれた。この日のために、彼はこれまでず
っと訓練されてきたのだ。チューズデーにして
みれば、ニューヨーク市がアルワリードだった
のだ。任務中、彼の注意を妨げるべきではなか
ったが、我慢できずにグランド・セントラル駅
のど真ん中で抱きしめた。
「おい、パートナー、いよいよキミと僕だけ
だ。僕らは自由なんだ」

12 最初の試練

汝の言葉に充ちる怒りは感じられる
だが言葉そのものは理解できない
『オセロ』ウィリアム・シェイクスピア

二人だけの生活

チューズデーのおかげで人生が上向いたのは間違いない。誰かがアパートに一緒にいてくれるということ、それは素晴らしいものだった。絆ができるまでの二カ月間、チューズデーを他人に触らせないこと。ルーから何度もそう言い聞かされていた。これはとくに難しいことではなかったし、実際、理想的だった。外出にはまだ自信が持てなかったから、格好の口実だったわけだ。外に行く代わりに、チューズデー相手に命令の練習をした。昼夜を問わずどちらかがじっとしていられなくなると、「座れ」「左につけ」「取ってこい」「持っていけ」「ここで寝ろ」「前を向け」などの命令を出した。最後はチューズデーを抱きしめ「お前はいい子だね」と言ってやる。そのあとで、チューズデーは用を足しに行く。最初の一週間はこんな風に過ごした。できるものなら何カ月でも、この居心地のいいねぐらで不安のない状況を楽しんでいたかった。

残念ながら、外の現実社会とも向き合わなければならなかった。退役軍人病院への通院は、マンハッタンの病院に転院して以来ずっと楽になった。信頼できる主治医と精神科医、セラピストが見つかったからだ。しかしコロンビア大学での授業は、ことにレポート・ライティングのクラスは退屈で、どうにも僕には合わなかった。PTSD患者の常で、合わない理由に異常なほど固執した。僕にしてみれば、このクラスはジャーナリズムの名を借りた犯罪記録簿にすぎない。テーマも地元ニューヨークのニュースにこだわりすぎていた。授業の骨子は曖昧かつ矛盾しており、ゴールも明確でなかった。往復三時間の地下鉄通学のおかげで毎回激しい動悸が起き、閉所恐怖症にやられた。その後二時間も続くクラス討論がその苦労に値するとはとても思えなかった。

僕の不平不満は事実に基づいている。しかし、授業の計画に従わず自分で自分を窮地に追い込んだのも事実だ。それまでの二年間、明けても暮れても外交問題と国防政策に没頭し、デンバー・ポストやニューヨーク・タイムズ、サンフランシスコ・クロニクルといった大手新聞の社説やコラムに投稿を続けた。戦争や退役軍人問題という社会的に大きなインパクトを持つ分野がテーマだった。だから、地元の条例や、車のクラクションを何回までなら鳴らしてもいいかという類の問題には興味を持てなかった。いったいこの連中はアメリカがいま現在、戦争をしているのがわかっていないのか？

こうした思いは、僕が再びこの戦争ときわめて個人的に関わり始めていたからだ。僕がアルワリードを去ってまもなく、アルアンバー州は宗派間抗争に陥り、イラクの友人たちの様子がわからなくなった。アリからは短文のメールを何回か受け取ったが、それによると国境地帯は大混乱状態で、知り合いのイラク人たちが次々に命を落としていた。二〇〇五年のメールではアリ自身の命も狙われているとのことだった。だが、陸軍の公式メール・アドレスが除隊と同時に削除されると、彼との連絡手段は失われてしまった。

助けを求めるイラクの友

二〇〇八年の春、アリが再びネットを通じて必死の嘆願を伝えてきた。連日の脅迫に身の危険を覚え、彼は家族とともにヨルダンに逃れた。二〇〇六年から首都アンマンのスラム街で暮らしているが、ヨルダン政府はイラク人難民に発行した六カ月の就業ビザの延長を拒否している。ビザが失効してから、アリは家族のため日雇い労働の仕事を転々として糊口《ここう》をしのいでいた。彼はアメリカへの移住を申請していたが、米政府は再三にわたりこれを却下。その理由は僕が正式な書類を提出しなかったためアリが多国籍軍で働いた証拠がないというものだった。僕が書類を提出できなかったのは事実だ。アリは賃金を支払われた正式の雇い人ではなかったからだ。アメリカを信じたからこそ、彼は無償で働いてくれたのだ。

この年の夏、アリの移住に便宜をはかってもらうため、さまざまな人たちに手紙を書き電話をかけ続けた。便宜と言っても、自分が勤めた一七年間の軍役に対するしかるべき特典だと感じていた。西アルアンバーに駐屯した騎兵大隊指揮官クリストファー・ヒッキー大佐と、ハンビーの機関銃手だったエリック・パーシー軍曹が返事をくれた。また、一期目のブッシュ政権で人口・難民・移民担当国務次官補を務めたアーサー・ジーン・デューイと、父の友人で前米国国際開発庁副長官フレッド・シェックの協力を取りつけた。国際開発庁は経済および人道支援を行なう政府機関だ。

米海兵隊元大尉のテイラー・ブードローは復員兵支援の仕事で知り合った友人だが、彼と組んでアリをはじめとするイラク人難民のための非営利団体を設立した。八月、ブードロー大尉と二人の職業ジャーナリストとともにアンマンに飛んだ。アリと直接会って、イラク難民の窮状を浮き彫りにするためだ。チューズデーに逢う数カ月前、クラスメートたちが地元ニューヨークの問題についてレポートを書いている間のことだった。

まず、七五万人もの難民がアンマンでも最悪の地域にあるスラム街に散らばって生活していることに驚愕した。その大部分が、就業ビザを持たぬばかりに基本的人権を奪われ、物乞いや売春婦として生きることを余儀なくされていた。だがもっと驚いたのは、米国政府の役人たちがこの危機に対処するための一貫した計画を持ちあわせていないことだった。

アリは運がよかった。我々の努力によるところもあったが、彼の特別ビザと亡命申請は承認され、僕がアンマンに着いた時には最終書類を待っているところだった。アリはアメリカの仕打ちにはひと言足りとも不平を言わず、ただただ我々の支援に感謝してくれた。すべてを剥奪されたうえ、戦慄と恐怖に満ちたこの四年半は彼にとって筆舌に尽くしがたい試練だったが、それももうすぐ終わる。アメリカによるイラク進攻は彼が望んでいた結果をもたらすことはなかった。アメリカの無謀な試みは見事失敗に終わったのだ。だが、それでもアリは後悔していない。アメリカを信頼しているからだ。数年待たされはしたが、彼のアメリカに対する献身はもうすぐ報われようとしていた。

許されざる裏切り

僕はアリほど寛大にはなれなかった。我々とともに戦った何千人というイラク人たちが今なお辛酸を舐めていたからだ。彼らは我々の側に立つことで自らの命は言うに及ばず、伴侶《はんりょ》や子どもたち、両親、兄弟姉妹、従兄弟、姪、甥に至るまで危険にさらした。アメリカに貢献した「反逆者」に対する復讐殺人はそこまで徹底していたのだ。現地イラク人たちの手助けは戦争遂行に不可欠だった。アメリカは彼らを喜び勇んで迎え入れたが、借りを返す段になって背を向けた。ヨルダンで僕が目撃したことは、単に友に対する裏切りではない。アメリカが自ら信じる価値そのものに対する背信行為だった。

「手を貸してくれれば、アメリカは支援を惜しまない」我々は彼らにそう確約した。それが今、アメリカの国策はその約束を違え、イスラムの同胞を締め出そうとしている。

「アリを救え」と題するイラク難民のマルチメディア・プレゼンテーションはFlypmedia.comにまだアップされている。いま見ると、当時の緊張感と重圧が伝わってくる。当時アリは報復の対象だったので顔はボカされている。インタビューに出てくる僕は何度も言葉に詰まり、カメラの方を見ることができない。考えをうまくまとめられず、両目を見開きながらもどこか虚ろで焦点があっていない。エアコンの効いた部屋なのに汗だくだ。どれもこれも明白なＰＴＳＤの症状だった。

アリは自分の苦境以外にもいろいろ話してくれた。アルワリードの国境警備隊員で戦友だったマハーが命を落としたこともアリから聞かされた。マハーは自分の親友で、冗談を飛ばすのが好きなやつだった。米陸軍にとっては、西アンバー砂漠地帯で最も価値ある情報源を持つひとりだったと思う。マハーはこの地域で部族や民族の内情をよく理解していたので、いつもパトロールには一緒に出た。彼と一緒だと多数の武器や弾薬の隠し場所が見つかったものだ。基地から遠く離れたパトロールは緊張の連続だったが、マハーはいつも我々を笑わせてくれた。

ある日の午後、ハンビーの無線からスペイン出身の歌手エンリケ・イグレシアスの歌が流れてきた。マハーと僕は大学の仲間が海岸に向かう途中でもあるかのように一緒に歌い始めた。ただ学生と違うのは、そのたった一五分後、僕たちは部屋にあふれる男たちに銃を突きつけ、その場に隠された武器を押収していたことだった。

マハーの死

イラクを去る直前の二〇〇四年マハーは結婚した。式に招待されていたが、部署を離れることは許されなかったので参列は叶わなかった。しかしあとで結婚式の写真を見せてくれた。アラビア語で「輝き」を意味するシュルクという名の花嫁はマハーの故郷アルルタバ出身の、美しい娘さんだった。写真の二人はこれ以上の幸せはないという様子で、マハーもシュルクも若く、そして恋に落ちていた。子どもを持つことも考え始めていたろう。だがその数週間後、何者かが二人の家に手榴弾を投げ込んだ。爆発で屋根は吹き飛び壁も粉々になった。明らかな暗殺。米軍を助けたことに対する報復だった。マハーもシュルクもこの爆発で亡くなった。

ジャーナリズムの授業に出るたびに、いつもこの出来事を思い出した。近隣地域にはびこる瑣末な問題について調査する課題を出されるたび、イラクの人々に対する裏切りと彼らが今なお味わっている辛酸がことごとく無視されている事実を思い起こさないわけにはいかなかった。どこそこの自治会がごみの収集スケジュールに文句を言っているんだって？　じゃあ教えてやろう。今は戦時なんだ。

イラクの社会そのものが崩壊に瀕している。何千人もが命を落とし、ヨルダンでは七五万人のイラク人難民が住む家も就業ビザもなく暮らしている。ごみ収集も、もちろんない。

そして、マハーは死んでしまった。

こういう状況だったから、レポート・ライティングのクラスを受講するための心の準備が完ぺきだったとはとうてい言えない。そのうえ教授のアパートで行なわれた秋学期最後の集まりは食事を交えたグループ・プロジェクトの発表会だった。閉所恐怖症を引き起こすこの手のパーティが僕は最も苦手で、発表まで課されていたのだからなおさらだ。チューズデーに逢う前なら、いつもの発作を起こしていたはずだ。二日も前から酒の力を借りて出席する勇気を奮い立たせなければならず、それでも実際に行くかどうか怪しいものだった。でも今は違う。チューズデーと一緒なら、不安はあったものの、何とかこなせる自信があった。出逢ってからまだ数週間しか経っていなかったが、すでに心のありようが変わり始めていた。

最悪のグループ発表

教授宅に着いたのは僕たちが最初だった。アパートの間取りを下見して、最も安心できる場所を探すため、わざと早めに来たのだ。一滴のアルコールの力も借りていなかったが、ズボンの中に入れたナイフとチューズデーがそばにいてくれるお陰であまり不安は感じなかった。次にやって来たのはタイトなスカートを履いた可愛い娘だったが、チューズデーは何を思ったのか彼女の真っ赤なスカートに鼻先を突っ込んだ。ゾッとするほどの当惑に、反射的にチューズデーを引き離して叱った。が、チューズデーは懲りずに繰り返し激しく顔を振ってみせた。これには彼女もスカートと同じくらい顔を赤らめた。幸いサバサバした性格で、僕たちはチューズデーの大失態を笑い飛ばすことができた。その後しばらく談笑することさえできたのは、人を魅了するチューズデーの茶色の瞳のお陰だったろう。

でも、よかったのはここまで。このあと状況は坂を転げ落ちるように悪化した。一学期をともに過ごしたというのに、部屋にあふれかえる学生たちの顔はほとんど見覚えがない。部屋の熱気が刻々と上昇し、人々の喋り声が耳元でざわめき、しだいに考えをまとめることができなくなった。

さらに事態を悪くしたのは二人のクラスメー

トがペットの犬を連れてきたことだ。チューズデーを連れてきていいならほかの犬だっていいはずだと考えたのだろうが、見当違いもはなはだしい。誰かが車椅子で来るなら自分はオートバイで部屋に入ってもいいと言うような暴論だ。その犬がどれほど厳格に訓練され、どれほど愛されているかという問題ではない。ペットをチューズデーと同列で扱うことはできないのだ。誤解しないで欲しい。飼い主にとって犬が家族同然なのはもちろん知っている。だが、わざわざ犬をパーティに連れて来なくても彼らは困らない。それに対して、僕には生きるためにチューズデーが必要なのだ。

それにしてもこの二匹は最悪だった。訓練されていない犬の例にもれず、居合わせた人々とその場の喧騒に興奮し、チューズデーに向かって吠えたり噛みつこうとしたりしたのだ。チューズデーは完ぺきに訓練された犬たちの中で育ったので、こんな悪さをする犬を相手にするのは初めてで、すっかり当惑していた。睨みつけたり頭を押しつけて追いやろうとしたりするが、二匹は性懲りもなくまとわりついてくる。こちらは部屋にあふれる見知らぬ人々に囲まれ、パニック発作を起こしかけていた。チューズデーの助けが必要だったが、彼も冷静とは言いがたい状態だった。

発表の順番がまわってくる頃にはすでに手遅れだった。あの時の僕の目を見れば誰でもわかったはずだ。せり出した両目は生気がなく焦点も合っていない。アルコールで頭が吹っ飛んだ時のようだったが、もちろんその晩飲んだワインのせいではなかった。意識を失くしてしまうほどの不安に圧倒され、頭の中で部屋がグルグルまわりだし、わけのわからない思考の断片が飛び交った。忌々しい犬たちとイラク人のアリ。暑すぎるアパート、イラク人暗殺者、物騒なバクダッドの群衆、自爆テロ、この無意味な発表と死んでしまったマハー……。

そうこうするうち自分の番がやって来た。グループ発表のさわりの部分が担当だ。なぜか僕は、自分たちの発表が満足できるものでないのは十分な時間を与えられなかったからだ、と言葉に詰まりながら切り出してしまった。

「嘘だ！」

仲間の学生が叫んだ。このひと言で僕の正常な思考力が失われた。嘘だと？　事実と違うだと？　成績が心配なのだろうが、嘘とは何だ？　この瞬間、二〇〇三年以来起こったことのすべてが心の中でつながった。教授が時間をくれなかったことも、そのほかの何もかもが事実になってつながったのだ。それを否定することは、なんであれ裏切り行為に違いなかった。目の前の若者を殴る寸前だった。

このあとは何が起こったのかよく覚えていない。一連の出来事は長く記憶から失われて、今も曖昧なままだ。確かなのは、口論になりチューズデーと僕がその場から退席したことだけだ。たぶん発表は続けられたのだろう。どうにかクラスには合格した。しかし数日後まともに考えられるようになって、僕は専攻を雑誌ジャーナリズムに変更した。

この夜の騒動はチューズデーに責任があるわけではない。強いて言えば、僕を袋小路に追い込んだ教授にある。だが状況に対応できなかった自分こそが責められるべきだ。チューズデーと僕がパートナーになってまだたった数週間だったことを考えれば、暑苦しいアパートと部屋にあふれる他人、そしてあのしつけのされていない犬たちの組み合わせは相手が悪かった。地下鉄で帰宅する長い道のりの間、走ったあとのように早まった呼吸の合間に自分に言い聞かせた。

「ものごとをシンプルに保てれば、僕たちはなんとかなるさ」

13　父との和解

父上を試してやろう
ひと目で息子とわかるかどうか
それとも二〇年経ったいま気づきもしないか
『オデッセイ』ホーマー

重要な任務

あの晩のことは記憶の底に埋没させた。PTSDを患う者にとって忘却は容易なことではないが、忘れなければ生きていけないと直感した。それでなくても、僕の心はイラクにまつわる記憶や、アリやマハーなど多くの人々に対する裏切り行為の罪悪感でいっぱいだった。

秋になり、アフガニスタン情勢でも、僕の苛立ちはしだいに増していった。「アフガニスタン駐留米軍に忍び寄る終わりなき任務」と題した記事を書いたほどだ。その中で、第二次世界大戦後のヨーロッパ再建に向けた復興援助計画マーシャル・プランに触れ、米国務省の管轄であったことを指摘した。いっぽうイラクの復興においては、国務省の機能不全と軍への恭順により軍サイドが主導。その任には将兵がついていた。

僕はこれまでこの戦いの軍事的大失態の解明に多くの時間を割いてきたが、ここに来て自らの人生を安定させる必要があった。

それだけではない。チューズデーと僕の前には大学院の授業などとは比べ物にならない重要任務が迫っていた。この年の感謝祭は、チューズデーとともに両親の家で、家族の時間を過ごすことになっていたのだ。

僕の人生の基盤はいつも家族だった。陸軍に入隊したのは、家庭内のもめごとが原因でも現実逃避のためでもない。ロナルド・レーガンの人となりと、道徳と勤労に根ざした社会という彼のビジョンに感化された結果だった。国家が国民を必要とした時、ブッシュは人々に洗濯機の購入を説いた。ケネディとレーガンは個人として模範を示すよう我々に強く求めた。この期待に応える手段として、そして父への返答として、僕は陸軍を選んだのだ。経済学者だった父はキューバ独裁政権に対し言葉と数字で戦いを挑んだ。一〇代の僕はカストロに反対する街頭デモに参加し、「キューバ人の解放を非暴力によって支援する」救援同胞団の活動を助けた。父のやり方に異議を唱えはしたが、彼の誠実さと知性、そして名誉を重んじる性格を疑ったことは一度もない。父を敬い彼のようになりたかった。ただ、そうするためには自分の信じるやり方でなければならなかった。

父からのメール

最初のイラク派兵から戻った時、両親に会えればそれでよかった。父と母は僕のアメリカでの人生そのものだった。だが、帰還地のカーソン基地の建物に二人の姿はなかった。だが父と母が迎えに来なかったのは自分の責任だ。事前に首都ワシントンからコロラド州までわざわざ飛んでくるには及ばない。数週間後ワシントンで会えれば十分だと言っておいたからだ。この判断は間違っていた。戦地派遣を終え輸送機から足を踏み出す瞬間は魂を揺さぶられる体験だ。気持ちが舞い上がっていく爽快感と、方向感覚を失って混乱する空間識失調が混在している。安堵と歓喜に包まれた将兵たちは、我先に妻や夫、子どもたち、恋人、そして両親たちのもとに駆け出していく。僕はそんな人々の渦の中をひとり歩き続けた。それまで感じていた喜びがみるみるうちに深い失望に変わっていった。イラクの戦場から遮断されたのはよいが、出迎えてくれる人が誰ひとりいなかったことで、こちら側の世界にも属していないと感じたのだ。僕はそのまま歩き続け、そしてコロラドの眩しい陽射しの中に出た。

二回目のイラク派遣から帰還した際も、両親の出迎えを頼まなかった。おそらく誰にも、両親にすら会いたい気持ちが湧かなかったのだろう。あの頃、僕はすでに僕ではなかった。孤立無援で不安にさいなまれ、戦争と過去にとりつかれた別人だった。戦場に自分の大切な部分を置き忘れてきてしまっていた。だから、以前の自分を知る、愛する人たちに会うのが恐かったのだ。戦争で受けた傷をどれほど隠したいと願っても、両親にはわかってしまう。父と母はいつでもお見通しだ。父が「お前、生活破綻した復員兵にだけはなるんじゃないぞ」と、つい口に出したのはそのためだ。見覚えがないほど変わり果てた僕を前に、父も戸惑っていた。

数週間後、父から一通のメールが届いた。手紙にはこうあった。

「お前が危機管理センターの仕事を断ったことに、私はショックを受けた。悲しく、また失望もした。お前の決断は間違っていると信じる。これは本音だ。お前の将来に決してよいことではない。戦傷復員兵団体に入ったことなども、私に言わせれば不安材料だ。理由は二つある。まず、こういう連中の多くは、相互扶助と言いながら、実は障害者手当を最大限に利用するために助けあっているだけだ。苦境を克服するのではなく、失業保険に頼って生きようとすることで自らの障害をより悪化させる悪循環に陥っているのだ。次にこういう団体のメンバーはお互いを『最も低俗な大衆』に貶《おとし》める傾向があるようだ。社会という鎖のいちばん弱いつなぎ目と言ってもいい」

八時間後の深夜一時半、僕は次の返事を父に出した。これがイラク以降、自分が辿った人生航路をなにより雄弁に要約していると思う。

「父さん、言わんとすることはわかります。率直なご意見と心配、そして愛情に感謝します。おっしゃることはおおむねその通りですし、理にかなっています。自分も『最も低俗な大衆』のひとりに落ちぶれるつもりはありません。とは言うものの、僕はこれまで自分が抱えるいくつかの問題を見ないようにしてきました。このことが、よりよく幸福に生きる能力とチャンスをないがしろにしてきたのです。

むしろ、いま僕はこの苦境を克服するために、自分に対して正直であろうとしています。最も楽な道、つまり障害を否定する誘惑に屈するのではなく、あえて困難な道を選び成長しようとしているのです。

僕が歩み始めた道にはいくつか不安材料もありますが、以前より気持ちが安らいでいます。おかげさまで、自分という人間にふさわしい形で、落ち着くべきところに向かって前進していける自信が深まりつつあります。

僕の伝えたいことのすべてはわからないかもしれませんが、それはしかたのないことです。父さんにとって、僕の体験は個人的な逸話にすぎないのですから。しかし僕が味わってきた体験は、僕自身の全存在を奪い尽くす血と汗と涙なのです……」

穏当な内容には聞こえるが、実のところこの時の僕は混乱しきっていた。父親の尊敬を失ったことが僕にとってどれほど辛かったか、父には決してわからないと思う。その後、僕は酒に溺れた。コロンビア大学からの入学許可を手紙もメモも一切なしで送りつけてやったことを除けば、数カ月間、両親と連絡を取らなかった。感謝祭当日の家族の集いも事前に連絡せず、顔も出さなかった。モンタバン家の伝統では、こんな無作法は前代未聞だった。あの週末、ラム酒漬けになって泥酔し、そのまま目を覚まさない方がいいとまで考えていた。

「家に帰ってあげなさい」

数週間後の二〇〇七年一二月一五日、父からもう一通メールをもらった。以下要約する。

「お前と私の間にいったい何が起こったのかを理解するために、紹介された精神科医のところに行ってきた。一時間ほど話し、いくつか記事やウェブサイトを勧めてくれたので、今それを読んでいるところだ。

私の理解はまだ入り口だが、それでも、この前のメールは出すべきではなかったとわかる。そのことは詫びておく。私と話さないというお前の決断は尊重するが、もし、理解の手助けをしてくれる気持ちがあるなら、私はいつでもここにいる」

父の世代のラテン系男性はまずセラピストというものに行かない。「息子が理解できないのだが、力を貸して欲しい」という台詞は彼らの語彙にはないのだ。謝ることもほぼ皆無だ。それを考えれば、父の譲歩は相当なものだ。翌日、電話で話した。内容は覚えていないが、父の声に安堵したのは確かだ。その夜「私を信頼しなさい。お前と一緒にこの苦境を乗り越える」とメールをくれた。家具ひとつないアパートの床に座り込んでこの文面を読み、涙があふれてきた。

僕が感じていた混乱には根深いものがある。父に腹を立てる一方で、救いの手を差し伸べてくれたのはありがたかったし、また両親が恋しくてならなかった。モンタバン家では昔からクリスマスは家族と過ごすしきたりだ。その機会を逃し、再び空っぽのアパートで酒をあおって過ごすなど考えるだけで耐えられなかった。クリスマスの二日前、考えあぐねた僕はティム神父に電話を入れた。

ティム神父はカリフォルニア在住でイエズス

会に属していた。二〇〇六年の春、二回目のイラク派遣が終わったあと電話で話したことがあった。当時、神父は軍の正式なカウンセラーではなかったが、ある戦友が「お前がどんな目に遭っているかは知っている。この神父なら助けになってくれるぞ」と名前を教えてくれていたのだ。

カトリックの教えを実践する家庭に育った僕にとって、ティムが最も理想的な神父であると断言できる。彼は予備役士官訓練部隊付きのチャプレン（従軍司祭）でもあったので、軍にもなじみがあるうえ、教養もあり、五つある高等学位の一つは神経生物学の博士号で、外傷性脳損傷が僕の思考や行動、衝動コントロールにどのような影響を及ぼすかを正確に理解していた。そして神父自身、かつてアル中だった過去を持っていた。信仰の力を借りてアルコールや薬物中毒を克服するプログラムを三〇年間厳格に続けており、それは今も変わらない。PTSDを持つ者と同様、アルコール中毒も完治はしないからだ。

神父は非常に心の優しい人物で、忍耐強く思慮深かった。自身の過去があるからなのか、僕の下した決断や犯した間違いを咎《とが》めようとは決してしなかった。こちらの言い分にじっと耳を傾け、助言を与え、それによって、僕なりの解決策へと導いてくれたのだ。神父は信仰心に厚く、自身が信じるところを僕とも分けあってくれた。あの当時、神父がいったい何人の兵士のカウンセリングを担当していたのか知らないが、少なくとも一二人か、いや、もっと多かっただろう。いずれにせよ、神父は昼夜を問わず僕のためにそこにいてくれた。暗闇のドン底にあった頃は、朝の四時に電話することも稀ではなかった。それでも、彼は僕を拒絶しなかった。ティム神父と僕が毎日のように話した数カ月間、彼はひと言の文句も口にしなかった。神父からの手紙のことを相談した。神父はひと言「家に帰ってあげなさい」それだけ言った。

クリスマス・イブの抱擁

クリスマス・イブの夜、スペイン語でノーチェ・ブエナと呼ばれる伝統的晩餐の最中、僕は予告なしに実家に顔を出した。抱きしめてくれた母の頬は涙に濡れていた。心痛と不安が色濃い母の顔を見るのは、そして、母の味わった苦しみが僕の病状のせいだと認めるのはなにより辛いことだった。次に父がハグしてくれたが、父もまた泣いていた。ラテン系男性は絶対に人前で涙を見せない。だから、その瞬間まで涙する父を見たことがなかった。僕も感極まり、その場で泣き崩れた。

「すまないことをした」父が言ってくれたが、言葉は必要なかった。一九〇センチ近い大男が二人、互いの肩に顔を埋めて号泣していた。それだけで十分だった。

これを機にすべてが楽になったとは言わない。PTSDとの闘病はまだ続いていたし、人付き合いや社交の場では神経をすり減らした。それは父と母ですら例外ではなく、翌年は両親と話す機会はめったになかった。コロンビア大学での授業とブルックリン退役軍人病院との往復で、両親に会いに行くだけのエネルギーが残っていなかったのだ。しかし、両親に対する不信感はすでに消え去っていた。陸軍や世間と同様に、父と母が僕の足を引っ張ろうとしていると信じ込んでいたのだが、それが間違いだと悟ったからだ。父の言葉に裏切られたと感じることもなくなった。二〇〇八年五月初旬に起こった地下鉄での暴行事件前後を境に、僕の病状も底を打った。退役軍人省の官僚機構に絡め取られてまともな医療を受けることもできず、僕はすがる思いで父に電話を入れた。父はニューヨークまで出向き、病院理事会との厄介な会議に同席してくれた。結局このあとも必要な医療を受けることはできなかったが、父が隣にいてくれたことで正気を失わすにすんだ。父は僕の味方だったのだ。

こうした経緯もあり、二〇〇八年の感謝祭に両親宅を訪れるのは、危険水域に向かうような冒険ではなかった。にもかかわらず、きわめて重要だった。感情面で多大なサポートをしてくれる父と母に、チューズデーを気に入って欲しかった。いや、すごい犬だと感動してもらいたかったのだ。父に、チューズデーは八〇もの命令を理解できるのだと話しても「ほう、それはたいしたもんだ。お前より知ってるんだな」と返すだけだった。母は何も言わなかった。両親は介助犬というものに懐疑的だったのだ。

母の犬嫌い

昔から母は僕のことを知り抜いていた。だから僕の置かれた状況がきわめて深刻なものであることを、おそらく父より正確に理解していた。アメリカでの生活に再適応しようと懸命だった姿を見てきたし、この本の原稿も読んでいたから、僕が前年の感謝祭の晩に泥酔したことや、手遅れになる前に政府が約束通り助けてくれるだろうかと悩んでいたのも知っていた。母は僕が別人に変容する一部始終を見て、そして心の底からおびえていたのだ。

息子は心と体を病んでいる。ひとりきりで自殺願望を抱いているかもしれない。それほど深刻な問題を、犬が、ただの犬が解決してくれるなど馬鹿げている。母はそう考えて、チューズデーが解決になると信じてはいなかった。チューズデーにできる身体介助の数々を知らないのだから無理もない。介助犬は障害者の心と体のバランスを取り戻して安定させ、彼らのために雑用をこなす。この様子を目の当たりにすれば、介助犬が障害者の日常生活を根底から、よい方向に変えてくれることがわかるだろう。

そもそも母は犬好きではない。これがチューズデーへの最も大きな不信の理由だろう。母は愛犬マックスにすらつれない態度だったし、マックスが僕にとってどれほど大切な存在かを理解してくれなかった。犬との絆が人間の心理と情緒に深く影響し、孤独や心痛を癒してくれるものであることもわかっていなかった。母にとって、犬とは床に毛と土を落としていくものにすぎなかったからだ。

この母に、なんとしてもチューズデーが僕の症状を改善するためのパートナーであることを納得してもらいたかった。チューズデーに入れ込むあまり、僕がより効果的な治療法を見逃していると思われたくなかったのだ。実際、カウンセリングには参加していた。セラピストと一対一の場合もあったし、ほかの復員兵を交えたグループ・セラピーの時もあった。あれやこれやの症状に対処する処方薬は、毎日二〇種類以上も服用していた。チューズデーによる動物介在療法はこれら通常療法に追加されたものであり、その効果が出始めていた。母のような介助犬懐疑主義者を説得することができれば、治療の成功にもっと自信が持てるようになる。自信とは目標を達成するためにはとても大切なものなのだ。

チューズデーは電車好き

チューズデーの真価は、実家への旅でいかんなく発揮された。チューズデーは電車がなにより好きで、前世では車掌だったのではないかと思うほどだ。金銭的制約から、コロンビア大学への通学は地下鉄に乗るしかなかった。地下鉄というやつはPTSDでかき乱された脳には恐怖以外のなにものでもない。狭苦しい車内、全身をぴりぴりさせながら、見知らぬ顔の一つ一つに敵意が浮かんでいやしないかと嫌でも目を凝らしてしまう。だから地下鉄にはうんざりだが、チューズデーにとっては興味津々の体験だ。プラットホームを軽やかに歩きまわり、まもなく始まるショーを待つ。列車が近づくとすぐわかる。彼は耳をそばだてるような仕草を見せ、ほんの少しだけ線路側に近づいてトンネルの中を見やる。興奮と用心が入り混じった様子で、通過する一両目に合わせて顔をサッと動かす。列車のスリップストリームに巻き込まれたかのように、舌を垂らしながらホームの端に数歩近寄るのだ。減速せず猛烈なスピードで通り過ぎる急行がいちばんのお気に入りで、轟音とともに最後尾の車両が見えなくなるまで見つめ続ける。それから振り返るチューズデーの表情には、まるで月に向かうロケットでも目撃したような感動が浮かんでいる。

しかし、実際の乗車はそれほど楽しいものではない。車内は悪臭が鼻をつき混雑しているうえ、不意に揺れたり傾いたりする。駅に停車する際のブレーキの軋みは気が狂わんばかりで、ペットの車内持ち込みが禁止されているのももっともだ。おおかたの犬には我慢できないだろうし、実際、復員兵仲間がケージに入れた猫を連れて乗った際は、一駅か二駅乗車しただけで猫はパニックになり檻の中を失禁しながら暴れまわったそうだ。もし地下鉄の不快な臭気は犬がトイレ代わりに使う消火栓の臭いと同じだとすれば、チューズデーがお気に入りなのも頷けるが……。

チューズデーの素晴らしさは、嫌いなものがないということに尽きる。地下鉄の異臭や混雑、乗客の中にいる無礼なニューヨーカー、そして抑えがたい不安で暴発寸前の僕に囲まれながらも、彼はどこ吹く風という様子だ。たいていの場合は、チューズデーをすぐ前に座らせる。僕の両膝のあたりに彼の肩が来る具合で、チューズデーはここから周囲に注意を払いつつ、外界との物理的なバリアになってくれる。状況によっては、すぐ彼にすがりつくこともできる。こちらの精神が不安定になればなるほどチューズデーは冷静さを増す犬だから、それを嫌がる様子はない。彼は地下鉄の中がいちばん落ち着くらしい。必要なら二〇分はおとなしく座っていられる。それでも、コロンビア大学までは一時間以上かかり、お座りの姿勢のままでは疲れてしまう。だから混んでいない時は床に寝そべらせるか、うっかり尻尾を踏む乗客がいなければ、こちらを向かせて頭を膝の上に載せてやる。混み合っている場合はチューズデーを両膝の間にしっかり押さえ、覆いかぶさるようにして両腕を彼の首にまわし、耳元でささやく。傍目には、ほかの乗客を守るために犬を押さえ込んでいるように見えるだろうが、実はこうすることで自分の精神状態を平静に保とうとしているのだ。

首都ワシントン行きの場合は地下鉄ではなく地上を走る列車に乗る。駅構内に停車する二十数両編成の輝く列車を目にするや、チューズデーは舌をダラリと垂らし、胴体の後ろ半分をビュンビュン左右に振り始めた。これまで列車に乗るのはルーの訓練所に行く時だけだったから、勘違いしたのかもしれないが、そうでないと気づいても残念がる様子は見せない。ゆったりした二人がけの座席の下におとなしく寝そべり、乗客が通り過ぎるたびに顔をあげる。検札に車掌がやって来ると、チューズデーは例の眉毛を上下に動かし、このお気に入りの人物を興味津々に見やった。ニュージャージー州南部に差しかかったあたりで心地よい揺れにウトウトし始めるが、ときどき座席に昇って僕の様子をチェックし、そのまま一、二分、車窓を飛び去っていく木々や送電線や家々を僕と一緒に見つめる。大型の介助犬が隣にいて、温もりのある体を腕に押しつけてくるのは快い感触だった。そこまでしてくれなくても、彼が座席の下で休んでいると思うだけで心が安らいだ。

チューズデーを撫でないで

驚いたことに、チューズデーも僕も両親の家に自然になじみ、実に快適に過ごすことができた。数分でも暇があれば、フェンスに囲まれた裏庭に連れ出し走らせた。二階の大きな寝室で一緒に横になるのも気に入ってくれたし、母の料理の匂いはチューズデーのお気に入りになった。父は相手の性格を厳しく評価するタイプだが、チューズデーとは馬があった。初日の午後のことだ。チューズデーは新聞を読む父の後ろからこっそり近づき、肘と体の間に頭を突っ込んで見せた。

大声で笑い出す父に、撫でないでくれと注意した。我ながら珍妙なリクエストだとは思うが、最初の一カ月だけは自分以外の人間と絆を持たせてはいけないとルーに叩き込まれていた。この期間、介助犬の仕事時間は、つまり四六時中、他人が撫でるのも、体を寄せるのも、話しかけるのも、集中を妨げるのもご法度なのだ。訓練所の同級生リッキーとメアリーの場合も同様で、互いの伴侶にさえ触れさせてはならなかった。介助犬はペットではなく障害者にとっては生命維持装置。このためには強い絆を作りあげなければならない。ルーはそれを妨げるものは何であれ許さなかった。

姉のクリスティーナはニューヨークから犬好きの子ども二人と両親宅に来ていた。この子たちに「チューズデーを撫でないで」「悪いけど、撫でちゃダメなんだ」を五〇回は繰り返したことだろう。

姉は僕のアパートから地下鉄でちょっとのところに住んでいたが、訪ねたことはない。家族持ちのところに押しかけるべきではないと自分に言い聞かせていたからだ。しかし、本音を言うと姉に会いたくなかったのだ。クリスティーナには僕が理解できなかったし、失望もしていたと思う。いや、むしろ僕を怖がっていたのかもしれない。その自分が両親宅で、今度は子どもたちを煙に巻いている。

「ルイス叔父さん、どうしてチューズデーを撫でちゃダメなの?」

「なぜって、そりゃあ、普通の犬じゃなくて、僕の介助犬だからさ。僕のためにいろいろやってくれる犬だから、この赤いベストを着ているんだ。わかるよね? チューズデーはとっても利口で、靴を取ってきたり、階段で支えてくれたり、それに薬の時間を教えてくれたりもできるんだぞ」

子どもたちがこれを理解するのはまだ難しいみたいで、僕がいよいよおかしくなったと思ったことだろう。

はじめの一歩

母の場合はもっと事情が込み入っていたから、ことさらチューズデーを気に入ってもらおうとはしなかった。確かに最初の晩には、電気を点けたり消したりするところを披露したり、台所の戸棚を開けて犬用の皿をカウンターの上に置かせる命令も出した。だがそれは母を納得させるためではなく、チューズデーが特別な犬であることを見てもらいたい一心だった。彼の身だしなみは非の打ちようがないし、命令されないかぎり決して吠えない。それに感謝祭の食事中も、ときおり僕の膝に頭を載せてきて行儀よく七面鳥をねだりはしたが、それ以外はずっとおとなしくテーブルの下に座っていた。またチューズデーは一度言われると、母のお気に入りの絨毯の上を決して歩こうとしなかった。母にとってはこれがチューズデーのいちばんの美点だったかもしれない。

チューズデーは僕の人生にさまざまな変化をもたらしてくれた。今回、母はそこに気づいたはずだ。以前より「今」に集中することができるようになり、トラウマの記憶にきりもみ状態で転落していくことも少なくなり、睡眠も深くなった。社交的になり、五体をコントロールする自信が増していた。酒量も激減した。もちろん感謝祭中ワインをかなり飲みはしたが、それは自分の抱える問題を酒で忘れてしまうためでも、酔って気持ちを落ち着かせるためでもなかった。ひと口ずつ味わって飲む酒、いわば付き合いの酒だった。母にしてみれば、これだけでもチューズデーに感謝する十分な理由になっただろう。

「行儀のいい犬だこと」両親宅をあとにする時、母が言った。チューズデーに対する愛情ではないし、尊敬ともほど遠い。しかし、このひと言は、僕の幼少時代、行儀作法について口が酸っぱくなるほど言い続けた母からのものだ。はじめの一歩だった。母にも希望が生まれていた。

「チューズデー、ありがとうな」家路に向かう列車の中で、旧友の肩を抱くようにして話しかけた。たとえ三〇代になっても、両親から認められるのはうれしい。それがわかるのは、失ってしまったあとなのだが……。

14　深夜のボール遊び

よい時は誰にもやって来る
ジョナサン・スイフト

チューズデーの温もり

大学の長い冬休みの間に、ブルックリンの新居に引っ越した。ニューヨークではよくある手狭なアパートに大型犬と同居だ。チューズデーと一緒に休むため、クレジットカードでクイーンズサイズのベッドを衝動買いした。おかげで二部屋しかないアパートの半分はベッドで占領され、寝床が仕事机にもなった。イラク戦争のリサーチや、自分をはじめ何千人もの退役軍人が被害に遭っていた退役軍人福祉局ニューヨーク支部の非効率性と汚職体質の調査もこのベッドの上でやった。この調査はのちに組織の上級管理職の刷新につながった。

毎日のトレーニングの一環として、仕事中はベッドに上がって来ないようにしつけた。仕事が終わると、掛け布団を軽く叩いて「チューズデー、上がって来い。よーし、来い」と言うと、飛び乗ってきて寄り添う癖がすぐについた。

僕は電気を消したあとも数時間は仕事を続けた。コンピュータのスイッチを切ると同時に、チューズデーが隣にやってきて寝そべる。犬の熱い吐息を顔に感じ、いつものように両腕をまわして話しかける。するとチューズデーは鼻先を優しくこすりつけてくる。僕が寝入ってしまうと、彼はベッドから降りて床に置かれた自分の寝床で丸くなって休む。

チューズデーの温もりが少し恋しかったが、不満はなかった。たった一メートルのところで、チューズデーが僕の様子に注意を払い聞き耳を立てているのがわかっていたからだ。悪夢から目覚めた直後などは意識が混乱して、自分がニューヨークのサンセット・パークにいるのか、アルワリードなのか、爆発で破壊された南バグダッドのどこかの部屋にいるのかわからなくなることがある。そんな時、チューズデーは必ずベッドの脇に来て僕が手を伸ばすのを待っていてくれる。

天井を見つめたまま目を覚ましている時は、チューズデーの寝息がメトロノームのように僕の思考のリズムになる。数分後、彼がわずかに動く音が聞こえ、前足がベッドに置かれる。そしてやがて、熱い吐息が吹きかけられる。僕が目を覚ましているかどうか、チューズデーはいつだって知っている。

夜のサンセット・パーク

まだ外に出る心構えができていなかったし、いちばん近い公園でも一五ブロック離れていて冬場にはちょっと遠かった。そこでチューズデーを退屈させないよう、犬用オモチャとテニスボールを買った。命令の訓練がすむと、僕は居間のソファに腰を下ろし壁にボールをバウンドさせてやる。彼は嬉々としてボールを追うが、部屋が狭すぎて四歩で壁に突き当たってしまう。利口なチューズデーはすぐに最初の二歩で勢いをつけて短いジャンプで向きを変え、お尻から壁に滑り込み、足の爪で床をカチカチさせながら戻って来るテクニックをモノにした。これを続けて三、四〇回、いや五〇回以上も飽きずに繰り返す。たいした運動にはならなかったが、彼はいつも尻尾をピンと立て、ボールや時には靴下をくわえて戻ってきた。

以前は、靴を履こうとかがんだ拍子に腰痛が走り、何日も動けない日が続いたものだが、今は毎朝チューズデーが靴と靴下を持ってきてくれるお陰で、かがまないですむ。激痛で一日をふいにすることがなくなった代わりに、靴下はすぐにダメになった。取ってきてくれるのはいいが、その途中で靴下と格闘するからだ。だいたい二回に一回は唾液でベトベトになった靴下を履いて、そーっと砂漠用戦闘ブーツに足を滑り込ませた。

コロンビア大学の授業と退役軍人病院に出かける以外の外出は夜間にすませた。サンセット・パークに住む人の大半は深夜を過ぎたら外には出ない。この近所は犯罪発生率が高いからだ。路上強盗や家に押し入る物盗りこそあまりなかったが、五番街や商業地区にたむろする若者たちの集団は、深夜の方が威圧的で好戦的に感じられた。夜遅くサンセット・パークをうろつくような輩とは出くわさないに越したことはない。

僕は夜間に外出することも、襲われる可能性も気にならなかった。自分はそのために訓練されてきたし、どこだってバグダッドよりはずっとマシだ。僕にとって何より厄介だったのは、昼間に通行人でごった返す通りを歩きまわることだ。PTSDの最も特徴的な症状は恐怖そのものではなく過度の警戒状態。心理学者はこれを「闘争・逃走反応」と描写する。不意に危険にさらされた時、生体が陥る過剰反応で、血液は脳に集中、筋肉収縮が起き、呼吸が乱れる。死に物狂いで戦うか、あるいは逃げるかのサバイバル・モードのことだ。通常は数秒で終わる。しかし自分のように戦闘の傷跡が心に残っている復員兵では、この状態がほぼ恒常的に続くのだ。

アドレナリン・ラッシュ

ＰＴＳＤに関する画期的な著作『ベトナム戦争のアキレス』で、ある復員兵が著者の心理セラピストに「先生は、身のまわりで何が起こっているのかまったく気づいていない」とこぼす場面がある。二人とも同じ通りを何回となくすれ違っていたのだが、セラピストがこの復員兵に一度も気づかなかったのに対し、復員兵はセラピストの習慣や癖に至るまで知り尽くしていたからだ。

サンセット・パークで自分も同様に感じた。大半の人々は周囲に何の注意も払わずただ歩いている。それは通行人の目を見ればわかる。無防備な安心感は羨ましくもあったが、ゆるみ切った警戒心にゾッとすることもあった。自分はすれ違いざま、人々の表情や身振り手振りを観察し、服装と視線の先に注意を向けた。二回こちらに視線を向けた者は潜在的な脅威として追尾し、その容姿を記憶した。僕はそれを五分間だけでなく、何日も、何週間も覚えていた。

こういう心理状態にあると、過剰警戒の対象は人々だけではなく、自分の置かれた環境にまでも鋭い注意を払うようになる。物事の細部にまで目が行き、個々の音も聞き逃さない。また、ニューヨークの重苦しい空気に漂うさまざまな臭いを鋭敏に感じとる。ガソリンや下水の臭気、そして中東料理特有のスパイスの香りを嗅ぐと途端にイラクに引き戻された。そうは言っても、映画で見るようなフラッシュバック・シーンとは異なり、突然イラクの情景が見えるわけでもなければ、戦場に舞い戻った錯覚にとらわれるわけでもない。自分も含め大半の復員兵が再体験するのは、イラクで感じたアドレナリン・ラッシュや危険が間近に迫っているという感覚なのだ。階上の窓に動くものがあると、瞬時にその危険度を弾き出す。その間も、出入り口や駐車中の車両、そして大型の移動式ごみ箱のチェックは怠らない。ごみ箱は簡易爆弾の格好の隠し場所だったからだ。

ネズミが好きという人はあまりいないだろうが、チューズデーは電車とリスに次いでネズミに大興奮する。地下鉄ホームの端から身を乗り出して見ようとするほどだ。イラクでは、生きたネズミは無害だから構わなかったが死骸を見ると緊張した。テロリストが死骸の中に簡易爆弾を仕掛けているかもしれず、決して近寄らなかった。

ジュースの缶も危なかった。空き缶に詰められた爆薬は腕や顔半分を吹き飛ばすのに十分で、敵はいつもこれを仕掛けた。サンセット・パークでも、空き缶が転がっていやしないかと常に注意した。もちろん一個の缶を避けるために車道を横切るような馬鹿げた真似はしなかったが、缶が転がっている場所は逐一知っていたし、あまり近くに行くこともなかった。

意識的にこういう行動をとっていたわけではない。これらの警告は心の奥深いところで、千分の一秒という短時間に突発的に発生する。健常者の場合は意識下にとどまったままだが、自分のようなPTSD患者の思考の中には過剰な警戒心の波がひっきりなしに押し寄せるのだ。人であふれた通りに足を踏み入れるや、僕の心は四方八方に時速千キロ以上で突進し始める。その結果、病的な不安が沸き起こり、回避行動に出るべきかどうかの際限ないチェックが延々と繰り返されることになる。

薬には一定の効果があり、自分の病状に合った処方薬ならアルコールよりも緊張がやわらいだ。だがそれもチューズデーには敵わない。数歩先を落ち着いた足取りで歩くチューズデーを見るとホッとする。それもそのはず、彼は異常事態を機敏に察知し、危険な兆候がわずかでもあれば僕に警告してくれる。人影におびえて飛び上がっても、落ち着き払ったチューズデーを視界の隅に目にすると、心配することは何もないとわかるのだ。

もちろんそんな彼でも冷静さを失うことはあった。パニックこそ起こさなかったが、コンビを組んでから日が浅いうちはたまに注意散漫になることがあった。チューズデーのように徹底的に訓練された介助犬でも、大音響の音楽や明滅するライトに囲まれ、ひっきりなしに通りすぎる車の波とサンセット・パーク五番街の雑踏を前にすれば、時には気を奪われる。刺激が多く、コンクリートに埋め尽くされたニューヨーク市に適合できない介助犬も多いはずだ。

それでも、チューズデーの注意散漫には当初困惑させられた。彼が集中力を失うとこっちにも迷いが生じるからだ。その後の数カ月で、僕はチューズデーが見せる反応を読み解く術を学んだ。彼が何を思いめぐらせているのか、リスや木の根もとの臭いに心を奪われているだけなのか、あるいは何らかの危険を察知し警戒しているのか、つまり、彼の心の状態がわかるようになったのだ。チューズデーの警戒心には隙がない。信頼が生まれるにつれ、僕の安心感も増した。チューズデーが必ず危険を知らせてくれると確信している今は、自分がボーっとしている場合でも、不安なく通りを歩くことができる。だが、彼の直感を信じられるようになる以前の数カ月間、チューズデーの最大のありがたみは、やはりそばにいてくれることに尽きた。彼は部隊の先頭に立って歩く兵士のように僕を先導してくれる。彼は外界と自分の間の緩衝材であり、人々の視線から僕を守ってくれる。これには心底感謝した。

にもかかわらず、やはり外出は夜間のほうが落ち着く。それも冬場、人が外に長く立っていられないほど寒い夜がいちばん気楽だった。チューズデーと最初に迎えた一二月は夜な夜な厚着をし、彼にも介助犬と書かれたベストを着せてコンビニや終日営業の酒屋に向かった。店員は防弾ガラスの仕切りの向こうだったから、直接コンタクトする必要もなかった。新鮮な冬の冷たい空気は快く、狭い部屋を出て四肢《しし》を伸ばし、弾むように隣を歩くチューズデーもご機嫌だった。通りはいくらか不気味だったかもしれない。並木の小枝が近所の錆びついた鉄柵に影を落とし、一ブロック先では街灯がブーンという音をたてて黄色い光を放っている。昼間、女性たちが折りたたみ椅子に座っていた家々のペンキはハゲかかり、闇の中で傾いて見えた。開いた窓からは音楽がやさしく響いてくる。

深夜のキャッチボール

　通りの終わりがブルックリン五番街。高級店が軒を連ね、豪華な住宅が建ち並ぶマンハッタンの五番街とは違い、こちらは大きな商業地区だ。道路も歩道もグッと広くなり、ここから先は賑やかになる。大部分の建物はシャッターを閉ざしているが、街灯のおかげで通りは明るい。ここから酒屋までは一ブロック。深夜営業のコンビニは二ブロック先にある。冬場でも若者たちが歩道にたむろし、店先や駐車した車にもたれかかっている。多くは時間を持てあました若者で恐れるには及ばない。ＰＴＳＤ特有の過剰警戒心から僕は連中を一ブロック離れたところから観察し始めている。もめごとが起こる距離に来るまでには、グループ内の力関係や心理状態を読みとっているから不意打ちは不可能だ。

　実際、若者の一団が不意をついてくることは一度もなかった。僕は大きな木製の杖で体を支え、足を引きずりながら歩いていたが、一九〇センチ近い上背があり、筋肉隆々。黒いコートを着るとやや前のめりに見える。長髪に無精髭で表情も険しいとくれば、喧嘩を売るべき相手には見えなかっただろう。大型犬を従えていればなおさらだ。チューズデーは心優しいゴールデンレトリバーだが、体長一メートルで体重三六キロの筋肉の塊。こんな犬にちょっかいを出そうという青二才はそう多くない。イザとなればチューズデーも自分も躊躇はなかった。もちろんこちらから目を合わせるような真似はしなかったが、それが臆病風に吹かれてのことではないことを若者たちが見抜いたのは賢明だった。僕は圧縮されたバネと同じで、いつ怒りが爆発するかわからない。潜在意識下では戦う準備ができていた。いや、それを待ち望んでいた部分もあった。だからナイフを携帯していたのだが、ポケットのいちばん底に隠しておいたのは、あまり簡単には手が届かないようにするためだった。

酒屋から五番街の大通りを数ブロック歩いたあと、脇道を通って六番街通りに出る。そこから家路につくのだが、途中の角にレインボー・パークがある。公園とは名ばかりの小さなもので、コンクリートで舗装された地面にバスケットボールとハンドボールのコートが二面ずつある。ハンドボールのコートは、コンクリートの壁で仕切られ、周囲を高さ六メートルあまりの金網が囲んでいる。この前を通りすぎる時、チューズデーはいつもリードをちょっと引いてそちらを見る。彼のやりたいことはわかっていたが、これがちょっと面倒なのだ。この公園は夜間は閉まっており、警らのパトカーが頻繁にやって来る。場所柄、深夜ここをうろつく者には職務質問が待っているのだ。チューズデーのしたいようにさせてやりたい反面、警察官にあれこれ聞かれることを考えると二の足を踏んでしまう。

コンクリート塀の後ろのハンドボールのコートなら通りからはあまり見えない。そう考えはしたもののチューズデーの懇願をはじめの二、三週間は無視していた。元日の夜、チューズデーとアパートを抜け出して六番街通りに続く丘へと向かった。時計は深夜を過ぎており、吐く息は白かった。聞こえるのは僕の杖の音だけ。公園が見えると彼は進む方角をわずかにそちらに向けた。リードを持っている者にしかわからない微妙な方向修正だが、彼はいつものように公園は素通りするものと思っていた。だが、今夜は違う。僕たちは金網のフェンスに向かい鍵のかかっていないゲートを押した。開いたドアからチューズデーをコートに連れて入る。街灯はコートを仕切るコンクリート塀に遮られ、暗い影を投げかけている。腰をいたわりながら慎重にひざまずき、リードを外してやる。彼はいつもの自然な笑顔でこちらの表情を読む。期待に高まる心を抑え、完ぺきな介助犬らしくおとなしく待っている。杖を左手に持ちかえ、ポケットからテニスボールを取り出して「遊ぶか?」と聞く。

チューズデーは途端に立ち上がり、いつでも駆け出せる姿勢をとるが、僕が塀にボールを放つまで目を逸らさない。跳ね返ってきたボールが彼の頭の上を飛んで行く瞬間、ジャンプしたがボールは歯をかすめていった。空中で体をひねって方向を変え、ボールを追ってコートの隅に走る。すぐくわえて戻ってきたが、その様子につい笑ってしまった。

「もう一回やるか、チューズデー?」

言うやいなや唾液でベトベトのボールを投げる。またもやキャッチに失敗し、あとを追った。戻って来ると、チューズデーは少しだけ息を切らしている。

毎回、壁に当てる角度を変え、予想しない方向に跳ね返らせたり彼の頭の上を飛び越えさせたりした。じきに疲れるだろうと思ったが、ボールを追えば追うほどもっとやりたくなるようだった。

陸軍の表現で「スモークト」というのがある。これは兵隊が早朝から全身汗だくになるまで運動していると、体温が高くなるにしたがって肩から立ち昇る水蒸気が煙みたいに見えることを表す。僕がボールを投げ疲れる頃には、チューズデーからこの煙が立ち昇っていた。犬は発汗しないから汗ではない。体の芯から沸き起こる熱が頭のてっぺんから発散され、まるで薄っすらとした雲の向こうに立っているようだった。舌をだらりと垂らしながら巨大な湯気を吐くその姿に、負傷する前の自分の姿を見た。彼は疲労困憊の中で歓喜を感じていた。

その冬、ずっとレインボー・パークに通い続けた。世間が眠りについている深夜から朝五時までの間、街灯のブーンという唸りと、数分おきに疾走していく車のかすかなエンジン音のほか、聞こえてくるのは跳ね返るボールの音と、寝そびれた復員兵が時おり発する励ましの声だけだった。僕は暗闇の中で杖にすがり、チューズデーは湯気に包まれていた。

15 遊び仲間

愛は何度も何度も学び直さなければならないもの
この繰り返しに終わりはない
キャサリン・アン・ポーター

僕の苦手、チューズデーの苦手

ひとつ屋根の下で暮らし始めて二カ月、チューズデーと僕はうまくやっていた。互いに敬い、絆を築き、僕たちが束の間の関係でないことをチューズデーは理解し始めていた。介助犬にも、主人に似て家でぶらぶらしたりテレビを漫然と見たりする犬はいる。だがチューズデーは違った。首都ワシントンまで旅し、レインボー・パークでボール遊びに興じ、数日おきに地下鉄に乗ってコロンビア大学とマンハッタン退役軍人病院まで出向いた。四六時中なにかしているのが好きで、愛情と気遣いを最大限に見せる僕の態度もお気に入りだった。出逢いの瞬間からボスはこっちだったから、チューズデーは無条件に僕の言うことに従った。そしてレインボー・パークでのボール遊び以降、彼はパートナーとしての僕のよさにも気づき始めたようだ。

もちろん、平坦な道のりだけではなかった。他人との接触では厄介な問題もあった。恥ずべきことだが、僕は中東人が苦手だった。中東出身とおぼしき人に会うと、危害を加えてくる兆候はないかと疑わざるをえない。これが人種差別であるのは承知している。が、この感情は単純な憎しみからなどではない。イラクの友人は敬愛しているし、イスラム教社会も尊敬の対象だ。理由はたったひとつ。僕を殺そうとした多くの人間がすべて中東人だったからだ。アルアンバーやバグダッドで過ごした二年間、不意に襲いかかってくる者を見極めるため常時観察していた。アメリカに戻ってからも、この習慣をやめることができなかった。日常生活でも戦場にいた時と同じ行動しかできないとすれば、それはPTSDの症状だ。たとえばマンハッタンで通勤途中の身なりのよいアラブ系の青年たちを見ると、陽動作戦かもしれないと過剰に警戒してしまう。相手が女性であってもそれは変わらない。とくに頭にスカーフを巻いている場合は過剰に反応した。戦場で敵は往々にして女装していたし、それに、女性たちが木っ端微塵にされる、自爆することも知られていたからだ。よく言われる、天国で処女たちが待っているなどというのはまやかしにすぎない。世界中のほかの残虐行為と同じように、自爆テロの真の理由は貧困でありプロパガンダの産物であり、愚かさであり怒りなのだ。これらの動機は男性のみに限ったものではない。

一方でチューズデーは猫が苦手だった。怖がっていたのではなく、信用していなかった。犬の目から見れば、猫はクレイジーで筋の通った考え方も行動もできない存在。だから猫を前にすると、チューズデーはどう扱っていいかわからなかった。近所の猫に対しチューズデーが用心深かったことは、いつだったかルーが冗談交じりに話してくれた。だが、彼が猫に対する不信感を本当に深めたのは、サンセット・パークでの事件がきっかけだった。

その時はまだ夜の八時半頃で通りには人があふれていた。僕らにとって過ごしやすい時間帯ではなかった。五番街通り沿いのレストランの前を通りかかった瞬間、草むらから野良猫が飛び出してきてチューズデーの背中にいきなり飛び乗った。猫は完全に戦闘モードで殺気立ち、唸りながら猛烈に爪を立ててきた。PTSDの過剰警戒心にもかかわらず完全な不意打ちをくらい、僕は危うく転倒するところだった。幸いチューズデーは介助犬ベストを着ていたが、爪が布地に深く刺さり猫を振り落とすことができない。チューズデーは体をよじり、吠えながら噛みつこうとするがちょうど背中の真ん中で届かない。猫もがっちりしがみついて放さない。僕は猫に向けて杖を数回振りまわしたが、チューズデーの動きが速すぎてかすりもしなかった。するとチューズデーがロデオの雄牛よろしく飛び跳ねた。これには猫もたまらず草むらの一メートルほど手前までふっ飛ばされた。が、すぐ前かがみになって体勢を整え、再び突進してきた。

「いいかげんにしろ！」

猫にそう言うが、チューズデーからほんの三〇センチくらいのところでフーっと声をあげ、すきあらば飛びかかろうと身構えている。チューズデーも頭を低く構えて唸り、近づくなと警告した。僕は杖で体のバランスを保ちながらリードを引き、チューズデーがクレイジーな猫と一戦交えるのを食い止めた。「このバカ猫、あっちへ行け！」そう言って何度も杖を振りまわしたのが人目を引いたのか、まもなく周りに人だかりができた。人々は「シッシッ」と猫に向かって叫んでいたが、外国語とカタコト英語が半々だった。そのとき箒を手にしたアジア人男性が現れた。背中を丸めて飛びかかろうとする猫と唸るチューズデー、そして杖を振りまわす僕にこの男が加わったから大混乱だった。やがて猫は無傷のまま草むらへと姿を消し、チューズデーと僕はアパートまで撤退した。「だから言ったんだ。猫はクレイジーだって」チューズデーの顔にはそう書いてあるようだった。

この騒動があって数週間後、ペットショップに入るとブルカで顔を隠した女性が通路に立っていた。軽いパニックを起こし「あっちへ行こう、あっちだ。チューズデー」と、彼を押してもう一本の通路に向かった。

ところが角にさしかかるとチューズデーがピタリと動きを止めた。見れば通路の中ほどに猫がいる。マズイな、どうしたものか。猫は気だるげにこっちを見るばかりで動く気配はない。チューズデーと僕は通路の角に縮こまったまま、ブルカ姿の女性が店を出るのを待った。パニック状態の僕にとって、この時間は誇張なしに三週間にも感じられた。とは言うものの、こうした出来事だけが当時の僕とチューズデーの生活を象徴していたわけではない。確かに問題はあったが、誰しも体験する些細なものがほとんどだった。

すべての面を考慮すると、チューズデーは人付き合いのいい犬だ。僕よりはるかに社交的なのは間違いない。猫こそ苦手だが、それ以外には生来の好奇心を見せた。ことのほか好きだったのがリス。コロンビア大学のキャンパスにリスが群がる一角がある。新学期の始まりを機に、ここを通ってチューズデーにリスを見せてやることにした。チューズデーは走り出したくて体をふるわせるが、興奮するとたいてい尿意を催す。それが生物学的なものなのか偶然なのか、あるいはリスであふれる広大な土地で縄張りを示すためなのかわからない。しかし介助犬である彼を自由に走らせてやることはできなかった。チューズデーにとっては、リスと犬はしゃぎをする白昼夢がせめてもの慰めだった。

だが、我々の居心地のいいねぐらにも変化が迫っていた。ここの大家マイク・チャンの部屋は僕らのドアの向かいにある。数週間ほど前から、僕たちが帰宅するとこの部屋の中から必ず小さな足音が聞こえてくるようになった。はじめゆっくりとした足音はすぐリノリウムの床を歩くカチカチカチという音に変わり、次いでドアにぶつかるドンという音が響きわたる。驚いたチューズデーが一瞬たじろぎ、匂いを嗅ぎ始める。ドアの向こうでは走りまわり壁を引っかく音とともに、甲高いクンクンという鳴き声が始まる。ドアの下の床を掘ろうとしているのだ。

「行くぞ、チューズデー」リードを引いて狭い階段に向かうが、彼はその場でひとしきりドア下の隙間を見つめる。が、すぐいつものチューズデーに戻り歩き始める。僕は彼の助けを借りて階段を昇る。

フレンチ・ブルドッグ

ある日、机で仕事をしていた時のことだ。四肢を伸ばし午後のうたた寝をしていたチューズデーが不意に目覚め、耳をそばだててドアを見つめた。数秒後、階段を小走りに駆け上がる足音に次いで、息を切らしハアハア言う声がドアの外側から聞こえてきた。犬がすぐそこにいるのは間違いなかった。この時はそれ以上なにも起こらずチューズデーはひどく落胆した。同じことが再び起こると、彼は懇願する視線を送ってきた。僕は首を横に振った。外の犬はドアを引っかき鼻を鳴らす。そして人の足音が階段を登ってきた。

ノックしないでくれ、頼む。僕はそう祈った。チューズデーが友だちを作ってはいけないというわけではない。絆作りの二カ月間はすでに過ぎていたし、彼が僕をボスとして受け入れたこともわかっていた。僕が躊躇したのはもっと個人的な理由からだった。チューズデーと二人だけで過ごす時間があまりに快適で、誰にも邪魔されたくなかったのだ。他人を交えない僕たちの時間と、アパートの中にある安息の場を今のまま保ちたかった。遅かれ早かれ外のより大きな世界に復帰し、チューズデーがそこでガイドに戻らなければならないのはわかっていた。だが、今はまだ心の準備ができていなかった。

そうは言ってもチューズデーが心底ワクワクしているのは間違いなく、ずっと閉じ込めておくことはできそうになかった。やがて向かいの犬が階段を昇る軽快な足音とやわらかな鳴き声、そして人の靴音に慣れてきた。「ウェリー、行きましょう」そう言う女性の声に親しみを覚えたし、こちらから出会いの場を作れないことも申し訳なく思っていた。そして、その時がくればドアを開ける心構えはできていた。

ついにドアがノックされた時、僕は正直ホッとした。「チューズデー、うちのウェリントンと遊んでくれないかしら?」そう聞いてきたホワンは大家の奥さんだ。小柄なフレンチ・ブルドッグがホワンの横に立っていた。チューズデーの三分の一の大きさ。ほとんど白の毛に茶色の斑点が少し。ガニ股で、つぶれた鼻にギョロッとした目、垂れた顎と下唇が作るしかめ面はこれまで見た中でもいちばん典型的なフレンチ・ブルドッグの面構えだ。性格がにじみ出ていた。

「いいですよ」笑みを浮かべながら答えた。カンボジア人の大家がイギリス風の名前と都会的個性を持ったフレンチ・ブルドッグを飼っている。これこそニューヨークだった。

「チューズデー、これがウェリ……」紹介も終わらぬうちに、チューズデーはドアをすり抜け、二匹は互いのおしりの匂いをかぎ合って犬の友情を結んでいた。次の瞬間、チューズデーがウェリーをボーリングのピンみたいにひっくり返す。短い吠え声をあげて飛び起きたウェリーは下唇を突き出し、自分の三倍もあるチューズデーに果敢に飛びついていく。が、猛攻に押し返されてまた尻餅をつく。踊り場でウェリーがチューズデーに跳びかかりそれをチューズデーが押し戻すレスリングを繰り返していたかと思うと、突然、二匹はもつれ合って階段を駆け下りる。ホワンと僕が階段を下り始めると、チューズデーは四段飛びの要領で階段を駆け登って来た。ウェリーも負けてはいない。可愛らしいガニ股で一段一段飛び上がりすぐあとに続いた。体が小さいぶん、意志の強さで補っているのだ。チューズデーが舌を垂らし眉毛を上下させ階上からチラリとこちらを見る。と、ウェリーがチューズデーの脇腹に突っ込んで壁に押しやった。途端に同じことの繰り返しが始まる。仰向けになったチューズデーの耳をウェリーが軽く噛む。チューズデーが前足でウェリーの肩を小突き返す。二匹とも鼻息荒く、笑うような声を立てているかと思うと、突然、再びもつれ合って階段を駆け下りて行った。チューズデーはと見ると、階段のいちばん下で息を切らしながらもニヤニヤ顔で座っている。

「おい、ウェリーはどこだ?」

言われて彼が立ち上がると、目を白黒させたウェリーが床に伸びていた。この小型ブルドッグは肩で息をしていたが、なかなか打たれ強く、ピョンと立ち上がると全力疾走で駆け上がって来た。チューズデーはすぐ後ろでウェリーの尻尾にまとわりついている。

ホワンの笑いが僕にも伝染した。筋肉の塊のような小型犬がチューズデーの周りを飛び跳ねる様子が滑稽だったからだ。力任せに攻めるウェリーにチューズデーは知恵で対抗。ウェリーをからかいながら角に追い詰めては頭で小突いた。そんなチューズデーの耳に食いつこうとウェリーは躍起だった。

「お互いに気に入ったみたいね」

ホワンが言う。

「どうもそうらしいな」

この日から二匹はテレビゲームのドンキーコングみたいだった。建物に足を踏み入れるや大家のマイクの部屋のドアがパッと開き、ウェリーが飛び出してくる。チューズデーは飛びついてくる小型犬の衝撃に備える。すぐに床にひっくり返して腹部を軽く噛む。ウェリーはチューズデーと一緒にドタバタ階段を駆け上がる。階下で笑う僕とマイクに、時にはホワンが加わった、そんな我々をめがけて二匹が駆け下りて来る。

ニューヨークでいちばんの友人

ある時、チューズデーが白い粉末と漆喰にまみれて下りてきた。階段の下から見ても、チューズデーが壁にぶつかって凹んだ跡がわかった。

「あとで直すから大丈夫だ」大家のマイクはそう笑い飛ばした。

僕は理想的な借家人だったと思う。物音を立てることはなかったし、訪ねてくる客も皆無。音楽もかけなければテレビも持っていなかった。家賃はいつも期日までに支払った。だからマイクは僕を好いてくれていたが、ウェリーとチューズデーが遊び始めるまでは、型通りの挨拶を交わすだけだった。二匹が階段で大騒ぎを繰り広げ、僕たちも廊下で話すようになると、マイクが好人物であることがわかった。カンボジアでポルポト派が行なった自国民への大虐殺を生き延びたという過去があり、また成人した二人の子どもの父親でもあった。マイクが聞いたら驚くだろうが、彼は僕にとってニューヨークでいちばんの友人だった。それが言い過ぎなら、ニューヨークで最初の数カ月間、いつも話す相手はマイクしかいなかった。

彼も僕たちと一緒に過ごす時間を楽しんでいた。なぜわかるかって？　二匹が凹ませた例の最上階の壁だ。マイクは「連中は一緒にはしゃぐのが好きなのさ。やらせておいたらいい」と数カ月で十数回も修繕して一度も文句を言わなかった。

二匹は憑かれたように追いかけあい、幅一メートル弱の階段でもろに体当たりした。ウェリーは小柄だが筋肉質の野生児だ。

「あいつ、エミット・スミスみたいな走りをするだろう」

ウェリーをプロフットボールの伝説的ランニングバックに喩えるマイクは誇らしげだ。エミット・スミスと違うのはガニ股で短い尻尾をカクテルをシェイクしているみたいに振ることだけだ。取っ組み合いが始まるや、お互い相手を負かそうと必死になり、団子になって階段を転げ落ち、床にぶつかるまで噛みつき引っかきあった。

外出の際は、ウェリーの急襲を考えて三〇分早めに出なければならなくなった。二匹が戯れ、階下のひんやりした床の上で息を切らして伸びてしまうのに二〇分。残りの一〇分は、フレンチ・ブルドッグの涎にまみれたチューズデーの耳を掃除してやるのに必要だった。ゴールデンレトリバーの大ぶりで垂れた耳は、ウェリーに二〇分も噛まれたり引っ張られたりして、食器を拭いたあとのタオルのように濡れそぼっていた。パートナーをそんな姿で外出させるわけにはいかなかった。

16 長いトンネルを抜けて

恐怖に直面するたびに、強靭さと勇気
そして自信を得ることができる
人は不可能だと思えることを
実行しなければならない
エレノア・ルーズベルト

高まる未来への希望

チューズデーがウェリーと友だちになったこと、そして日増しに高まる未来への希望に勢いを得た僕は二〇〇九年一月二〇日の大統領就任式に行ってみることにした。PTSDを考慮すれば、熱狂と騒音に包まれ群衆でごった返す就任式は、一一月に教授宅であったパーティと同じく悲惨な結果に終わる可能性があった。人前で演説するわけではないが、参加者は二〇人ではなく二万人だ。

だが、自分の状況も以前とはだいぶ違っていた。チューズデーとは前よりずっと打ち解けていたし、公共の集まりにどう対応したらいいかも十分心得ていた。人だかりで介助犬が直面する困難についてもナイーブな考えは捨て、そういう状況に対処する心構えもできていた。そして最も大切だったのは、僕がこのオバマの大統領就任を心から喜んでいたことだ。ジョージ・ブッシュの時代は過去のものとなり（ブッシュと共和党は似て非なるものだから、共和党の時代が終わったとは言わないが）、オバマが約束した新たな方向性に夢中だった大統領選後の三カ月間はチューズデーと過ごした三カ月間でもあった。僕は「希望と変革」を現実のものと感じていた。

むろん、変革が一夜にしてなるとは思っていなかった。軍の戦闘訓練もそうだし、介助犬の助けを借りて戦傷とともに生きていくこともそうだが、意味あることを成し遂げるためには地道な努力を続けるしかない。僕が人生から学んだこの教訓を、ブッシュはわかっていなかった。彼はことに若い頃、頑張ったぶんだけ報われるという体験をしたことがなかったのではないだろうか。だから、一国家を侵略し、そこに民主主義を根づかせるための労力がいかに膨大なものかがわかっていなかった。社会が宗派に分断され、民主主義などもともと存在しない国であればなおさらだ。ブッシュはこのゴールをたやすいものと考え、そういう計画しか立てられなかったのだ。

オバマは中産階級の出身で努力の大切さを知っていた。彼は将兵らが連日果たす途方もない任務を理解し、それを正当に評価しようとしていたと思う。復員兵が不十分な医療しか受けられない問題を、解決にはほど遠いとは言え、退役軍人省の予算を増やすことでいくらかでも軽減したのはその一例だ。だが、オバマは自分をはじめ軍事問題に関心を寄せる有権者が最重要視する点を見過ごした。司令官らの責任を追及しなかったということだ。ラムズフェルド国防長官以下、ぶざまな計画立案と利己主義によって戦争を勝利に導くチャンスを破綻させた指導者らは、お咎めなしで舞台を去った。捕虜虐待を行なったアブグレイブ刑務所の件にしても、そういう下地を作った張本人の将校たちは罰せられなかったばかりか、名前すら公表されなかった。パット・ティルマンはプロフットボール選手から陸軍レインジャー隊員に転身し戦死した。後日、彼の死因は味方による誤射だったことが明らかになった。この事件で偽証に深く関わったのがスタンリー・マクリスタル将軍だが、これは良心に照らし許されることではない。その彼はアフガニスタン戦争の総指揮官としてオバマ大統領本人が抜擢した人物だった。

まるでアメリカという国全体が、谷底に転落したバスの残骸を驚きの目で見つめているような図だが、オバマはブッシュと同じく、誰かが運転を誤ったという事実を認めようとしなかった。

もちろん、当時はこれから起こるこれらの出来事を知るすべはなかった。多くの人たちと同様、自分も後年オバマには失望したが、二〇〇九年一月二〇日の時点で、僕は米軍に与えられた新路線と自身の新たな人生の可能性を素直に祝っていた。その週末、首都ワシントンに向かう列車内でチューズデーを従え、僕は自由だと感じていた。三カ月前だったら深刻な不安を引き起こすであろうイベントのことも気にしないばかりかチューズデーを見て笑っていた。鉄道好きのチューズデーも、列車の騒音や動き、通路を行き交う乗客たち、そして車窓を流れていく景色を満喫していた。チューズデーと僕はよい方向に向かっていた。

大統領就任式パーティ

教授宅であったパーティでは、誰かのペットのろくでもない襲撃にせよ、僕自身の辛い記憶にせよ、同級生のスカートに鼻先を突っ込んだチューズデーにせよ、何もかもが裏目に出た。けれども今回のワシントンではすべてが正反対。僕たちはイラク・アフガニスタン戦争復員兵支援団体に招待されての参加だったので、集まった人々とは気が合った。また、こうしたイベントは屋外で行なわれることが多かったため狭苦しさがないうえ、各入り口で目を光らせる爆弾探知犬のジャーマンシェパードを除いてチューズデーが唯一の犬で、彼の気を散らす小型犬の心配もなかった。

チューズデーにも人生を楽しませてやるのがパートナーの責任だ。生まれてはじめての本格的なパーティで、彼が音楽や照明、風船や吹き流しなどの飾りつけにどう反応するか見当がつかなかった。もちろん、テーブルの下でこっそり食べ物を与えご機嫌を取るつもりではいたが、そんな心配は無用だった。チューズデーはただの一度も僕から離れて行ってしまうことはなかった。ウェイターが皿に盛ったドッグフードを持ってきてくれた時でさえ僕に注意を集中していた。というのは冗談だけれど、すし詰めのエレベーターにチューズデーと乗ったことは本当だ。満員のエレベーターに体重三六キロの大型犬と乗るなど、ふだんは考えないものだ。各階で人々が乗り込んでくるが、チューズデーと目が合うと一瞬立ち止まる。「サービス・ドッグ（介助犬）です」と説明したが、果たして「サービス」の意味が通じていたかどうか。たぶんシークレット・サービスの犬かイラク帰りのミリタリー・サービス・ドッグ（軍用犬）とでも見当をつけたのだろうが、それを尋ねてくる人はいなかった。目的階まで残り半分ほどで押しくらまんじゅう状態になりチューズデーは乗客たちのおしりに囲まれた。そんな状況もまんざら嫌でもない様子だった。

パーティ会場でチューズデーは人目をひいた。戦傷復員兵の介助犬だと聞くや、その場の誰もが僕たちをハグしたがった。けれども、自分にまだその心構えができていなかったのでやんわりと遠慮いただいた。ごった返す会場で、ほどなく素敵な女性二人と鉢合わせした。彼女たちがチューズデーの容姿と行儀のよさを褒める間、彼は眉毛を上下させるだけで完ぺきな紳士を演じた。その様子を見て「せっかくのパーティだから、ハグくらい、いいかな」と思い切った。二人の美女にハグされ、チューズデーは有頂天だった。

二人はリネットとジェリーと言い、マイアミから来ていた。マイアミには親戚が何人かいたから、お喋りはごく自然に始まり、ほかの話題にもスムーズに移っていった。ふだん人が話すような、そう、ごく普通の日常のトピックだ。三人で二〇分も話したろうか。自信を持って言うが、家族と大家のマイクを除けばこの二年間で最も楽しくかついちばん長く続いた会話だった。実は電話番号までもらったのだったが、その場の興奮が薄れるにつれて怖気づき、ついに電話をかけることはしなかった。

正真正銘のスター

しばらくして今回招待してくれた支援団体常任理事のポール・リックホフがやってきて僕を脇へ連れ出した。紹介したい人がいるという。ポールに続き要人セクションに入る。ＶＩＰとはほど遠い僕たちが警備員に職務質問も制止もされなかったのは、たぶん魔法の夜だったからだろう。何もかもが思い通りだった。もっとも、杖をつく男と介助犬のコンビはあまり危害を及ぼすようには見えなかったのかもしれない。

「あっ、いたいた。おい、アル！」ポールが貴賓室の反対側にいた男性に向かって近づきポンと肩を叩いた。僕の目の前に立っていたのはアル・スチュアート・フランケン。一九七五年に始まった長寿コメディ番組『サタデー・ナイト・ライブ』のレギュラーで、世界でいちばん笑わせるコメディアンだったエディ・マーフィの映画『大逆転』にも出演、しかめ面がトレードマークの役者で、しかも上院議員に転身した人物だった（当時選挙結果はまだ係争中）。

「こちらルイス・モンタバン大尉。イラク戦争で負傷した復員兵で、介助犬の名前はチューズデー」ポールが紹介してくれた。

アル・フランケンが素晴らしい俳優であるだけでなく、親しみが持て、知的で、地に足がついた紳士であることはすぐわかった。彼はイラク戦争に対する僕の視点に強い関心を示した。僕は二度のイラク派兵で心と体が受けた戦傷について手短に答えた。が、アルが何より関心を見せたのはチューズデーだった。かなりの犬好きと見え、自分の飼い犬についてあれこれ話してくれた。こちらもチューズデーのお陰で立ち直った人生体験を伝えた。将来の上院議員が片膝をついてチューズデーを撫でている間、介助犬による復員兵支援プロジェクトをフランケン上院議員が支援してくれれば、有権者にとって大きな意味を持つだろうと付け加えた。それから我々はかなり長い時間、話し合った。その時はたいしたことだとは思わなかったが、アルはチューズデーと僕がパートナーになったプログラムについてかなり細かく質問してきた。

やがてアル・フランケンが別の場所に移っていったあとも、チューズデーと僕は貴賓室で過ごした。せっかく中に入れたのだし、無名の者なりに楽しめるＶＩＰセクションを去る手はなかった。それからもかなり多くの著名人たちがチューズデー目当てにやってきた。夜がふけるに従い、自分までＶＩＰになったような気がしてきた。それが言い過ぎなら、少なくとも有名犬のウィングマンになった気分だった。就任式の終わりを告げる花火が夜空に打ち上げられた頃、僕たちはタクシーで両親の家に戻った。精魂尽き果てたが、幸福な気持ちでベッドに倒れ込んだ。

「チューズデー、お前、本物のＶＩＰだぞ」あくびをこらえながら言う。「いや、要人じゃなくてＶＩＤ、つまり重要犬だな」

彼はおどけた愛らしい仕草で僕の顔を舐め、頭を肩の上に載せてきた。眠りに落ちる寸前、半分だけ開いた目に、ベッドから降りたチューズデーが窓から月夜の庭を眺めているのが見えた。

数週間後、アル・フランケンから電話がかかってきた。僕たちの物語に感銘を受け、もっと聞きたいことがあるというのだ。何回か会って話すうちに、アルが介助犬に本物の関心を持っていることがわかった。係争中の選挙結果に結論が出され、正式に上院議員となった暁には、戦傷復員兵に介助犬を提供する法案を提出する計画だった。チューズデーは正真正銘のスターだった。

17 乗車拒否

他人に見えないものが見える自分が狂っているのか
それとも、狂っているのは連中で
自分に在りもしないものを見せているのか？
レオ・トルストイ

「犬はダメです」

オバマ大統領の就任式は例外で、ふだんの生活での人混みは以前と同じく苦手だった。社交の場や地下鉄、それにレストランを避けたように、群衆にもなるべく近づかないようにしていた。それでも夜の散歩で出くわした例のクレイジーな野良猫は、今は懐かしい笑い話で、危険を見分けるチューズデーの能力が向上するにつれ、昼のニューヨーク市の散策は前よりずっと楽になった。

チューズデーにはいくつか妙な癖があった。たとえばホームレスの人たちを信用せず、彼らに気づくと僕に警告してきた。この心配はわからないでもない。ホームレスはたいていの場合、暗い建物の玄関先や茂みの陰、地下鉄駅に続く階段のいちばん下というような予想外の場所にいたし、また、道路に座り込んだり、通り過ぎる際に奇妙なジェスチャーをしてみせたり、ごみ箱を漁ったりなど、ほかの人がしないようなことをするからだ。彼らをこのようにあげつらうのが正しくないことはわかっている。自分と似た困難を抱える戦傷復員兵の多くがホームレスなのだからなおさらだ。だから、自分の調子がいい日にはできるかぎり言葉をかわし、小銭を差し出した。不安が高じ触れ合いを持てない時は、騒ぎを起こさないよう足早に立ち去った。通り過ぎたあとも、チューズデーがマジマジと見つめるものだから居心地が悪かったが、それを彼のせいにすることはできない。尋常でない振る舞いをする人物を見分け、警鐘を鳴らすよう訓練されているからだ。ホームレスを識別する能力は、チューズデーが与えられた任務を果たしている証しだった。

一方、介助犬との生活には新たな問題も生まれた。いつもの通り、深夜の食料調達に出かけた時のことだ。

「犬は入店できません」

「なんだって?」

「犬はダメです」

チューズデーは介助犬でペットではないこと。犬同伴でいつどこに行くのも法律で認められていることを説明した。この店にはおそらく百回は足を運んでいたし、怪訝《けげん》な表情の店員とは言葉を交わしたことはないが、顔見知りだった。

「わかった、わかりましたよ。買うだけ買って早く出て行ってください」

もうどうでもいいという口調だった。

この一件では嫌な思いをさせられた。他人に注目されるのは苦手なうえ、戦傷復員兵であることを説明するハメになるのも性に合わなかった。チューズデーに逢うまで、死角が多く出口が少ないコンビニに足を踏み入れるのは気が進まなかった。見知った店員がいる十軒ほどの場所に絞って買い物をしていたのはこのためだ。PTSD患者が他人に望むのは親愛の情。この点で、前にも書いたがブルックリン退役軍人病院が毎回違う研修医に診察をさせたのは間違いだった。

病院で裏切られたように、サンセット・パークでも同じ目に遭った。顔見知りの店員がチューズデーについて詰問してきた時そう感じた。最初の数回はあまり深く考えなかった。チューズデーとのハネムーン期間で舞い上がっていたから、心のモヤモヤを締め出すことができたのだ。だが、似たようなことが週に三度、四度と積み重なるにつれて心はすり切れていった。頼りにしていた人たちが背を向けたからだ。犬に関する質問だけならまだしも、お気に入りのワイン店では入店をこばまれ、行きやすかったサンドイッチ屋では店員や客から嫌がらせを受けた。あるレストランではテーブルに着くことを拒否され、支払いを済ませたあと食事は持ってきたものの、店長が僕たちを外に押しやった。入り口には「ペット入店禁止。介助犬のみ」とあったので説明したが、受け入れてはもらえず再び放り出された。

「ダメだ、ダメだ。犬の毛一本でも見つかったら、即営業停止処分を受けるんだ」家族経営の小さな店のオーナーは言った。

「僕の介助犬なんだ。入れてくれ」

「ダメだ。犬は法律違反だ」

チューズデーが着ている赤十字をあしらった赤いベストを指さして「介助犬の入店拒否は法

律違反だ」と主張したが、無駄だった。

これには理由がある。店員の多くは英語力の不十分な移民か、低賃金でその日その日を食いつないでいる労働者で、彼らが込み入ったアメリカの法律を理解できないのは当然だし、ニューヨーク市保健・精神衛生局の、犬を目の敵にしたような検査にビクビクしながら生活しているのも理解できた。それでも店のオーナーたちの行為は差別であり、僕の公民権を侵害し、PTSDで病んだ心を弄《もてあそ》ぶ行為でもあった。PTSDは、ある出来事やイメージに固執して、際限なく追体験を繰り返す病気だからだ。店に入るたび、アルワリードで十分な兵力を与えられなかったことから、前の晩にサンドイッチ屋から放り出されたことまで、社会的な死や孤立、そして裏切りといった過去の差別を思い起こした。「犬はダメだ」この言葉を聞くと、世間から閉め出される思いがした。僕は戦争で心身を叩きのめされ普通の人ではなくなっていた。これらの新たな差別は、人間以下の存在となった自分へのさらなる拒絶だと強く感じた。

たとえば、ある店のオーナーが「車いすはダメだね。あんたらみたいな者には来て欲しくないんだ」と言ったら、どう感じるだろうか？たいていの人は聞くに堪えないだろう。しかし、これは車椅子の人々が階段などの物的障壁を前に連日感じていることなのだ。肢体不自由の人たちにとって車椅子が不可欠なように、介助犬は僕のサバイバルになくてはならない。チューズデーと僕は来る日も来る日も、店のオーナーや政府、社会から「ここにいてもらいたくないんだ」と言われていると感じていた。

人生を台無しにはできない

このような体験は単に不快なだけではない。こうした差別に遭遇するたびに健康状態も悪化した。PTSDに加え、アルワリード以来、最初の脳震盪と数回に及ぶ頭部強打の結果、外傷性脳損傷を患ってきた。何年にもわたって耳鳴りがし、屈辱的ともいえる記憶障害に悩まされた。アパートを出る時はいつも、どこに何のために行くのか、いつ頃着く予定かを小さなメモに書き留めておいたほどだ。角の店に行く程度の外出でも、混乱状態に陥って目的地を失念し、メモの助けを借りなければならないことが多々あった。地下鉄駅の入り口で新聞を売っている男を目にした時は、突然脈絡もなく世界が周りから走り去ったように感じた。そのまま駅の階段を転げ落ち、おしりをしたたかに打って青あざを作った。

チューズデーに逢うまでは、知らぬ間に自宅から三〇ブロックも離れた場所まで行っていることが何度かあった。その間の記憶がまったくなかったので、僕はこの状態を心理セラピストにブラックアウト（失神）ならぬグレイアウト（意識障害）と呼んで説明した。当時は杖があっても足を引きずりながらしか歩けなかった。言ってみれば高齢者並みのペースだったから、無意識で徘徊するには相当な距離だ。

外傷性脳損傷の最悪の症状は偏頭痛だった。これを単に頭痛と呼ぶのは、核爆発を花火になぞらえるに等しい。頭痛は頭蓋骨の中の小人が外に出ようともがいているようなものだが、偏頭痛は途方もなく巨大な両手が頭をゴルフボールの大きさまでジワジワ押しつぶすようなものだ。痛みは一センチ縮むごとに増し、最後の一瞬、頭蓋骨が粉砕され脳が部屋中に飛び散る。

この偏頭痛はさまざまな状況でやってくる。自分の場合は光と音に過敏で、どちらかが過剰でもこの圧縮プロセスが始まった。背中や膝の苦痛から偏頭痛が誘発されることもあったし、原因不明で起こる場合もある。最も確実な引き金は、極度の緊張と不安だった。この動揺を引き起こすのが、店のオーナーたちによる差別だったのだ。

露骨なのは言葉の嫌がらせだけではなかった。見せしめとしてやり玉にあげられるとか、監視されるといった狡猾な場面もあった。たとえば近所のスーパーメルカド（ヒスパニック系の地域によくある食料品チェーン店）では、店の周辺に来ると従業員がチューズデーと僕のあとをつけてきた。なぜそこまでするのかわからないが、尾行がＰＴＳＤを患う戦傷復員兵にとってろくな結果をもたらさないのは容易にわかるだろう。心身がロープのように張り詰め、ものの数分で頭の内部の圧力が急上昇する。この時点で、偏頭痛はもはや避けられない。家に直行してブラインドを下ろし、電気をすべて消し、暗闇の中に横たわり頭蓋骨が粉砕されるのを待つだけだ。もはや動くことも考えることもできない。両目を開けることすら、脳に二本のサーベルを突き刺すようなものだった。

運がよければ偏頭痛は数時間でやんだ。たちの悪いものになると二日にも及んだ。後者の場合、ずっと暗闇の中に横たわり、激痛の中、体を動かさないよう気をつけた。この間、チューズデーは我慢強く部屋の反対側で待っていた。彼の足がベッドの上を動くだけで、僕の脳髄に衝撃波を送ることがわかっていたのだ。一度、どうにも苦痛に耐えられなくなり、ふらつく足取りでバスルームに入り、ヤケドしそうに熱いシャワーを浴びた。どこか遠くで叫んでいる自分の声が聞こえたが、それでも二〇分は熱湯の下に立ち続けた。やがて膝がガクリと折れ気を失った。その後なんとかベッドに戻り数時間寝た。目が覚めた時、偏頭痛は消えていた。高熱をともなう風邪が峠を越した時のような感じだった。しかしこの方法は心身にとって過度な負担だったので、その後二度と試さなかった。

そのかわり、スーパーメルカドに行くのをきっぱりやめた。実際、チューズデーの同伴を嫌がるすべての店に足を向けなくなった。差別する店をこっちで見限り、残りの人生から遮断するためだ。まだ心身の苦痛が生活の二割を占めているにしても、ひとりだった一年前に比べれば大きな改善だった。チューズデーとの前向きな人生を、つまらない事件や嫌なことがあった一日で台無しにするわけにはいかない。この数年来ではじめて、日常生活は安定し、将来に自信が持てた。毎日をかろうじて乗りきっているのではなく、キャリアも積んできた。自由契約で書いた社説も注目された。ことにニューヨークのブルームバーグ市長が自ら公式発表した戦傷復員兵支援を実行に移していないという記事が掲載されると、復員兵問題について意見を求められるまでになっていた。

一年ぶりのデート

それまで講演の依頼というのは、たとえて言えば山盛りのフライドポテトみたいなものだった。魅力的だが、食べたあとで気分が悪くなり後悔するという意味だ。二〇〇八年三月に首都ワシントンで「冬の兵士」集会が開かれた。チューズデーと出逢う八カ月前のことで、イラク戦争に反対する復員兵支援団体の主催だった。参加者の中では大尉の自分の階級がいちばん高かった。そのため数千人の聴衆の前で話して欲しいと要請されると断るわけには行かなかった。何を話したかはぼんやりとしか覚えていない。不安をねじ伏せるため薬の量を二倍にし、ラム酒を目一杯飲んでいたからだ。当時僕が何かするといえば、酒の力を借りなければできなかった。お陰でその後一週間ほどはベッドに伏せて過ごした。

だが、チューズデーと一緒だと講演会は別物だ。彼が自信の源になり、さらに都合がいいことに話のネタを提供してくれる。誰だって特殊訓練を受けたハンサムなゴールデンレトリバーのことは知りたくなるものだ。パネルディスカッションやコミュニティ・イベントがほとんどだったが、僕は真摯に臨んだ。参加者の中にPTSDや外傷性脳損傷患者、そしてその家族、介護者がいるかもしれない。もしそうなら、その人の人生を上向かせる手助けができるからだ。確かに僕の意見には頑固なところもあるが、場当たり的ではなく、何よりも語りかける情熱は持ち合わせていた。またチューズデーのお陰で、いつも素面《しらふ》だった。話した内容や、何のためのパネルディスカッションだったのかは例によってあまり覚えていないが、はっきり記憶に残っていることもある。イベントのひとつを仕切った女性のことだ。美しくて頭がよく自分の意見も持っており、世の中のことに通じていた。要するに、僕の好みのタイプだった。

彼女をデートに誘った。前のガールフレンドが別れの手紙と彼女の描いた僕の絵を残して去ってから一年以上が経っていた。ちなみにその絵は僕の顔の半分が消され、鉄条網と銃、そして手榴弾に置き換えられたものだった。以来コーヒー一杯のためですら、誰とも行ったことがなかった。このことからもチューズデーが僕の人生にもたらした変化の大きさがわかるだろう。彼は僕を心の内側から変えてくれたのだ。

彼女がサンセット・パークのアパートまで来てくれることになった。僕はバスで少し行ったベイブリッジにあるレバノン料理のレストランを予約した。レストランまでの道順は、やや込み入っていたが、普通の生活に戻るための折り返し地点のように感じられ、そのための準備は完ぺきだった。

デートは非の打ちどころなく始まった。彼女は素晴らしい人でチューズデーをすぐに気に入ってくれた。チューズデーのお陰もあって、僕は昔の人付き合いのいい自分に戻っていた。チューズデーがいることで話題には事欠かず、沈黙が訪れても気まずくならず、リラックスしたままでいられた。五番街の停留所にバスがやって来るまで、僕たちは笑い転げていた。

彼女を先に乗せ、僕はチューズデーと狭い昇降口に続いた。

「犬はダメよ！」突然、運転手が怒鳴った。

「これは僕の介助犬なんです」僕は笑顔を浮かべて答えた。乗せてくれるものと思っていた。

「犬はダメって言ってるのよ！」

「でも介助犬ですよ」

女性の運転手は唇をすぼめてチューズデーを一瞥し、

「介助犬じゃないわ」と断言した
「なんだって？」

「介助犬なんかじゃないって言ったのよ！」

「チューズデーは介助犬です。彼の着ているベストを見てください。僕も杖を持っているでしょう」

「介助犬のベストはそんなんじゃないわ。大きな取っ手が付いたベストよ」

「それは盲導犬ですよ。チューズデーは身体障害者のための介助犬です」

自分を見失わないよう、なんとかそう答えた。

「介助犬なら見ればわかるわ。これは違うわね」

「ならば警察を呼ぶ。バスからは降りないからな」

僕は携帯電話を取り出した。声に怒りが滲んだ。

全身から汗が吹き出した。冬のニューヨークの気温は零下だろう。にもかかわらず、汗が首筋を滴り落ちて行く。一年ぶりではじめて話しかけた、魅力的かつ知的な女性にいいところを見せようと必死だったのに、市営バスに乗ることすらままならないとは。

チューズデーを同伴しなければデートができないというのは大きな失点だ。チューズデーは僕にとって最愛のパートナーだが、正気を保つために大型犬をデートに連れてこなければならないとしたら、それはボーイフレンドとして望ましいことではない。

運転手の目から視線を逸らさぬまま、携帯電話を握りしめた。そうする以外なかった。彼女を見ることも、いやその方向に眼をやることもできなかった。乗客全員が僕を見つめているのがわかっていたからだ。そう思うだけで頭がふらつきめまいがした。

「お願いします。デートなんです。乗せてください」穏やかに言ってみた。

「ダメだわね！」こっちに恥をかかせようと運転手が大声でやり返した。

「では警察を呼ぶぞ。キミが僕の権利を侵害しているからだ。身体障害者をバスに乗せない理由を、上司に何と説明するつもりだ」

運転手は陰険な目つきで僕を三〇秒近く睨みつけた。こっちが諦めるか試したのだろう。だが結局、ブツブツ言いながら通してくれた。吐き気がする。たぶん体も震えていただろう。でもこっちの勝ちだ。バスに乗れたのだ。


自分を見失うな。僕は彼女の隣に座りながらそうつぶやいた。チューズデーが僕の両膝の間におさまる。正気を保つんだ、ルイス。

「大丈夫？」

深呼吸しチューズデーの頭を撫でながら「大丈夫さ」と返事した。

「たまにこういうことがあるんだよな、チューズデー。よし、いい子だ」

神経が高ぶってくると、他人との会話の最中でもチューズデーに話しかける。

「大変ね」

「いや、そんなことはないさ」僕は彼女を見つめた。才色兼備で思いやりのある女性だった。彼女は微笑み、僕の腕に軽く触れてきた。

「あれは介助犬なんかじゃないからね」見ると運転手がいちばん前に座っている女性に向かって話しかけていた。知り合いか何からしいが、バス全体に聞こえるようにわざと大声を出している。

自分を見失うんじゃないぞ、ルイス。

「今から行くレストラン、気に入ってもらえると思うんだ……」

「この路線を運転し始めて長いけどね、介助犬なら見ればわかる」

明らかに僕を困らせようと運転手が続ける。心がボロボロと崩れ始めた。「この、レストラン、えーっと、たぶん気に入ってもらえると……」

「介助犬なら大きな持ち手が付いているもんよ」

運転手の声はPTSDの化身だった。頭の中でいつも繰り返される、数々の裏切りを思い出させるあの声だ。

「あれが介助犬なもんかい。私は知ってるんだよ、本物の介助犬ってもんを」

運転手は嫌がらせをやめようとしない。

「あのお客はこっちが知らないとでも思ってるんだろうけどね」

「耳は聞こえている。聴覚障害ではないんでね」こっちも聞こえるように言い返した。何人かの乗客が吹き出した。

チューズデーが振り返り鼻を押しつけてくる。首に腕をまわすとこっちの胸に寄りかかってきた。チューズデーの反応から、自分が大声で叫んでいたのは明白だった。このバスの運転手は僕を崖っぷちに押しやり、恥をかかせ、神経を破断させようとしていた。

次の停留所で乗ってきた人たちに彼女は皮肉たっぷりに話しかけた。

「乗客の皆さん、犬が乗っていますが勘弁してください。あの客が介助犬だって言うんですけどね」

僕は自分の殻にこもり、チューズデーにすがりついて怒りを抑えようとする。起こりかけていた偏頭痛を追いやり、あとほんの少しですべて終わるんだと言い聞かせた。

レストランにはなんとか辿り着いたが、チューズデーを知っているオーナーがその晩に限って店に出ていなかった。ここでもまた、チューズデーが介助犬であること、介助犬はレストランに入れるし、入店拒否は法律に反することを一から説明する羽目になった。ついに僕は激高した。たぶん必要以上に声を荒立てた。ここにやって来るまでに、すでに赤っ恥をかかされていたのだ。偏頭痛で頭が疼きストレスから吐き気はどんどん強くなる。大切な夜になるはずが、すべて台無しだ。ここに至り、レストランが慇懃無礼に入店を断ってきたことと、バスでの悪意に満ちた嫌がらせを区別することはできなくなっていた。それを言うなら、食べかけのハンバーガーとともに食堂から放り出されたことも、信用していた店員に買い物して欲しくないと言われたことも、アルワリードで味方のはずのイラク人にナイフで襲われたことも同様だった。

僕は普通の生活がしたかっただけだ。チューズデーのお陰で、それは実現可能だと思えるようになった。いや実際、可能だった。が、チューズデーの存在そのものがその可能性の芽を摘み取ってしまった。

食事のあと「サヨナラ」を言って、僕はチューズデーとタクシーで帰宅した。母に言われていた紳士の振る舞いではなかった。彼女は礼儀正しく理解を示してくれたが、数日後、もうデートはしたくないとのメールが送られてきた。彼女と再び会うことはなかった。他人との交友にはじめて心を開くのにはとてつもない勇気が必要だった。そして振られたあとはどうなったかって？　デートはもうこりごりだった。

フラストレーションと失意を燃料にした偏頭痛は凄まじく、数日間は床にふせた。チューズデーですらこの痛みをやわらげることはできなかったが、彼は僕がベッドから出てくるまでずっとそばを離れなかった。ようやく起き上がったのは夜中。僕はチューズデーを連れてレインボー・パークに向かった。そこでくたびれ果てるまで、テニスボールをコンクリートの壁に向かって全力投球した。ほどなく、チューズデーも僕も汗だくになって湯気を上げた。

　別の女性をデートに誘ったのは、それから一年以上もあとのことだ。

18 自由の代償

泣いたのを覚えている。どこぞの婆さんみたいに
嘆いていた。歯を抜いてしまいたかった
何をしたかったのかがわからず
それを思い出したかった
忘れるつもりはなかったのに
忘れたくはなかったのに
『地獄の黙示録』カーツ大佐

赤いベストとハンドル

介助犬のハンドル、つまり「取っ手」について説明が必要だろう。なにしろこいつが原因で例のバス騒動になったのだ。運転手は僕をロクに見もせず身体障害者ではないと判断したが、これは彼女に限ったことではない。目に見える

傷を残さないＰＴＳＤの難しい点がこれだ。傷が見えないから障害も存在しないと考える人がいる。イラクで負った背中と膝の負傷のせいで足を引きずり、杖をつく僕は見方によっては「運がいい」のかもしれない。

チューズデーの介助犬としてのシンボルはケープと呼ばれる赤いベストだ。公共の場に出る時は必ずこれを着せる。これでペットではなく使役犬だとわかるのだ。ルーの訓練所でのトレーニング終了後、このベストに三つパッチを縫いつけた。一つは全米傷痍軍人協会のもの、もう一つは名誉戦傷章受章協会、それとアメリカ在郷軍人会のものだ。僕は自分の果たした兵役を誇りに思っている。これらのパッチをつけることでほかの復員兵たちへの支援も訴えているのだ。

介助犬の中には、リードの代わりに大きなハンドルを備えたハーネスをしているものもいる。ハンドルは松葉杖の上部のような形で、中間にも握るための留め具があって安定性とコントロール性を高めている。これがあの運転手が言っていた取っ手で、犬をすぐ隣に置くことができるので、視覚障害者に向いている。ハンドルがあれば狭いところでも犬と一緒に歩けるし、転倒しそうな時には支えてくれる。

自分には平衡感覚に深刻な問題があるが、ハンドルを使ったことがない。アルワリードでの襲撃事件のあと、かつてターミネーターと呼ばれた僕は手負いの状態になり、フラストレーションが溜まった。負傷した背中をかばおうとして体の軸もずれてしまった。二〇〇四年夏に起きた訓練中の怪我はこれが原因で、二〇〇六年、膝に重傷を負った原因も同様だ。僕はアルワリード以降、十数回も転倒し怪我を重ねた。

チューズデーはその転倒の回数を減らしてくれた。たとえば、コンクリートが剥がれた歩道を歩くのは苦手だが、それに気づいたチューズデーは穴があるとリードを引っ張って僕に注意してくれる。でこぼこ道では歩みをゆるめ、こちらのペースに合わせた。めまいを起こせば即座に察知して体を押しつけてくる。僕はチューズデーの首にすがりついて発作がおさまるまで体を支える。たとえつまずいてもチューズデーが脇にいてくれる。チューズデーは僕にとって心と体の安定装置だ。

階段は厄介だったが、そのためにチューズデーのベストには布製のハンドルが縫いつけてある。階段の手前で立ち止まり、チューズデーに脇に付けと命じる。布製ハンドルを摑んで安定を保ちながら昇る。数週間でこの命令は必要なくなった。階段を見ると彼は体を押しつけてきて僕がハンドルを握るまで待つ。そして慎重に僕を支えながら昇り降りするのだ。

階段の昇降以外では、かさばるハンドルは邪魔だし、場合によっては障害にすらなる。平衡感覚の欠如と転倒は確かに問題だったが、最も差し迫った課題は心理的なものだった。公共の場に出るとしばしば強烈な不安にとらわれた。想定外の社会的接触は、それがたとえ誰かが偶然ぶつかってくるような些細なことであっても、僕をビクつかせ被害妄想をかきたてた。ニューヨークの歩道はどこも人であふれていたから、チューズデーに緩衝材になってもらう必要があった。リードを使えばチューズデーは僕の数歩先を歩くことができ、歩行者たちを両脇に寄せてくれる。ルー・ピカードにとって、トレーナーの先を歩いてしまうチューズデーの癖は最大の不安材料だった。それが僕にとっては有益なのだから皮肉なものだ。

フラッシュバック

退役軍人病院やコロンビア大学に行くためには地下鉄を利用しなければならず、人混みは避けようがなかった。ニューヨークの通勤ラッシュ時の地下鉄はひどいものだ。プラットホームは足の踏み場もなく、そこは閉塞された地下空間だ。しかも通勤者の間には模糊《もこ》としたストレスがただよう。こうした群衆は、イラクで遭遇した状況をフラッシュバックさせる。

人混みをかき分けて歩いていると、時としてアルワリードの群衆の中で見かけた顔が一瞬浮かぶのだ。僕のフラッシュバックは視覚的なものではなく心の中で起こる。イラクの暴徒を前に「ああ、自分はここで踏みつぶされて死ぬんだ」と観念した時の気持ちを追体験するのだ。

アルワリードで襲撃されて間もない二〇〇四年一月、その数週間前にサダム・フセインは身柄を拘束されていたが、米軍による占領政策には綻びが目立っていた。その日、命令を受け数分後には国境を封鎖した。理由は明らかにされていなかったが、バクダッドで急襲作戦が行なわれている間の阻止行動だったかもしれないし、大量の不発弾が旧イラク軍弾薬庫からなくなっていたとか、戦略的目標が発見されたとかいうことだった可能性もある。ちなみに僕たちの多くは大量破壊兵器があると確信していた。最悪の場合、それが使われるかもしれないと思っていた。そんなシロモノがイラクから出入りするのを防ぐ唯一かつ最後の防衛線が我々五〇名の米兵だったのだ。

国境封鎖

劇的なことは何ひとつ起こらなかった。その代わり国境封鎖から数時間、足止めをくらった数百台の車やトラックが長蛇の列を作った。丸一日、運転手たちは忍耐強く待った。夕方、数人が車を離れて理由を聞きにやってきた。夜まで には通れるのか？　次の日はどうか？　砂漠のど真ん中では携帯電話は通じない。しかもイラクではいつ死に直面するかわからない。連絡が途絶えれば運転手たちの家族は不安を募らせる。彼らの態度はていねいだったが、我々も国境封鎖の理由や期間は知らされておらず、答えることはできなかった。

国境封鎖がどのくらい続いたか正確には覚えていない。アルワリードでの任務中、もっと長く封鎖されたこともあったが、この時は数日だったろう。これがアメリカ国内だったら一〇時間で暴動が起こるところだ。いくつかの空港でそういう場面を見てきた。これに比べればイラク人たちは我慢強かった。サダム・フセイン政権下で辛酸をなめた彼らは、逆境に負けないしたたかな精神力を持っていた。しばしば中断される生活に順応し、数日分の水と食料をいつも携帯していた。

それでも封鎖が三日も続くと雰囲気は険悪になってきた。検問所が発火点になることはわかっていたので、我々はパトロールを中止し、基地周辺にとどまった。この頃までには、アルワリードとシリア国境の間にある幅二キロの緩衝地帯に数千人の人々が押し寄せていた。砂漠の夜の厳しい寒さの中、彼らの大半は車内で寝起きしていた。水と食料も底をつき始め、幼い子どもや高齢者、それに病人などが過酷な環境に苦しんでいた。トラックに積まれた商品、彼らの将来の糧《かて》が腐敗していった。遺体も腐り始めていた。イスラム教では死者は三日以内に埋葬するのがしきたりだ。亡くなった親戚を母国で葬ろうとやってきて足止めされている十数人が毎日検問所にやってきては懇願した。彼らが本当のことを言っているのはわかった。ベニヤの棺桶から腐臭が漂って来たからだ。

「すまない。できるだけのことはしてみよう」

僕はアラビア語で答え、バイアーズ前進作戦基地の騎兵大隊本部に無線で連絡を取った。国境再開の許可を求めたのだ。しかし、命令は最上層部から出ており、変更されなかった。

「すまん」いよいよ取り乱し始めるイラク人国境警備隊員にアラビア語で言った。「だが、通すんじゃないぞ」隊員の任務は群衆を静止することだ。

しびれを切らしたイラク人たちが車を離れ始めた。数百人が国境の金網に体を押しつけ、こちらに向かって何やら叫び声をあげ、拳を振り上げていた。僕は彼らに背を向けて、その場をあとにすることしかできなかった。

群衆に押しつぶされる覚悟

三日目か四日目の夜だった。イラク国境警備隊員が興奮した口調で増援を要請してきた。急いで四名の部下を連れて検問所に向かった。現場はすでに大混乱だった。無数の人間が無秩序にひしめき合っていた。押し寄せた群衆が波のようにうねり、まるで野外コンサート場だ。もっとも僕たちは熱狂する観客の上に君臨するロックスターではなく、四方から罵倒を浴びせかけられていた。群衆が我慢の限界に達しているのは明らかだ。二名の部下がフェンスに駆けつけ、群衆を押し戻そうと銃床で威嚇した（ニューヨークの人混みで僕が目にするのは、この時ほんの一メートル先で激しく叫んでいた最前列の男たちの顔なのだ）。

「どうします？　中尉殿」部下の中でも大柄なダンハウス二等軍曹が銃床を振りまわしながら肩越しに叫んだ。

イラク国境警備隊の隊員らを見るとフェンスから離れ、恐怖のあまり立ちすくんでいる。暴動が起きれば彼らは逃亡する。群衆にも僕にもそれがわかった。四名の部下の態度から、彼らは踏みとどまって戦うのは間違いない。我々歩兵は暴動鎮圧訓練を受けていた。だからするべきことは心得ていた。面倒を起こしそうな二、三人を引っ立てて拘束するのだ。これで群衆の頭が冷える。しかし、そうしようにも人員が足りない。鎮圧など問題外だ。いちばん近いところにいた暴徒の顔を見やった。身なりは薄汚れ腹を空かせて激高していることを除けば、どこにでもいる中年のアラブ人だ。彼が死に物狂いになっているのが感じられた。群衆は検問を突破するだろう。そうなれば、僕たちがその場で踏み殺されるのは明らかだ。鎖が千切れ、暴徒が今にも襲いかかってくるのがわかった。同じ死ぬなら撃ちながら死ぬ。僕はそう思った。

拳銃をホルスターから抜いた。睨みつけながら群衆に銃口を向ける。最前列の男たちが僕を見る。こちらに主導権があることを理解したのだろう。数人が僕に背を向け人々を押し返した。なんとか最悪の事態を避けようというジェスチャーだ。群衆の中で最も激怒し声高に叫ぶ男にベレッタ拳銃の狙いを定めた。引き金に指をかけ、彼を撃った場合の効果について考えた。暴徒を鎮めることになるのか、逆に状況を悪化させるのか。彼らは戦闘員ではない。女性や子どもを含む欲求不満で苛立った民間人だ。そんな人々にさえ発砲する心構えができていた。実際、射撃する数秒前だった。

「踏みとどまれ！」部下に命令し、拳銃を下げて防御態勢を固めた。

この瞬間のことが、ニューヨークの人混みの中で蘇ることがある。群衆に押しつぶされる覚悟と、同じ死ぬなら撃ちながら死ぬという意識だ。イラクでは一歩も引かなかった。それ以外の選択肢がなかったからだ。任務だったし、その正当性を信じていた。あそこで国境のコントロールを失えばサダム・フセイン支持者が逃亡したり、大量破壊兵器がエルサレムやヨルダン、そして数千人の米兵がいる主要作戦地域に対して使われるかもしれない。

もちろん今はそう考えていない。大量破壊兵器など最初からなかったし、国境封鎖に理由があったのかどうかさえ怪しいものだ。連合国暫定当局代表だったポール・ブレマーか、別の頭の硬いお偉いさんが思いつきで下した命令だったかもしれない。あるいは何かの役に立っていたのかもしれないし、命令を取り消すつもりが次の会議まで持ち越されたということだってありえる。

その後も国境を封鎖するたび米軍に対する信頼が失われていった。

イラク市民の信を失った

イラク解放の日から連日、亡命イラク人がアルワリードの検問所を通過し、車を降り、大地にキスをした。両腕を天に向かってかかげ、アラーの神を称えたあと、僕たちアメリカ兵に向き直り祖国の解放を感謝した。二〇年にわたる亡命生活に耐えながら独裁者の失墜を待ち望んでいたが、生きてこの日を迎えられるとは思っていなかったのだろう。歓喜のあまり身につけた衣服を引き裂いてしまう者もいた。それは熱狂と呼ぶにふさわしい。僕にはわかる。カストロ兄弟が政権から転げ落ちる時、自分もまったく同じことをするにちがいない。何としてでもキューバに赴き母国解放に感謝して大地にキスをする。米国で生まれた僕はアメリカ人であることはやめないが、新生キューバの成功を手助けするためならどんな努力も惜しまないつもりだ。

もちろんアルワリードで国境を通過した者の中には、テロリストも密輸業者もトラック運転手も詐欺師もビジネスマンもイスラム聖戦士もいただろう。しかし、ニューヨークや首都ワシントン、小さな街の公会堂の群集の中にいる時、僕が決まって思い出すのはあの暴動に参加していた人々だ。彼らの大部分は一般市民であり、将来を楽観し、新生イラクを再建するために我々と力を合わせようと意気込んでいた。けれど実際は待ち望んだ自由の代わりに無秩序が支配した。彼らが見たのは、戦線を拡大しすぎて機能不全に陥った米軍の場当たり的な占領政策だった。外国人兵士は腐敗したイラク人に協力して一般市民を殺害。交戦地帯では百億ドルの帳尻が合わなくても気にする者はなく、不正契約に目をつぶった。アメリカ政府は、不当な高給を取る民間軍事会社を甘やかし、戦争犯罪免責の特権すら与えた。さらに穏当なイラク市民を選んで国造りに必要な権限を与える事前計画も、それを実行するだけの兵力も持ち合わせていなかった。その結果、新生イラクにとってきわめて有害な悪徳イラク人に給料を払い、それを保護する羽目になったのだ。

我々は真っ当なイラク市民の信を失った。理由はともかく、それだけは事実だ。アルワリードで大地にキスし、僕をハグした亡命イラク人の多くが二年後、南バグダッドで我々に銃を向けてきたのは間違いない。

都会の人混みを前にして僕の脳裏に浮かぶのは、群衆に踏みつぶされかけた記憶だけではない。自分が罪なき人を射殺することを厭わなかった事実だけでもない。真っ当なイラク市民を守り、助力することができなかったことへの罪の意識。さらには我々の努力を頓挫させた無能な上層部に対する怒りと、あまりに多くの友人や戦友を失うこととなった無意味な暴力の連鎖の図だ。

リードの先の安全地帯

イラク時代とは違い、当初ニューヨークでは群衆を見ると回れ右をしてその場を去ったが、チューズデーといると状況は違った。リードは二メートル弱あるが「前進しろ」の命令で彼はリードの先端まで行って歩き続ける。まるで紅海を割って道を作ったモーゼのように、平然と人々を左右に分けて安全地帯を作り出してくれる。僕はただそのあとをついていけばいい。

「右へ」「左に行け」人が少ない方向へチューズデーを誘導し、たいていはプラットホームのいちばん端まで行く。

「止まれ。右に付け、チューズデー」リードを引きながら命令する。彼は戻ってきて脇に座り、僕の心拍が元に戻るまで支えてくれる。チューズデーが耳をそばだてると、列車が近づいてきた証拠だ。困難はこれで終わるわけではない。車内はプラットホームより厄介だ。それでもリードの先にはチューズデーが作ってくれる安全地帯がある。これがハンドルではなくリードを使う理由だ。あのバスの運転手に説明する時間がなかったのは返す返すも残念だ。

19 チューズデー・トーク

僕の前を歩かないでくれ
ついてはいかないかもしれない
僕のあとを歩かないでくれ
道案内はしないかもしれないから
友として並んで歩いてくれればいいんだ
アルバート・カミユ

戦傷と向き合う勇気

最悪の事態からも何かしら学ぶものはある。惨めな失敗からよい結果が生まれることだってある。僕がイラク戦争の責任の所在を追及し続けるのはこのためだ。過ちを正直に認め、教訓を学ぶことができれば、よりよい結果を出すことにつながる。

バスの一件はいろいろな意味で、僕の自信を根底から揺るがした。デートの失敗で自尊心を深く傷つけられた結果、春になっても知らない人に話しかけるのは躊躇した。自分の殻から出られるようになるまで、たっぷり半年はかかった。

同時にこのドン底体験で目からウロコが落ちた。個人的な問題や状況を超え、自分がより大きなものに属することを公私両面で気づかせてくれたからだ。僕はまず息子であり、兄弟姉妹のひとりであり、次にキューバ系アメリカ人、兵士、そして最後に戦傷復員兵だ。戦友たちを代弁し擁護する責任を常に感じてきたが、二〇〇九年春、もうひとつのアイデンティティに気がついた。それは、自分は障害者だということ。ほかの人にはたいしたことには聞こえないかもしれないが、これは重大な自覚だ。傷痍軍人の大半はこの「障害者」という言葉を避け、「負傷した」とか「回復中の」あるいは「適応中の」といった表現を使いたがる。障害者になった原因が交通事故であれ、病気であれ、簡易爆弾であれ、人生がどれほど変貌してしまったかを自分自身が受け入れるのは容易なことではない。「障害者」というレッテルは変わり果てた自分を事実として認めることなのだ。

ＰＴＳＤの場合はとくにそうだ。大半の負傷兵はＰＴＳＤを何年にもわたって否定し続ける。愛する家族たちに「傷がないから気のせいだ」と言われる場合もあるだろう。ＰＴＳＤは確かに外からはわからないが、正真正銘の負傷だ。たとえＰＴＳＤを認めたとしても、多くはそれが短期的な症状だと考えがちだ。「ＰＴＳＤに打ち勝ってみせる。一年あれば元通りだ」彼らはそう言う。簡易爆弾で吹き飛ばされた足が再び生えてくると思う者はいないのに、傷ついた脳を元通りにできると考える人は少なくない。けれどもそれは無理な話だ。他人と信頼関係を取り戻し、世の中ともう一度深く関わり充実した人生を送ることはできる。しかし、PTSDを引き起こした体験は死ぬまでついてまわる。

父は、負傷を受け入れることで生活保護で生きたがるようになるとメールをくれたが、このような意見に屈する必要はない。自分は施しの対象ではないし、戦傷と向き合うことは弱さではない。むしろ事実は逆だ。かつて僕は三年にわたり自分の抱える問題を否定し続けた結果、病状は最悪になった。

ようやく自分が障害者であることを認めると、背骨の損傷や外傷性脳損傷、そしてPTSDが人生を制限するだけのものではなく、挑戦のためのチャンスであることを発見した。僕の場合は、これまでとは違う役目を果たすことだった。

書くことで前向きになれた

僕の執筆活動はセラピーの一環として始まった。敗戦が濃厚だった二〇〇六年、自分の罪の意識や裏切り行為に対する怒りを説明しようとして書き始めた。それはまた僕が敬意を払い、愛し、高く評価した米軍人やイラク人たちの犠牲と損失が無駄ではなかったと証明する試みだった。戦略を立て直すことができれば本来の目的を達成できる。僕はそう信じていた。

二〇〇七年になり復員兵問題に着手し始めた頃、僕は身も心も捧げた陸軍に裏切られ、自分という存在を無視された怒りに向き合おうとした。忍び寄る恐怖と孤立感に人生が引き裂かれたが、何十万人もの傷痍軍人グループに加わることで、官僚機構に対する引け目が薄れ、孤独感も軽くなった（現在、イラクとアフガニスタン戦争の復員兵三五万人が退役軍人省でPTS

Dの治療を受けている)。

いま考えると、チューズデーとの出逢いが復員兵の権利問題から、さらに一歩踏み込むきっかけとなった。彼をパートナーとして受け入れたことで、自分のPTSDはこのさき何年も続き、退役軍人省が提供するカウンセリングや処方薬以上の助けが必要である事実を認めたのだ。当時は一日一日を生き延びるのに必死だったから、はっきりそれと自覚していたわけではない。だが潜在意識の中で、僕のアイデンティティは別のカテゴリーに移行しつつあった。介助犬を必要とする復員兵ではなく、ひとりの障害者へと。これに尽きた。

僕とチューズデーが新たな差別に直面するに及び、執筆という前からのセラピーに頼った。陸軍では何かうまくいかないことがあると、リーダーはその場で問題点を是正し、しかるのちに原因を特定し、解決策を提言することになっている。軍服を脱いだからといって、この慣例をやめることはない。差別行為をした者が地元のクリーニング屋やコンビニ店員なら、差別について学んでもらおうとした。企業の場合だったら地元の営業所や本部に手紙を書き、担当者に障害者と介助犬の扱いを改めるように進言した。書くことで自分もリラックスできた。感情を文字にすると、個々の出来事についてくよくよ考えるのをやめ、生きることに前向きに取り組めるようになった。

「チューズデー・トーク」

それでも、バス事件だけは別だった。あの屈辱的な体験はあまりにストレスが大きすぎ、僕は体調を崩し書く気にもなれなかった。偏頭痛が鎮まったあとも、数日間はベッドから起き出せず何やら考え続けた。忠誠心に厚いチューズデーはいつものようにそばにいてくれたが、症状が重い日はベッドに這い上がって隣で丸くなり、そっとため息をついた。その様子に子ども時代の愛犬マックスを連想した。あのころ毎週イジメられていたが、マックスが忘れさせてくれた。マックスはそうしようと思ってしたのではない。けれどチューズデーの一挙一動には意味がある。彼の忠誠心と献身は、他人はもとより両親や兄弟姉妹が見せてくれる以上のものだ。こんなことができるのは介助犬しかない。彼が添い寝してため息をつく時、それはまるで「悲しみを分けてください。僕なら大丈夫。それで二人とも死んでしまうならそれでもいい。ボスの隣にいます」と言っているようだ。

ちょうどその頃、患者の権利擁護活動の一環としてマンハッタンにあるハンター・カレッジで講演することになった。心理セラピストや福祉活動員など精神医療専門家のための会議だった。主要議題は「隠れた患者たち」。イラク開戦六年目を迎え、いよいよ増え続ける戦傷復員兵のような、助けを必要としながら名乗り出ることを躊躇する人たちのことだ。重要な課題だったが、バス事件で味わった挫折でディスカッションに耐えられる精神状態かどうか自信がなかった。結局チューズデーの忍耐と強靭さに勇気づけられて参加を決めた。

いま覚えているのは聴衆の前でステージに立っていたことと、PTSD症状が再発し押しつぶされそうになったことだ。吐き気や不安と激しい頭痛で会場がグルグルまわって見えた。困った時の常で、僕はチューズデーを見やった。心配そうだったが、彼が僕を信じていることも伝わってきた。彼の目はいつも「信頼しているからね、ボス」と言っている。気を取り直して視線を前に戻す。そこにはぼんやりとして顔の見えない聴衆がいた。彼らを前に、なぜか僕は復員兵問題ではなくチューズデーについて語りだした。この犬がやって来るまで自分がアル中だったこと、アパートに引きこもり、ほとんど自暴自棄だったことなどを打ち明けた。「そんな時、チューズデーが支えでした。不安神経症やさまざまな恐怖症と向き合う助けになってくれたのです。僕が転倒するのを防ぎ、呼吸を常時モニターしてくれるうえ、一四〇もの命令を理解できます……」

ひと呼吸おき「ご覧になりたいですか？」と言っていた。自分でも意外だった。

「ぜひ」拍手の中で誰かがそう言って後押ししてくれた。

チューズデーが乗り気かどうか見定める前にそう約束していた。けれど、いつもどおり僕を見上げる目が大丈夫だと言っていた。準備は万端だった。基本的な「お座り」「飛び乗れ」「お手」「取ってこい」「噛め」から始め六、七〇の命令をやってみせた。毎回、聴衆は拍手で応えた。ほどなく自分たちだけでいつもの練習をしている感覚になった。最後に会場のいちばん後ろで手を挙げている女性ボランティアにメモ用紙を届けさせると、人々は総立ちになって大喝采を送ってくれた。小走りでステージに帰ってきたチューズデーを夢中で抱きしめる。彼は頭を僕の肩に載せてきた。拍手が一層高まる。僕たちが互いに感じている愛情が人々にも伝わったのだ。セッションのあとで数人がやってきたが、彼らの目には涙があふれていた。

ハンター・カレッジでの講演はこのあとも、彼をネタにした「チューズデー・トーク」という形で繰り返された。公式行事に出席する機会を利用し、介助犬に何ができるかのデモンストレーションを行なったのだ。高校訪問や公開討論なども記憶にあるが、最も頻繁に訪ねたのは地域で福祉活動を行なう団体や障害者自立支援センターだった。デモンストレーションの場所は、教会が支援する大規模な会場から目立たない事務所までさまざまだったが共通することがあった。心理的問題を抱える人や障害者が助けを求めてやって来る最初の場所だということだ。現場のスタッフは復員兵コミュニティに蔓延する心身の苦痛がいかに深刻かを知り抜いていたが、いかんせんチューズデーのような介助犬を目にしたことがない。犬が苦しみの軽減にどれほど役立つかを考えてみたことがなかったのだ。

僕の講演にはムラがあった。PTSDは浮き沈みが激しい病気なのだ。気分爽快で力のこもった楽天的スピーチをする日もあれば、不安に気が滅入って、人生のマイナス部分に固執してしまう日もあった。例のバス事件のほかにも、何十回と差別に出くわしており、それが自分の日常社会との付き合い方を形作っていた。いつもPTSDの追体験を振り切ることができるとは限らなかったのだ。

デモンストレーションでは三〇分くらいチューズデーの能力を披露し、聴衆が完ぺきに虜になった頃を見計らって尋ねる。「この犬を差別するなんて考えられますか？」人々は首を左右に振り「そんなことできるわけがない」と口々に答える。

「ところがあるんです。いつも起こるんです。実際、ここへ来る前、そこの角の店でコーヒーを飲もうとした時にもありました」

悲しいかな本当のことだ。講演の前に心を鎮めるため、今では酒の代わりにコーヒーか紅茶を飲むのだが、そこでチューズデーが入店を拒否されたのだ。

介助犬オーナーからのメール

チューズデーについて話をするようになってから、徐々に差別に対する考え方が変わった。復員兵の支援団体はいつも僕のメッセージに敏感に反応し応援してくれた。一方、民間人の障害者コミュニティの反応はいくらか違っていた。自立支援センターに出入りする人たちが「チューズデー・トーク」にやって来る時、彼らの多くが盲導犬や介助犬を同伴していたのだ。これに比べて復員兵の中で介助犬を持っている自分は珍しい存在だった。当時は全米でも、介助犬とコンビを組んだ傷痍軍人は五〇人以下だった。

しかし自立支援センターでは僕と似たような苦境を体験し、理解している人たちが大勢いた。最初のチューズデー・トークから数日後、類似の差別体験を持つ全米の介助犬オーナーからメールが入り始めた。障害者コミュニティが出先の支援機関との間に大規模なネットワークを持ち、情報をリンクしているのだ。まもなく、こうした返事の中に隠されたパターンが見えてきた。メールの送り主は差別に対して怒りを覚えていたが、そのほとんどは望みを失っているか諦めていた。もちろん、介助犬オーナーのすべてが公共の場で困難を味わうわけではない。目が不自由な人たち（世間は盲導犬を見慣れているので受け入れられやすい）や障害を負って長い年月が経つオーナーの中には、差別を日常生活の一部として受け流せる者もいるが、そのように運がよく強い人ばかりではない。介助犬を必要とする人々は当然のことながら精神的、肉体的に傷つきやすい。毎日の家事や社会との付き合いだけで消耗する状況下で、さらに差別と戦うのは困難だ。そうした介助犬オーナーからのメールがあまりに多かった。過去にあった嫌がらせや次に起こる差別を考えるだけで、彼らは引きこもり状態に陥ってしまうのだ。メールをくれた大半の理由は、僕が差別に反対する態度を明確にしたことへの感謝だった。

介助犬オーナーたちからのメールには元気づけられた。僕たちはアメリカ社会で市民権を得ようと奮闘している大きなグループの一員だったのだ。企業宛のメールに対する返信の中には詫び状からギフトカードまであったが、店員のトレーニングやビジネス手法を改善するという約束も見られた。これが最も望ましい返事だった。

「心配ない、戻ってきた」

僕には生まれつきものごとを収集、整理、分類する癖がある。この頃までには、企業に送ったメールは約四〇通に達し、送った順に内容や返信とともに分類されていた。そういう意図はなかったのだが、この記録によって差別体験に共通する原因をまとめていたことに気づいた。個々のケースでは「悪気があったわけじゃないんです。そこまで気がまわらなかっただけです」で、すまされてしまうが、これこそが介助犬オーナーの心身をすり減らす原因だ。

すぐにこの記録の重要性に気がついた。レストランの店員やオーナーの対応にいつもしびれを切らしていた理由が簡潔明瞭に示されていたからだ。いつの日かアメリカで、介助犬についての真剣なディスカッションが行なわれたら、この厚さ三〇センチほどのメールの束をテーブルに置いて「皆さん、介助犬と暮らす毎日がどんなものか、ここにすべて書いてあります」と言ってやるつもりだ。

PTSDと外傷性脳損傷を患う自分が、人生最悪の場面を追体験するだけでなく、人々に語りかけることになった。それはPTSDのトラウマに目的を与えてくれたが、公開トークが終わったあとは心も体も消耗しきって、いつもひとりチューズデーが僕を家まで送り届けてくれた。

それでもフラッシュバックや偏頭痛の回数が前より減ったのは事実だ。チューズデーがこれらの兆候に目を光らせていたからだ。路上だろうが、アパートだろうが、講演の最中だろうが、僕の目つきがどんよりと曇り呼吸が浅くなるや彼は僕を軽く小突く。心配そうに見上げる目に視線を落とすまで、前足で叩き続けるのをやめない。ようやく我に返り、前かがみで彼の首を抱いて僕は言う。「ここにいるよ、チューズデー。心配ない、戻ってきた」

感情の浮き沈みによって、ニューヨークとイラクで起きた出来事の追体験は頻繁に起きたが、チューズデーは僕を「今」にしっかりつなぎとめてくれた。

前に自分が無理して集中しすぎた結果、睡眠パターンが異常になっていることに気がつかなかったことがあった。長い間、自分の生活は行き当たりばったりだったので、たいして気にも留めなかったが、睡眠時間ゼロの日が四日目になった日の未明、チューズデーがさめざめと泣き始めた。動物が暗闇ですすり泣くのを聞いたことがあるだろうか。それは痛ましいものだ。チューズデーのむせび泣きは、僕の心を一刀両断にし、閉ざされた心の鍵穴に突き刺さった。僕はベッドから起き上がって彼のところまで歩き、夜が明けるまでハグし続けた。それからチューズデーに介助犬ハーネスを付け、一緒に病院の救急治療室に向かった。

数日後、アパートで本を読んでいるとチューズデーが音も立てずに部屋を横切りやって来た。僕の腕を小突き膝の上に頭を載せる。僕はその場で自分の心理状態をチェックし、どこがおかしいのか確かめた。四六時中、僕をモニターしているチューズデーは、バイオリズムの微妙な変化を察知してやって来たのにちがいない。呼吸も心拍数も正常で何が原因か判然としない。目つきがどんよりして混乱していたか？　イラクに引き戻されていたか？　心の闇が降り立とうとしているのか？　そうは思えない。しかし、何かが普通でないはずだ。その時ふと、チューズデーの目の奥を覗き込んだ。大きな眉毛の下で両目が僕をじっと見ていた。そこには愛が満ちあふれていた。不安はその場で消え去った。

彼の頭に両手を載せる。チューズデーはソファに上がり顔を僕に近づけてきた。数秒間お互いを見つめる。そして彼はゆっくりとした仕草で僕を舐めた。唇、顎、鼻、そして顔じゅうがよだれだらけになるまで、あの大ぶりな舌で舐め続けた。この時、チューズデーは単なる介助犬でも、感情的支えでも、ましてや話のネタではなかった。

彼は僕の友だった。

20 新しい人生が始まる

希望を選択しさえすれば、不可能なことは何もない
クリストファー・リーブ

見えない戦傷への取り組み

二〇〇九年夏までに、状況は総じてよい方向に進み始めているようだった。アルワリードで僕の通訳を務めたアリはヨルダンから米国に辿り着き、ニュージャージー州に落ち着いた。仕事がなかなか見つからないうえ二部屋しかないアパートはアリ一家には手狭だった。おまけにアメリカまでの飛行機代を米政府に返済する必要もあった。それでも、少なくとも命の心配はない。北ニュージャージーの都市部ではこれ以

上の安全は望むべくもなかった。

　僕の病状も有能なセラピストと主治医に恵まれ、不安や過敏性腸症候群などに対処する二〇種類以上の処方薬も期待通りに効いていた。実際、当時すべての復員兵に対する治療が目に見えて向上していた。オバマ政権が退役軍人省の予算を増やしたことで、完全ではないにせよ、より一貫した医療が受けられるようになったのだ。外傷性脳損傷もニュースになり始めていた。脳震盪を起こしたフットボール選手が、長期間にわたり不安神経症やストレス、うつ症状に悩まされている事実が明るみに出たのだ。アルワリードで外傷性脳損傷を患った僕の症状と多くが重なっていた。

　時を同じくしてアメリカ社会全体が、とくに陸軍はPTSDを真剣に受けとめるようになった。PTSDを否定する者や指揮官はまだ組織のあらゆるレベルにいて、傷ついた将兵を不当に扱っていたのは確かだ。しかし大半のアメリカ市民は、戦争という途方もない暴力と戦場で日々直面する死が兵士に心理的ダメージを与えることを知り、この見えない戦傷に取り組まなければならないと考えていた。PTSDに対する治療法もより身近になり、将校や現役兵士の間でさえPTSDにまつわる以前のようなマイナスイメージはなくなっていた。僕の負傷が二〇〇三年ではなく二〇〇八年に起こっていたなら、治療の過程は、いや人生の成り行きさえずいぶん違っていただろう。

　だが国全体としてはまだまだやるべきことがあり、その事実を忘れてもらうわけには行かなかった。

　五月から七月にかけ、僕の記事がさまざまな新聞雑誌に一〇本ほど掲載された。メッセージはイラク戦争や戦闘経験のある将兵の健康についてアメリカが自己満足に陥らぬように釘を差したものだ。

　イラクでは当時もまだ、米兵が残虐行為を実行するよう命令を受けていた。コネチカット州最大の新聞であるハートフォード・コーラントに書いたことだが、人がいる建物に向けて発砲し、撃ち返してきた場所を特定して攻撃したり、妥当な根拠もないままイラク人住居を捜索したりすることもしばしばあった。

陸軍尋問官だったアリサ・ピーターソン特技兵の場合はどうか？　彼女は戦争捕虜に同情を示し、拷問を拒否したことで叱責され、二〇〇三年九月に自殺した。公式報告書にある彼女自身の言葉は忘れられない。「獄舎の中の自分と鉄条網の外にいる自分。同時にこの二人になることはできない」

深刻な不景気の中、数千人もの傷痍軍人が雇用で差別されている現実はどうだ？　雇用主はPTSDのセラピーに時間がかかりすぎると考えるか、戦闘で負傷した復員兵はいつ爆発するかわからない時限爆弾のようなものだというステレオタイプの考えを持っている。

米軍政策のリサーチや分析を行なうシンクタンク「ランド・コーポレーション」によればイラクとアフガニスタン戦争に少なくとも二回出征した八〇万人の将兵のうち三〇万人がPTSDを発症しており、その半数しか治療を受けようとしていない。この事実にどう対処するのか？

復員兵たちの自殺率はすでに驚くべきレベルに達していたが、二〇一〇年、月間自殺件数が戦死者数を上回るまでは国を挙げての論争にならなかった。これをどう受けとめるか？

僕の権利擁護活動は執筆の枠を超えて活発になっていった。この年の春から夏にかけて、フランケン上院議員は、イラク、アフガニスタン両戦争の傷痍軍人と介助犬を引き合わせる試験プログラム実現のための法案通過を急いでいた。彼はオバマの大統領就任式会場でチューズデーと僕に出会ったことを頻繁に話題にし、それは上院の議場にも及んだ。僕たちの名前が議会記録に載ったおかげで全米ニュースに取りあげられ、チャリティ・イベントへの招待にもつながった。これら慈善事業団体との関わりを通じ、障害者支援を行なういくつかの組織と密接な関係ができた。ブルックリン障害者自立センターやハーレム自立支援センターなどだ。彼らの活動に共鳴した結果、障害者の社会認知やバリアフリー問題など、より広範な分野で共同戦線を張った。今になってわかることだが、親切で拒むことを知らないこれらの人たちは、僕が除隊後ずっと探し求めてきた血脈を超えた家族だった。自分がイラクで体験したことは理解できずとも、類似の差別を味わってきた彼らには僕の悪戦苦闘がわかっていた。

「復員兵の幸せは仔犬の温もり」

二〇〇九年七月二三日、フランケン上院議員の介助犬法案が議会に提出され、その後、法案は可決された。チューズデーの存在がきっかけになったことはもちろんだが、僕が主張した介助犬が障害者の人生を一変させる事実によるところも少なくない。

同年三月には、チューズデーと僕は動物を題材にしたアニメやイラストで知られる「ソーホー・アニメージイング・ギャラリー・チャリティ」の主賓として招かれ、負傷兵士支援のため介助犬認知促進と募金活動を行なった。この慈善イベントに関する記事をオンライン新聞「ハフィントン・ポスト」に書いたが、そのタイトル『復員兵の幸せは仔犬の温もり』は当時の気持ちをよく言い表している。

もっとも、サンセット・パークでの状況が改善したわけではなかった。最近二年ぶりにかつての大家マイク・チャンとペットのフレンチ・ブルドッグのウェリーに会うためサンセット・パークを訪れたが、地下鉄に揺られる一時間で不安が高じ、あやうく嘔吐するところだった。

本書の執筆で記憶を呼び覚ます必要があったから我慢したが、そうでなかったら回れ右をして帰宅していただろう。一ブロックごとにそこで起きた出来事の陰鬱な記憶が蘇った。ことに不快な体験に思いが至るや、心が完全に過去に飛ばされ、意識障害に陥った。最後の五分間、どこをどう歩いたのか覚えていないほどだが、僕が記憶の世界にとらわれている間もチューズデーは忠実に以前のアパートまで先導してくれた。幸いなことに、かつての我が家は安全地帯だった。大家のマイクは相変わらず上機嫌で迎えてくれたし、チューズデーとウェリーも、最後に中断したところから取っ組み合いを再開し、階段を駆け上がっては駆け下りた。二〇分後、二匹とも入り口で息を切らし、ウェリーは気を失った子どもみたいに仰向けでチューズデーの上に伸びていた。その様子にマイクと僕は昔と同じように大笑いした。

しかしアパートをあとにするや再び不快感を覚えた。天井の低いアパートの通用門から外に出たというのに、まるで狭苦しい場所に閉じ込められたかのような感覚に襲われた。なじみのカフェまでの四ブロック、足を引きずりながら急いだ。しかし店員たちは僕を覚えておらず、カウンターの男性従業員に「犬はダメだ」と開口一番言われた。介助犬だという説明を聞き終わったあともかなり躊躇し、嫌々ながら注文をとった。彼がサンドイッチを作っている間に女性客が入ってきて、チューズデーを見るや苦情を言い出す。「申し訳ないですが、犬は入店禁止です」こちらを振り返りざま言う別の店員に「介助犬なんだ」とやり返す。

ようやくサンドイッチが運ばれてきた。早く出て行ってくれないものかと不満げな視線を送ってくる店員たちを尻目に、食べ終わるまでの二〇分、僕はテーブルに前のめりになってひとり言を繰り返した。「介助犬なんだ」

チューズデーは僕の足元にじっとしている。

他人の注意を引かないほうがいいと知っているのだ。座りながら僕を見やる彼の目には思いやりが満ちていた。

「遊んでこい！　チューズデー」

僕にとってサンセット・パークが住みやすい場所だったかって？　とんでもない。ひでえところだった。

だが、いい思い出もある。チューズデーと逢ってからの、上向きな人生につながった素晴らしい記憶だ。この頃、僕たちの関係は新たな段階に入っていた。傷痍軍人と介助犬の間柄に加え、ただの人と愛犬でもあったのだ。

サンセット・パークには犬を放し飼いにできるエリアがある。そこにチューズデーをはじめて連れて行った時のことは今朝の出来事のようにはっきりと覚えている。アパートから一五ブロックほど離れた広大な芝生で、この地区の名前の由来になった公園だ。犬がリードなしで走りまわれるのは朝の数時間しかなかったから早起きして公園に向かった

サンセット・パークはなだらかな丘の斜面にある。階段を上まで昇ると、大はしゃぎする犬たちや、尾根に沿って立つオーナーたちの姿が目に入る。コンクリートの遊歩道は急ではないが、杖を使う者にとっては時間がかかる。この時チューズデーはリードをピンピンに張って先を急いだので、こっちは頂上でひと息つかなければならなかった。

数あるニューヨークの公園の中で、サンセット・パークは目立って風光明媚なわけではない。芝生とベンチ、縦横に交差するコンクリートの遊歩道と、植えられて間もない木々、それにごみ箱があるだけだ。しかし上からの眺めとなると話は別でニューヨーク広しといえども一、二を争う美しさだ。ブルックリン波止場に立つ白い塔と巨大な昆虫を思わせる三基のクレ

ーンの向こうはニューヨーク湾。その中ほどに海を見つめる自由の女神像が立っている。像の下のきらめく海面には、ニューヨーク市営ステントトン・アイランド・フェリーの黒い船影が見える。ブルックリン橋を支える主塔と網の目状のケーブルを通して、エンパイア・ステートビルがそびえるマンハッタン島の南半分が一望できる。

もちろんチューズデーはそんな風景には気づかない。犬の目が四キロ近く離れたマンハッタンまで届くものかどうかもわからなかった。もしマンハッタンが見分けられたとしても彼は興味を示さないだろう。その場でじっと僕を見つめるチューズデーの関心は、次に何をするかだけだった。膝をついて介助犬用ハーネスを外してやる。途端に尻尾を振り、足を前後に動かし始める。

それまでハーネスを外すのはアパートの中か、深夜のレインボー・パークでボール遊びをする時だけだった。人やほかの犬がいる昼間ははじめてだ。二つ目のバックルを外しながら胴体に触れてみる。小刻みに身震いしているのがわかった。もういつでも走り出せる状態だ。

前に書いたかどうか思い出せないが、僕は几帳面で物事は慎重に進める。陸軍でも「急がば回れ」というように、自分はなんでも最初からキチンとやるタイプだ。最初が最後のチャンスになることだってある。負傷後は前よりもっと緻密になった。もっとも、そのおかげで自ら課した高いゴールを達成するためにより時間がかかるようになったのかもしれない。

自由になる期待からチューズデーの体は激しく震えた。尻尾の振り方とスピードから見て爆走準備は完了だ。それでも彼は眉毛を上下させながら、いま一度こちらの顔色を伺う。頷く必要はなかった。僕の目が「走れ！」と言っていたからだ。

「遊んでこい！」言うが早いか、チューズデーは猛然と丘を駆け下りた。ほかの犬たちをぶっちぎり自由奔放に走りまわる。あまりの勢いにつまずいて毛糸玉みたいに転がるだろうと思いきや中腹でスピードをゆるめた。方向転換のあと頭を低くし再び加速しながら駆け上がり、犬の群れに向け急旋回して誰彼なくじゃれ合い始めた。朝日の中、勝手気ままに走りまわるゴールデンレトリバーの姿を見たことがあるだろうか？　喜びのあまり足が地面を蹴るより速く疾走しているみたいな、舌を膝まで垂らした興奮の表情を目にしたことがあるだろうか？　三歳になるまで、チューズデーはこれほど思う存分走ったことがなかったのだ。彼がどんな気持ちだったか想像して欲しい。

足をスリップさせて急停止するとすぐ別方向にダッシュするチューズデー。その姿に魂から沸き上がる熱狂を感じた。それはほかの犬たちも同じだ。チューズデーの情熱が一気にほとばしるのを感じとり、彼らは群れになってはしゃぎまわり喜びを発散した。この歓喜はオーナーたちにも伝わっていたはずだ。

八カ月前にチューズデーとペアを組んでから、この日はじめて離れ離れになった。しかしひとりきりの状況に圧倒されることも被害妄想に陥ることもなかった。それどころか、僕の心はチューズデーの体にテレポートされていた。群れと取っ組み合い、跳躍するチューズデーを見た時、そこで疾走しジャンプしているのが自分であるかのように感じたのだ。自分にはもう物理的に不可能な動作を擬似体験できた。これは想像もしていないことだった。

数カ月後の二〇〇九年八月、ようやくコロンビア大学大学院の学生寮に入れることになった。学生寮に入るとなると必然的にルームメイトを持つしかない。自分にはとてもできない相談だったので応募手続きを一年間先延ばしにしていた。意外にも障害者サービス・オフィスに問い合わせるよう提案してくれたのは母だった。僕の現実を母が受け入れつつあると思いたかった。推薦状などの書類は僕のセラピストと主治医、あのティム神父、そしてイースト・コースト・アシスタンス・ドッグズのルー・ピカードが手を貸してくれた。僕は今でも週に一度はルーに電話を入れ、アドバイスをもらっている。この食べ物をやっても大丈夫か？　この問題行動にはどんな矯正法が適当か？　介助犬に対する差別にはどう対処するべきか？　僕はほとんどいつもルー本人と言葉を交わす。訓練やクライアントとの折衝で目のまわるほど忙しいはずなのに、僕が彼女を必要とする時はいつでも時間を割いてくれる。

　マンハッタンに引っ越す時も、ルーは自分のトラックを使わせてくれた。わずかな所持品を積み込むのにルーとご主人、そして数名のボランティアの手を借りた。この時、チューズデーと自分がより望ましい人生の段階に向かっていることを確信した。ブルックリン・クイーンズ・ハイウェイに入り、チューズデーが車窓から顔を突き出し、大ぶりな耳を風になびかせた。その様子を見ているうちに、怒りやフラストレーションとともに、それまでの人生が吹き飛ばされていった。二年にわたる悪戦苦闘の末、除隊後の人生がいよいよ本当に始まろうとしていた。

21 また振り出しに

私は静かに歩きまわる。目を見開き、靴を履き
内に秘めた怒りをたずさえ、すべてを忘れて
事務所、整形外科医院、洗濯物がぶら下がる中庭を
通り過ぎる
下着やタオル、シャツから水滴がくすんだ涙のように
ゆっくりと滴る
『徘徊』パブロ・ネルーダ

最悪のスタート

マンハッタンに住めば僕の希望通りの生活ができると思っていた。

コロンビア大学院学生寮には志を同じくする者たちが集い、あっという間に友情や人間関係を結べると期待したが、実際にはマンハッタンの典型的なアパートで、内部は鍵を閉ざし、孤立したワンルームマンションで占められていた。狭い玄関ホールにある郵便受けの前で学友に出くわす以外、彼らと顔を合わせることはなかった。嫌がらせや差別も相変わらず続いていた。少し離れたところにあるカフェテリアからキンコーズのコピーショップに至るまで、チューズデーはどこに行っても怪訝そうな視線で迎えられた。サンセット・パークには大家のマイクと愛犬ウェリーがいたことを思えば、マンハッタンではコミュニティから完全に切り離されていた。

日常の変化がＰＴＳＤと悪戦苦闘を続ける心理状態にこれほど影響を与えるとは思っていなかった。実際のところ、マンハッタンはとても住み心地のいい街で、大学院卒業時にはほかのどこより気に入っていたが、最初の数カ月に関して言えば最悪だった。何が起こるかわからない状況が不安神経症を悪化させた。新しい環境

に足を踏み入れる場合、偵察と監視が不可欠だ。いつも開いている窓はどこか？　アパートのそばを通り過ぎるのは誰か？　近所の店員たちはどんな人相か？　ごみ収集はいつ誰がするのか？　通常と異なる状況を見分けるには、まず平素の出来事を知らなければならない。しかしマンハッタンの日常は複雑に入り組んでいる。見知らぬ毎日を前に、チューズデーと絆を結んだ春以来はじめて、僕の警戒心はトップギアに入っていた。

最悪の偶然とは重なるもので、マンハッタンに引っ越すと同時に僕の医療支援体制が崩れ去った。セラピストのミシェルはチューズデーとコンビを組む以前から一年半にわたり、僕の心を元通りに組み立てなおしてくれた。彼女は元海兵隊員で飛び抜けて頭が切れた（理由は不明だが、男性のセラピストとは感情的な体験を共有することができなかった）。深層心理にある秘密や恐怖を打ち明けることができる大切な人でもあったが、その夏の終わり、彼女はほかへ引っ越すことになった。時を同じくして、僕の主治医も健康上の理由で引退した。主治医は退役軍人病院で医療を受けるための重要な存在だったから、僕にとっては大打撃だ。さらには、腕のいい精神科医まで家族とカリフォルニアに移ってしまった。信頼できる三人を一気に失ったことで、医療問題を相談し健康管理をしてくれる人が誰もいなくなった。彼らの許可なしには、専門医にかかることも薬の再処方も不可能なのだ。ていねいな医療を受けられるようになってわずか一年後、突然、僕はまたあの官僚組織の泥沼に放り込まれた。急場しのぎの研修医と医療プロバイダーの間を堂々めぐりするかつての環境だ。

新しい主治医を見つけるまでに二カ月かかった。時間がたつほど不安が増し、自分の態度が挑戦的になるのがわかった。僕のように多量の投薬を受ける場合、時間とともに各種処方薬の相互作用が起きる。したがって常に投薬量を調整しなければならない。この秋、服用開始から一年たったアンビアンという睡眠薬が効かなくなった。それどころか、この薬を飲むと神経が高ぶるようになった。不眠症に陥ったのはおそらくアンビアンのせいだろう。マンハッタンでの最初の一カ月間、一日の睡眠時間は二時間そこそこだったと思う。処方箋を書いてもらえないので、ほかの薬も底をつき始めた。錠剤を半分に切って節約したが、腰痛、下痢、めまいが再発し、嫌な記憶が心の中にひしめいた。

睡眠不足のせいか薬効減退のせいかわからないが幻覚も現れるようになった。夜になると窓の外をじっと見つめた。窓といえば聞こえがいいが、実際は空気ダクトみたいなシロモノだ。ほかにはニュースのネットサーフィンでもするか、目を見開いてベッドに横になるかしかなかった。ストレスで消耗し、チューズデーとコンビを組んでからはじめて、人生の方向性を思い悩んだ。

この時の不調はそれまでと違っていた。お決まりの症状に加え、父との対立以降ずっと体験してこなかった、深い失意を覚えたからだ。

陸軍では将来への期待をコントロールせよと教わる。個人と集団の能力を正確に把握して計画立案することが重要だからだ。非現実的な目標を立て、限度を超える任務を課すのは指揮官にとっても兵士らにとっても命取りになりかねない。

マンハッタンに引っ越すにあたり、僕は新しいスタートに心が踊り期待をコントロールできなかった。サンセット・パークではようやく心が落ち着き始めていたのに、マンハッタンで暮らし始めるや、せっかく手に入れた安心感を向上させるどころか、維持することもできない。期待が大きかった分、その反動で危険水域にまで落ち込んだ。疎外感に、終わりなき不安神経症に、キャンパスに溶け込めない事実に、そしてなにより、そういう自分に失望した。どうして心に巣食う悪魔たちをコントロールできないのか？　なぜ過去を水に流すことができないのか？　答えは簡単。僕は深く病んでいたからだ。そうわかっていても、絶望の思いを吹っ切ることができない。しつこくつきまとうPTSDにはほとほと嫌気が差した。自ら課した高い期待に応えられない日々が続き、そのことで僕は自分を責めた。

このような落胆に襲われた時、以前だったらティム神父に電話していた。彼はイエズス会の司祭で、当時すでに匿名のアルコール依存者更生会やPTSD支援団体の間で伝説的な存在だった。早朝、カリフォルニアにいる神父と話すといつも不安がやわらぎ、賢者の言葉のおかげで嫌な記憶も大局的に見ることができた。数年の間、彼は自分のような将兵にとって電話の向こうの頼れる声だった。しかしその秋、ティム神父はチャプレン（従軍司祭）として陸軍に入隊した。正式な軍の一員として、より多くの兵士たちに救いの手を差し伸べるのが彼の天職であることは疑いようもなかった。しかし、神父がイラクに、次いで東欧のコソボに派遣されるに至り、いつでも連絡をとるというわけには行かなくなった。かつて体験した人生最悪の暗黒時代、僕は毎日ティム神父と話をしたが、いま彼の自由になる時間は週に数時間たらず。惨めな状況にあえぐ自分など、神父の貴重な時間には値しないと感じ、連絡することができなかった。

頼れるのは僕の仲間であり、伴侶であり、友であるチューズデーだけだった。状況は悪化の一途をたどり、それはやがてチューズデーの様子にも現れてくる。心配と睡眠不足で疲労困憊し、注意散漫になったうえに動きが鈍かった。尻尾を立てるエネルギーすらなく、頭を垂れた様子が立ったまま寝ているようにしか見えないことも一度や二度ではなかった。サンセット・

パークの犬からうつされたのだろうが、夏の終わりに生まれてはじめて咳をし始め、秋には気管支炎に悪化した。抗生物質治療を受けて咳は快方に向かったが、覇気《はき》なく一日をノロノロ過ごすことに変わりはなかった。視線を感じて振り向くと、彼が不安そうな目でじっと僕を見つめていた。

ふたりの神聖な儀式

憂鬱の連鎖から抜け出すために、護符《ごふ》でも魔除けでも新しい日課でも、なんでもいいからとにかく何かが必要だった。その脱出の秘訣は意外にもグルーミングだった。チューズデーのブラッシングは以前からの日課だ。ほかの犬には立入禁止の場所に連れていくのだから、その場に居合わせる人たちに不快感を与えないよう彼を清潔かつ見た目よく保つのは当然で、そのすべては僕の責任。不潔な犬は言うまでもないが、手入れがいい加減な犬を僕がレストランや店に連れてきたら、店主が入店を断るのも当然だと思う。そこそこ手入れしている程度でもまだ十分とはいえない。チューズデーの身だしなみとしつけが最高のペット犬を超えるレベルでなければ、介助犬オーナーとしての義務を果たしているとは言えないのだ。

マンハッタンでの最初の数カ月間、僕はこれまでとは比較にならないほど心を込めてグルーミングに打ち込んだ。時には一時間におよぶこともあった。まずチューズデーを足元か膝の上に寝かせ、ゆっくり大きくブラシを動かす。必ず背中からブラッシングを始め、次に彼の体温を感じながら素手で肩から背骨、尻尾を撫でる。ブラシで尻尾から長い毛がもつれた腹にかけて梳《す》いてやり、それから眉毛の少し上から両耳の間をブラッシング。このあと彼の両肩を軽く支え、首周りに百回ほどていねいにブラシをかける。しだいにチューズデーの毛がしなやかになり艶が出てくる。チューズデーは僕にもたれかかり静かに目を閉じているが、満足するとゴロンと仰向けになって脇の下と腹、足、そしてふくらはぎの後ろのふさふさした飾り毛をブラッシングしてくれとせがんでくる。

傍目にはたいしたことには映らないだろうが、僕たちにとっては心と心をつなぐ神聖な儀式。ほとんどスピリチュアルな交わりだ。こうして毛玉やほつれを取り除いてやる間、チューズデーは催眠術にでもかかったように、仰向けのまま体を押しつけてくるのだ。

外出から戻ってきた時の手順も決まっていた。コロンビア大学院ではグループ授業があり、教室外でもクラスメートに会う必要が再三あった。乗り気がしない時でもあちこち出かけなければならなかったのだ（寮から三ブロック離れたところにモーニングサイド・パークの犬専用エリアがあったが、ここへの往復はまた別だ）。部屋に戻るとまずハーネスを外し、ドアのところに置いてあるベビーワイプ、つまり赤ちゃん用のおしり拭きでチューズデーの足を拭いてやる。人類の発明史上、ベビーワイプは過小評価されているが、僕はその真価を陸軍で身をもって学んだ。アルワリードにはいつでも使えるシャワー施設などなかった。僕たち将兵は一枚のベビーワイプで体を拭いたが、これが娼婦の入浴というやつだ。任務と任務の間、これで耐えがたい悪臭だけは辛うじて消すことができた（尾籠《びろう》な話で申し訳ないが、兵隊にしてみればこれでも控えめなのだ）。長期間のパトロールに出かける時も、自分が知るかぎりほとんどの将兵がベビーワイプを持参した。イラクの砂塵はどんなところにも入り込んでくる。肘の襞《ひだ》、額の生えぎわ、唇、鼻孔、耳、そのほか考えられる最悪の部位までどこでもだ。これを拭き取るにはベビーワイプがいちばんだ。また武器をきれいに保つのにも適していた。自分のM4カービンとM9拳銃を毎晩のように、パトロール中は小休止の間に、ベビーワイプで掃除した。もしこれがなかったら、イラク戦争でもっと多くの武器が作動不良を起こし、おそらく戦死者も増えたことだろう（言うまでもなく、ベビーワイプは陸軍の官給品ではなく自費購入だ。だから戦場の将兵たちに何か役に立つものを送るならベビーワイプをお勧めする）。

イラクで細心の注意を払って武器の手入れをしたように、マンハッタンではチューズデーの足をていねいに拭いてやった。足の裏の肉球部分の汚れを落とす時は、まず指先の肉球と爪を先に、それから真ん中の肉球を拭いた。何もこれは都会の汚れを部屋に入れたくないからだけではない。チューズデーの健康と快適さも考えてのことで、道の小石、木や金属の破片、歩道にこびりついた汚れなどは足裏の隙間に入り込み感染症のもとになる。これを防ぐためだ。

足浴はチューズデーのお気に入りではなかったが、それでもよく辛抱し、バランスをとりながら足を一本ずつ上げた。足がきれいになると、彼は水を飲みに行くかベッドの端でグルーミングを待った。

チューズデーのためのグルーミングは場所を選ばなかったが、ベッド脇の床でやることが多かった。僕が小道具を準備し始めるやチューズデーは色めき立つ。もっとも騒ぎだすというほどではなく、心地よいバブルバスに入る前のなごんだワクワク感に浸るのだが、これがいかにもチューズデーらしい。彼は無言で、尻尾をゆっくり振りながら、嬉々として準備を手伝ってくれる。小道具が床にそろったところであぐらをかく。するとチューズデーは涼しい顔で勝手知ったる膝の上に横たわる。

たいていは足の爪から始める。爪切りは週に一回だ。次に爪の間の毛を整え、前述したようにごみがたまりやすい肉球周辺の毛も手入れする。そしてブラシと手を使って傷や熱を持ったところ、しこりや違和感がないかどうか確かめる。筋肉の凝りや虫刺されなら構わないが、嚢胞を見つけた時は殺菌したカミソリで切開して膿を出し、包帯を巻いてやった。

アルワリードでは最も近い野戦病院でも百キロ弱離れていたので、この程度の傷の手当は日常茶飯事だった。戦闘員は常に最高のコンディションを維持しなければならない。部下たちはこれを知っていたから些細な傷を長引かせることはなかった（心の傷はまた別の話だったが）。

グルーミング中はずっと話しかける。「チューズデー、前足からちょっと血が出てるね。次は顎をブラッシングするぞ。顎の下だ。わかったな」

脇の下と顎にブラシをかける時、彼は尻をクネクネ動かしながら頭を押しつけてくる。その様子が妙でつい微笑んでしまう。「いい子だ、トッピイ。お腹のマッサージをしてやるからな。その調子だ。トッピイ、お前はいい子だな」このニックネームはチューズデーとスヌーピーを掛けあわせたものだ。きっかけは忘れたが、すぐお気に入りの愛称になった。

グルーミングのあとは耳の掃除が待っている。耳たぶだけでなく穴の中まで掃除するのだが彼は意に介さない。都会の空気のせいで、耳の中はベタベタした茶色の垢で汚れている。これを取り去るには綿棒が片耳に一〇本近くいる。綿棒を一〇センチも突っ込まれるのにチューズデーは文句ひとつ言ったことがない。歯磨きにも不平を言わない。「チキン味の砂」とでも言いようがないシロモノで磨くのだが、なんとこれがお気に入りなのだ。歯磨きチューブを目にするやサッと立ち上がり、ニヤニヤしながら待っている。終わってから数分、僕は静かにチューズデーを撫でてやる。その間ずっと、彼は歯磨きが残っていないかと舌で口を舐めまわしている。

グルーミングが終わり道具を片づけ終わる頃、見違えたチューズデーはキラキラ輝くようだ。彼を連れている僕も見栄えがよくなったのではないかと思う。気分はより爽快で満ち足りているし、前より地に足がついている感じだ。同じことはチューズデーの気持ちにも見てとれる。グルーミングのお返しにと、物憂げな笑みを浮かべながら僕に二回ドンとぶつかり、肩に体をこすりつけ、首を舐めてくる。そして、冷たいバスルームの床で満足そうに昼寝を始める。

22 闘犬ピット・ブルの一撃

人は偉大なことを成すことはできない
小さなことを偉大な愛で成すのみ
マザー・テレサ

ハッピーダンス

チューズデーが僕にしてくれることを数値で表すことは難しい。なぜかって? 彼がしてくれないことなどないからだ。朝、僕が目を覚ますやチューズデーはベッドの脇までやって来る。すぐ眼に入るのは掛け布団の上の鼻先。最初に聞こえるのは嬉しそうな息遣いと尻尾がタンスをドンドン叩く音だ。僕が二度寝をしないとわかると、ベッドの端に行って飛び乗ってくる。さらに中心までひとっ飛びして僕の隣で丸くなる。しつこい悪夢の名残や不安が窓から出て行ってしまうまでの十数分、僕はチューズデーを撫で続ける。朝、犬を可愛がることほど気持ちを落ち着かせてくれる儀式はない。

一日を始める準備が整うと、チューズデーが靴を持ってきてくれる。以前は引き出しを開けて靴下もくわえてきたが、ペア選びに時間がかかるうえ、ヨダレまみれになるので今では自分で取ってくることにしている。調子がよい日でも、まずチューズデーのブラッシングから始める。これは大切な儀式だからだ。そして自分の髪を整え歯を磨きながらチューズデーの朝食を用意する。食べ終わるとチューズデーのハッピーダンスが始まる。上半身をかがめると同時に臀部を突き上げ、頭と肩を絨毯にこすりつけ左右に何度も動かす。エネルギッシュで、ちょっとお馬鹿な嬉しさにあふれた、そして心を奪われるこの仕草、愛犬が同じことをするところを犬を飼ったことのある人なら見たことがあるだろう。抜け毛をこすり落としているか、部屋の所有権を主張するため匂いをつけているのだと思う。いずれにせよ、この幸福のダンスはふたりの気持ちをハイにする。毎朝、僕は高笑いをしながら部屋をあとにする。エレベーターを降りたところでリードを放すと、チューズデーは一階ロビーの絨毯でもう一度踊り、僕の笑い声があたりに響く。これほど楽しい一日の始まりがほかにあるだろうか?

介助犬として普通の役目も果たすのは言うまでもない。階段では僕がバランスを失わないよう支えてくれるし、外部の世界に一緒に足を踏み入れてくれる。ありとあらゆる潜在的な危険、たとえば茂みの影にいるホームレスとか歩道の割れ目などに警戒を怠らない。僕が何かに圧倒された時もその場にいてくれる。クラスで発言する際に彼をひと目見ると神経の高ぶりがおさまる。きついセラピー・セッションでは、サイドテーブルの下から立ち上がってやって来て、心の苦悶や罪の意識、悲しみがおさまるまで隣に立っていてくれる。通常ペットには立ち入りが許されない場所であっても、僕が行くところにはどこにでもついて来てくれる。これが介助犬がオーナーに与えてくれる恩恵のひとつなのだ。混沌とした不思議の国につながるウサギの巣穴に落ちていくような不安にかられたり、広場恐怖症に襲われたりした場合でも、チューズデーの天真爛漫な目と、舌をだらりと垂らす可愛い仕草が即座に今に引き戻してくれる。

人を惹きつけずにはおかない笑顔

ほかにもチューズデーは、ドアやキャビネットを開ける。電気を点ける。薬や杖、僕が落とした物、新聞、そのほか一〇キロ弱のものだったら何でも持ってきてくれる。体の傷が回復してきてからはこの手の介護は以前ほど必要としなくなったが、チューズデーがくれる勇気のひと押しがいることはしばしばある。広場恐怖症とPTSDを患う者にとっては、なにかにつけて最初の一歩を踏み出すことが最も難しいのだ。

前にも書いたようにマンハッタンでの最初の数カ月は悲惨だった。この間に二度、切羽詰まり首都ワシントンの両親宅に行くことを考えた。父は二〇〇七年の秋以来、自らの態度を改めると同時に独学でPTSDに関する理解を深めてきた。その結果、僕に対する態度は一八〇度転換し、二〇〇九年秋にはかつて誰より辛辣だった批判者が最も熱心な支援者へと変わっていた。試練に直面した僕は父と一緒にいたいと願ったが、人混みと列車の旅を恐れるあまり自宅のドアの前で足がすくんだ。そんな僕を家から引っ張りだしてくれたのはチューズデーだ。ペンステーション行きの地下鉄に乗ってしまえば、あとはそれほど難しくなかった。チューズデーは介助犬の義務を果たし、両親宅までの六〇〇キロ以上の道のりを導いてくれた。彼にこういうことが可能なのは、僕の家庭事情をよく理解しているからだけではない。言葉に出して言えば、ほかにも一〇カ所以上の場所に先導することができる。

チューズデーは僕の代理人や心を映し出す鏡にもなれる。この秋、チューズデーは両親の家で喜びに酔いしれ子どものように振る舞った。彼は他人には決して飛びつかないが父だけは例外だ。新聞を読んでいる父の腕の下に頭を突っ込み、安楽椅子で嬉々として一緒に寝そべった。チューズデーが見せるワクワク感と心地よさそうな仕草はかけがえのない光景だった。彼の姿を見て、両親の家が自分にとって安全な場所であり、父と母が僕を愛しており、これまでの経緯にもかかわらず、今も心にとどめてくれていることを思い出したからだ。

チューズデーの社交好きと世の中と関わる情熱は僕にとっても有益だ。どこだろうと喜びと優しさを周囲に発散し、そこにいることを気づいてもらいたがる。情愛あふれる目と歯をずらっと見せるおどけた笑顔には人を惹きつけずにはおかないものがある。授業のあとのキャンパスで、見覚えのない可愛い娘たちが「ハイ、チューズデー」と言って微笑む。通行人が手を振ってきたり、立ち止まって「なんて見事な犬なんだ」と口にしたりする。

「撫でてみるかい？」

正直に言えば、今でも退役軍人病院にはあまり行きたくない。が、症状が最悪で誰とも顔を合わせたくないような日でも、チューズデーの活気に満ちた態度のおかげで何とか通院できる。病院の椅子に座っていると隣でチューズデーが僕を見つめてくる。ハグしてもらいたいのだ。そこでぎゅっと抱きしめる。すると、ブーンと雑音を立てる蛍光灯や薄汚れた壁もそれほど気にならなくなる。

いくらか調子がよい日は、チューズデーを小突いて近くの復員兵に注意を振り向けることもある。彼の無邪気で楽しげな目に覗き込まれて無視できる人間はいない。

「撫でてみる?」

僕には他人の苦しみや悩みがよくわかる。復員兵がひとりでいたい時や酒やドラッグでハイになっている時(残念ながら、これは非常によくあることだ)はピンとくる。覚えているかぎり、男女を問わず復員兵がチューズデーを撫でなかった試しはない。撫でているうちにチューズデーの身の上を問われ、やがて「自分の犬を思い出したよ」と言う。

それはアパートで一緒に住んでいる犬かもしれない。ベトナムのダナンやイラクの戦場で部隊がマスコットにした迷い犬だったかもしれない。幼年時代の愛犬ということもある。何であれ、チューズデーがいると自然と会話が始まる。人間性に乏しい病院の待合室で、人間味を取り戻すひと時だ。

そうたびたびではないが、待合室の隅で座っている人影に気づいて話しかけたことがある。決まって年若い復員兵で、ともに任務についた自分の部下たちを思い出した。いやむしろ、少し前まであの薄暗い照明の下に座っていた自分の姿を思い起こしたのかもしれない。次回分の薬を処方してもらうまでなんとか正気を保とうと必死だった。自分が多くの番号の中のひとつにすぎないようで、誰も気にかけてくれないと感じていた頃の僕だ。

「チューズデーを撫でてみるかい?」

若い兵士は一瞬ためらったあと、そっと手を伸ばしてチューズデーの背中と頭を触った。チューズデーは体を寄せていったが、すぐそうしない方がいいと察して座り込んだ。若者はそのまま二～三分撫で続けた。終始無言で、僕を見ることもなかった。僕が背中の痛みにたえかね、杖で体重を支え始めた頃、彼は手を引っ込め、上目遣いに「ありがとう」とひとこと言った。

若い兵士がまた自分の世界に引きこもっていくのが見えるようだった。彼は戦闘体験を思い出していたのかもしれない。自分の犬や、ことによると、戦死した仲間のことを考えていたのかもしれない。が、本当のところはわからない。再び待合室を横切りながらチューズデーと僕は目を合わせた。考えていることはお互いわかっていた。やがて視線を前に戻し、僕たちは元の場所に腰を下ろした。そこに言葉は要らなかった。

決して戦友を見捨てない

絆を作りあげるのは、結局のところ小さなことの積み重ねだ。チューズデーが足を引きずり始めたらすぐ足裏に詰まった小石を取ってやるとか、用を足す際に安全な場所を探してやるとか、テニスボールを壁に投げてやるとか、大好きな荒っぽい遊びに興じる際は口の中が毛だらけになっても耳を噛んでやるとかいうことだ。

僕が何か落とすと、彼はすぐくわえてきて差し出すのだが、そんな時の優しい目は「僕がいるから大丈夫」と言っている。気分が悪くなったり、何かで困ったりしても、即座に気づいてやってきてくれる。同様に、チューズデーの調子がすぐれない場合、僕はすべてを放り出してチューズデーに注意を集中するのだ。

サンセット・パークでチューズデーが闘犬用のピット・ブルにやられそうになった時のことを思い出す。いつも通りの朝で、ウェリーと大家のマイクも一緒に公園の放し飼いエリアにいた。チューズデーはあまり気乗りのしないアメフトのフォワードみたいに走っていたが、ウェリーは興奮しすぎたエミット・スミス選手と言ったあんばいだった。プエルトリコ系の若者がピット・ブルを連れてやって来たことには気づいていたが、とくに注意を払うことはなかった。だが、飼い主がリードを外すや闘犬は丘を駆け下りチューズデーの喉元めがけて飛びついてきた。

その瞬間、僕は杖で地面を蹴って駆け出す。犬が格闘ごっこをして遊ぶのと本物の敵意は別物だ。チューズデーをはじめほかの犬たちと長い時間を過ごしてきたから、これが後者であることはすぐにわかった。ピット・ブルは牙をむき出してチューズデーの胸の下にまわり込み、首に一撃を加えようとしていた。だが、チューズデーは格好の獲物とはほど遠い。訓練されひときわ手入れの行き届いた介助犬だ。ボス犬タイプでこそないが強く逞しい戦士だ。彼は吠え声をあげ反撃に打って出た。二匹は互いの首を狙って噛みつこうともつれ合った。僕は反射的に杖を投げ捨て、取っ組みあう犬たちの上に頭から飛び込んでピット・ブルの首を両手で抱え込んだ。

飼い主もやって来て首輪を摑んだが、ピット・ブルは強力な顎で噛みつこうとあがいた。闘犬の素早い動きにバランスを崩した飼い主が転倒する。しばらくもつれ合いながらも、なんとか体勢を立て直し、ピット・ブルを押さえ込んだ。「落ち着け！」飼い主がスペイン語で叫んだ。

僕は闘犬の首を摑んでいた手をゆるめ、荒い息遣いで僕の膝に載ってきたチューズデーの様子を確かめた。傷がないかどうか顎のまわりを指でまさぐる。金色の毛並みに血がついていたが、首も喉も無傷。鼻、耳、そして頭と順にチェックする間、チューズデーは眉毛を下げて僕を見つめた。体が小刻みに震えていることから、アドレナリンの興奮状態から抜け出しつつあるのがわかった。じっとこちらを見る目に不安は浮かんでいない。

「申し訳なかった。こいつ、ワイフの犬なんだ」

スペイン語で言う若者を一瞥すると、ピット・ブルの鼻先は血まみれで、彼の腕からも血が滴っていた。チューズデーに向き直り、切り傷やダメージがないか入念に確かめた。やはり傷はなく、血は我々のものではなかった。ピット・ブルがオーナーを噛んだか、チューズデーが闘犬に強烈な一撃を加えたにちがいない。

「もう大丈夫だ、チューズデー。すべて終わった」そう話しかけながら体をさすってやる。彼は僕の足の上に頭を載せ、少し震えていたが、危険は去ったと悟っていた。

「クレイジーなやつだな」そう話しかけられ、肩越しに振り返ると、マイクが立っていた。

「ピット・ブルに飛びかかるなんてどうかしてる」

クレイジーだったのではない。僕は兵士だったのだ。たとえ勝ち目がなくても、決して戦友を見捨てないのが兵士だ。チューズデーを救うために飛び込んだのは軍人の本能だ。陸軍で最も小さい部隊単位は二人一組のバディ・チームで、互いが責任をもって安全を確保する。チューズデーと僕はこのバディ・チームだ。なにがあっても戦友を守らなければならないのだ。

デイグ軍曹に降りかかった災難

この一件でチューズデーに対する僕の献身が証明されたとすれば、逆にチューズデーが僕にとっていかに不可欠な存在であるかを教えてくれたのは、訓練所時代の友人、メアリー・デイグ軍曹に降りかかった災難がきっかけだった。

介助犬とペアを組んでから約六カ月後の二〇〇九年春、「鉄格子の中の仔犬」プログラムが介助犬レミーに対する保護者責任遺棄でメアリーを訴えた。レミーが太りすぎで、介助犬としては人なつっこすぎるとして返却を求めてきたのだ。

この話を聞いて僕は気分が悪くなった。比喩ではなく、メアリーがレミーを失うかもしれないと聞いて嘔吐した。当時はまだ軍曹が簡易爆弾で両腕を失ってから一年も経っていなかった。レミーとペアを組んでからの六カ月間に、彼女はテキサス州サム・ヒューストン基地のブルークス陸軍病院で四回にもおよぶ手術とリハビリを受けていた。軍曹が闘病する姿を見るのは介助犬であるレミーにとって辛かったろうし、そのあいだレミーが運動不足になったこともたぶん本当だろう。だが、レミーを失うのはメアリーにとって耐えがたいことだ。なぜならレミーは軍曹の命綱だからだ。僕にはそれがわかる。訓練所での二週間、軍曹は切断され切り株のようになった腕に巻きつけた装具でオヤツを口に含み、それをレミーに食べさせた。僕はその情愛あふれる様子を見てきた。回復中のこの段階で介助犬と引き離されることは破滅的な結果をもたらすにちがいない。

これは軍曹だけの問題ではない。チューズデーを失うと考えただけで、自分の内側が空虚になる思いがした。二〇〇九年夏、反カストロ運動の一環で思いがけずキューバに赴く機会が訪れた。密かに入国し軽装で移動する必要があったためチューズデーの同伴は不可能だった。このため諦めかけたのだが土壇場で考えを変えた。信頼するルー・ピカードにチューズデーを託し、少年時代からの夢を実現するためキューバに急いだ。僕はこの旅で危うく命を落とすところだった。入国中、暴力行為は皆無だったから、我々の反カストロ活動のせいではない。チューズデーと離れ離れになったからだ。実際、その秋に陥った精神衰弱はこの別離が引き起こした心理的代償のせいではなかったかと思う。

たった一〇日でこれなのだ。チューズデーを永遠に失うなど想像もできない。チューズデーの献身を数値化することは無理だと前に書いた。さらに言うなら、チューズデー抜きで生きることなど不可能だ（ちなみにメアリーとレミーは今も一緒に幸せな毎日を送っている。ご心配なきよう）。

23 すべての復員兵たちに

何かを恐れ、孤独で、不幸だと感じている人たちへのいちばんの薬は外に出ること。
どこか静かで空と自然と神とひとりだけになれるところに行くことです
そうしてはじめて、すべてはあるがままでよいのだとわかるのです
神は自然のありのままの美しさの中で
人が幸せになることを願っておられます
アンネ・フランク

いわれなき非難

年の瀬が近づくにつれ、マンハッタンに引っ越してきてよかったと思えるようになった。新しい主治医と精神科医が処方薬を一新してくれた。復員兵と障害者の権利擁護活動も小休止

し、気がつけば大学院の冬休みも間近だった。

大学院の授業の中で、戦場に赴いた従軍記者たちが、彼らの判断で無条件に取材できるべきかどうかについて、ある教授と激しく論争した。このことがマンハッタンで陥った精神的衰弱から立ち直る転機になった。教授に気炎を上げたあとチューズデーをハグすると数日で心の緊張がやわらいだ。授業も以前より居心地がよくなり、大学院の寮での生活にも慣れ始めた。

感謝祭がやって来る頃までには、ブロードウエイ沿いにある三軒のレストランの常連になっていた。アメリカの国民的コメディ番組『隣のサインフェルド』で知られる「トムのレストラン」は百十二丁目にあったが、ここは第二の我が家と言ってよかった。ギリシャ系アメリカ人が経営するこの店に入ると、ギリシャ人のウエイトレスが開口一番「あらチューズデー、いらっしゃい！」と弾んだ声でボックス席に案内してくれる。ここでならチューズデーは僕の足元で丸くなって寝られるから、ほかの客の目に触れなくてすむ。もっとも、トムの名物ソーセージをねだる時は鼻先が見えてしまったが。この大好物を別注文してやることもあった。脂っこいが週に一、二回なら大丈夫だろうし、チューズデーはそれだけの仕事をしていた。

チューズデーは僕に付き従うため自分のすべてを犠牲にした。僕が不安の淵に沈んでいる時「もういいから少し休んでいろ」と言っても彼は決して離れようとしなかった。また絶望のあまりチューズデーを呼ぼうとすると、まるでその心の声を聞いたかのようにやって来た。チューズデーを救おうとして起きたピット・ブルとの一騎討ちなどたいしたことではなかった。本当の戦いはマンハッタンのアパートでの自分との戦いだった。

その意味で、AP通信記者との一件はタイミングが悪かったのかもしれない。もっと状態がよい時期だったら結果はいくらかマシだった可能性はある。僕は辛口の発言で知られる復員兵だったから、記者たちからの電話取材はいつものことだった。彼らの多くは僕の政治的な立場などを疑問に感じ質問してきたが、プロの記者からこれほど敵意に満ち、かつ個人的にも無礼な取材は受けたことがなかった。この記者はこれまで会ったことも話したこともない相手だったが、まるでこちらを知っているかのような態度で、僕がイラクで負傷したのは「嘘だ」と言い切った。

僕は電話を叩き切った。

数時間後、今度は電子メールを送りつけてきた。その中で、僕がアルワリードで襲われ刺傷したことは認めたものの、事件に関する説明が負傷した犯人を仕留めたデビッド・ペイジ特技兵や上官らの証言と食い違っていると主張した（当時の状況を考えれば驚くに当たらない）。公式報告書と宣誓供述書で二名の襲撃者がいた事実が示されているにもかかわらず、この記者はそれも疑っていた。次いで、僕が「数日後、支障なく任務に復帰した」ことから戦傷は詐欺だと批難する始末だった。

「PTSDは疑いなく主観的なものだ。並んで立っている二人の人間が同じ出来事に遭遇してもまったく違う影響を受けることもありえる。同時に、PTSDは最も詐病《さびょう》に使われやすい精神疾患のひとつだと聞いている」彼はそう書いてよこした。

復員兵の権利擁護運動を始めてからというもの、いろいろと侮蔑的なことを言われてきた。評論は攻撃されたし、運営するウェブサイトには僕の意見や考え方に対する誹謗中傷や暴言の類いが送りつけられてきた。今の世の中では、主義主張のため身を賭《と》すことの代償がこれなのだ。人を批判するのは構わない。だが、その大部分が悪意に満ちた個人攻撃だとしたら困ったものだ。これまでに戦争を批判したことで反逆者とか共産主義者とか呼ばれたことがある。賛成はしかねるが、彼らがそう言った理由はわかる。だが、ペテン師呼ばわりをされるのは、自分の理解の範疇を超えていた。AP通信の記者ともあろうものが、なぜまったく事実無根の非難を繰り広げるのか？　アメリカのマスコミ文化はそこまで恥知らずになったのか？

記者の意図は四カ月後に判明した。二〇一〇年五月一日『PTSDの潮流─詐欺の疑惑深まる』と題する彼の記事が掲載されたのだ。その中で彼は、復員兵たちが退役軍人省に対する巨額の詐欺行為を繰り返しているとほのめかした。しかし組織的な詐欺行為を裏付ける証拠は含まれておらず、単にその道の専門家たちによる「詐欺は起こりえる」という主張が明記されているだけだ。ちなみに、僕を暗示するような指摘はまったくなかった。唯一の「証拠」とされるものは二〇〇五年の政府報告書だ。これによるとPTSD障害者申請のうち四分の一が、適切な文書によってストレス要因を特定していないと書かれていた。この報告書に対しては権利擁護の非営利団体「良識ある復員兵」が反論した。同年の政府報道発表は「これらの申請の問題点は事務手続き上のものと思われる。必要書類が欠落していたりする類で詐欺行為ではない。詐欺を示す証拠がない以上、障害者申請の大規模な見直しで復員兵たちに不安を与えるようなことは行なわない」と結んでいる。

それにもかかわらず、AP通信記事はこの同じ報告書を引用し、正反対の結論を下している。退役軍人省が同年に支払った「疑わしい補償金」の総額は八億六千万ドルに上るとまで言う始末なのだ。

「PTSDは最も詐病に使われやすい精神疾患だ」と発言したとされるデューク大学のダン・ブレイザー博士の引用もうさん臭いシロモノだ。軍人向け電子版外交ジャーナル『今日の復員兵』が五月七日付けの反論記事でこう指摘している。ブレイザー博士は老年精神医学分野の精神科医で高齢者の心身障害が専門。軍との公式な協力関係はない。PTSDの専門家として記者が意見を求めるべき、信頼に足る数百人のPTSDエキスパートのひとりではない。

全米の復員兵が立ち上がった

この件に関し長々と書いたのは私的理由からではないが、AP記者の誹謗中傷には深く傷ついた。チューズデーに逢う以前だったら間違いなく激高し、その後、被害妄想と不安神経症、そして絶望に陥っていたことだろう。この件の顛末は今でも僕の人生に影を落としている。怒りに任せ、記者からのメールを自分のフェイスブックに載せたのだが、それがどうしたわけかゴシップ・ブログのGawker.comに転載された。それを読んだAOLニュースのフリー記者マラ・ゲイが僕をリベラル系オンライン新聞ハフィントン・ポストのブロガーだと特定し「AP記者アレン・ブリードは、モンタバンが完全なペテン師であることを暴露しようとしているらしい」と書いたのだ。マラ・ゲイの記事の原題は『戦争と嘘とハフィントン・ポスト』で「捏造」という言葉さえ使っていた。さすがにこのひと言はAOLニュースから翌日削除されたが、すでにほかのウェブサイトがオリジナル記事を転載したあとだった。

個人攻撃そのものよりはるかにたちが悪いのが、AP記者ブリードの記事の根底に流れる有害な態度だ。『今日の復員兵』は「虚偽の武勇の指弾に異常な執着を持つレポーターが退役軍人を狙い撃ちした記事」と呼んだが、それは正しかったと思う。この記事は傷害保険請求の簡素化で、多くの復員兵による詐病詐欺行為が(証明はできないにせよ)避けられなくなったとの大前提に基づいているのだ。自分は詐欺行為自体が存在しないと言っているのではない。国防総省監察官の二〇〇八年~二〇〇九年度報告書では年間に百件あったとされている。これは障害給付金を受け取っている百万人の復員兵の中の百人ということで〇・〇一パーセントにすぎない。しかもこの報告書は傷害保険請求を認めないよう目を光らせていたブッシュ政権末期に編纂されている。

この事実はブリードが記事で推測したのと正反対だ。退役軍人省システムの煩雑さによって、何万人もの復員兵が必要な支援を諦めてしまっており、その結果、彼らは悲惨な境遇に陥っている。彼の記事では、不正に給付金を請求し、有罪になった三人の復員兵について微に入り細をうがって論じているが、この三人が障害給付金を請求したのは一五年も前のことだ。

復員兵コミュニティに蔓延するアルコール中毒や社会的孤立、ホームレス化、そして救いを求めて叫ぶ何百人もの元兵士が自殺する現実にもかかわらず、ひたすら彼らの詐欺行為に執着する態度。これは障害者として助けを求めた僕に対し、父が最初に見せた反応とまったく同じものだ。父は僕が「最も低俗な人間」に落ちぶれようとしており、障害給付金を最大限吸い尽くすことしか頭にない連中の仲間になりつつあると言い放った。ＰＴＳＤ患者は生まれつきの嘘つきで、もう少し頑強になり本物の戦士として振る舞えるようになれば、彼らの障害などたちどころに治るという考え方だ。自殺こそ考えなかったが、父の言葉に僕は死の谷に突き落とされた思いだった。そして、何度となく自分の人生の終わりに思いをめぐらせ、その時が一刻も早く来ないかと願った。

同様の態度がＡＰ通信のような権威ある組織によって報道される時、そのような視点が正当化されてしまい、危険度はずっと高くなる。たとえば、心理的障害を患う部下たちを「臆病風に吹かれた」として虐待する昔気質の士官を煽ることもあるだろう。別人になって帰った子どもにおびえる母や父の場合なら、苦痛をやわらげる代わりに、障害を無視し信じないことが「愛のムチ」だと思い込ませることにもなる。年若い復員兵は、自分の抱える問題は弱さの結果であり、真に強い者は苦痛など感じないものだと信じるようになる。そして悪夢や不安にさいなまれ、反社会的行動に出てしまう事実を認めることは自分や家族に対する面汚しだと感じる。

これらのシナリオはアメリカ国内で実際に毎日起きており、それが悲惨な結果につながっている。

しかしこの記事の件では勇気づけられもした。もちろん内容にではなく記事に対する反響にだ。全米の復員兵とその家族たちが立ち上がり、戦いで傷ついた復員兵をあざけり疎外したベトナム戦争の悲劇は繰り返さないと記事に「NO」を突きつけた。

アメリカはもう二度と帰還兵を無能で怠惰な社会のお荷物だと見る過ちは繰り返さない。自分は安全な場所に立ち、兵士が撃たれた回数や血糊のついた軍服でトラウマを判断することはしない。どの世代が戦争でいちばん傷ついたかを問う不毛な口論には巻き込まれない。百万人の軍服をまとった男女が国のためにすべてを捧げ尽くし、戦場での行為や目撃体験で傷ついて帰還した事実を踏まえ、アメリカ社会はわずか数件の事例にこだわり続けるべきではない。

拷問は許されるのか?

PTSDは、精神医学の分野でストレス要因と呼ばれる単一の出来事が引き金になって起こるのかもしれない。自分の場合なら、あのアルワリードでの襲撃事件がそれだった可能性はある。しかしその後の数年間で、襲撃の瞬間だけで障害が引き起こされたのではないとわかってきた。確かに頻繁に浮かんでくる個々の記憶はある。シンジャーの自爆テロ犯やアルワリードで起こった国境暴動などがそれだ。しかしイラクのような戦闘地域では、いつ、どのように暴力沙汰が起きるかはほとんど予測できない。このような環境で過ごす日々の体験こそが障害を引き起こすのだと思う。今は多くの戦友が理解していることだが、現代戦で兵士の精神をむしばむのは稀にしか起こらない武力衝突ではない。連日連夜、体験するアドレナリンの興奮状態が原因なのだ。

戦争は日常生活とは異なる。兵士はひとり残らずストレス要因を体験し、通常の市民生活では想像もつかない判断を日々迫られる。一例を挙げよう。

二〇〇四年一月、イラク国境警察は偽医薬品を満載したトラックの運転手を逮捕した。たまたまイラク西部国境地域担当の米陸軍対敵防諜要員がアルワリードにいた。連行されてきた若者を情報部の二等軍曹と語学兵が尋問した。一時間ほど経ったが口を割らない。すると二人は若者をコンクリートの床に投げ出し、両足を高く上げ目隠ししたうえ、ボロ布を喉に詰め込んで口に水を注いだ。その後の一〇分間、僕は尋問担当者が運転手を水責めにするのを見ていた。若者の苦悶と恐怖の悲鳴は喉に押し込まれた布のせいでくぐもっていた。

注がれた水が跳ねる音や、なにより濡れた布で半分かき消された死に物狂いの悲鳴はまだ耳に響いている。二本の強靭な手に押さえつけられた運転手の頭がもがき、首筋の腱が引き締まって血管が浮き上がる様が目に浮かぶ。水責めは多国籍軍の汚点であり、行なうべきことではなかったと思う。

しかしだからといって、水責めを止めなかったことに関する自責の念はない。自分が知る陸軍規定に違反してはいなかったし、水責めを禁止する命令がない以上、僕は尋問担当者たちの判断に委ねた。何と言っても彼らは尋問のプロで、行き当たりばったりで仕事をしているのではなかったからだ。彼らは水責めがもたらす結果を気にかけていなかったし、司令部に電話して過酷な尋問テクニックの許可を求めもしなかった。水責めはいつもの手段であるようだった。

この運転手はテロリストなどではなかった。アルワリードで数カ月を過ごしてからは、狂信者はひと目見ればわかった。面と向かった時、彼らの目に宿る憎悪でそれを知ることができた。テロリストは我々とは違うのだ。この若者はシリアからイラクまでトラックを運転するため雇われた、ただの運び屋にすぎない。積み荷がなんだったかも知らなかっただろう。だとすれば、ただの運び屋を水責めにするのは間違っていただろうか？

容易に答えは出ない。偽医薬品は服用すれば死につながる。イラクのきわめて不潔な衛生状況下では、無垢な子どもらを含め数十人の死者を出したかもしれない。組織的犯罪グループはほかに何台トラックを持っていたのか？　闇取引はどこまで浸透していたのか？　運転手にはわからなかったろうが、偽医薬品の受取人ならおそらく知っていた。ならばこの運び屋が何百人もの罪なき人々を死から救う鍵だったかもしれない。

水責めを許さない理性的行動と、無垢の命を守るバランスをどうとるか？　戦場の兵士には難しい判断が常に要求される。

二〇〇五年九月の同じ週、僕は権利回復作戦中のタラファー市統合通信センターにいた。そこにイラク警察からの情報が舞い込んだ。テロリストの襲撃から逃げてきたと見られる女性の一団が、実は女装した武装勢力メンバーだというのだ。現場指揮官として、「女性ら」が逃げ込んだ建物の周りに非常線を張って封鎖する命令を出した。次いで米空軍と調整し、空爆によって建物を破壊する手はずを整えた。この建物に民間人はいなかったと思うし、いてはいけないことになっていた。だが、そうでなかった可能性は排除できない。僕が頭にスカーフを巻いた女性イスラム教徒を見ると尻込みするのはこういう体験からなのだ。あの建物の姿は今も時おり夢に出てくる。

見捨てられた捕虜

戦場で拘束した者たちを何度となく味方であるイラク当局に引き渡したが、当局者が捕虜を拷問し、家族らに身代金を要求したうえで処刑しているのは衆目の一致するところだった。イラク人たちがこれまでの過去二〇年間に耐え忍んできたことに比べれば、水責めなどとるに足らなかった。二度のイラク派遣任務中、多くのイラク人たちと話す機会があった。彼らが口をそろえて言った。サダム・フセイン支配下では、いわれのない拷問を受けなかった者や、知人や親戚が誘拐されて戻って来なかった体験をしていない者はないと。アルワリードで目撃した一〇分間の水責めどころではない。数週間にわたり顔面を殴られたり、金属棒で叩きのめされたり、数カ月間、狭い穴ぐらの暗闇で暮らすことを強いられたりしたのだ。だから水責めで口を割る者などいるはずがなかった。普通のイラク人はもっとはるかに凄惨な体験を耐えてきたのだ。

しかし二度目の派遣中、南バグダッドの軍刑務所で多数のスンニ派捕虜を目の前に、何もできず立ち去ったことには今も深い葛藤を覚える。ここではかつて拷問された者と拷問する者が立場を入れ替えていた。拷問の被害者だろうと加害者だろうと、その後の人生は変わってしまう。あのイラク軍刑務所の看守たちの中にはかつて拷問を受けた者がいた。報復として看守たちは捕虜を同じ目にあわせた。たぶんサダム・フセインが完ぺきなまでに洗練し自分たちに行なったテクニックを駆使して。

僕が背を向ければ、捕虜たちの何人かが処刑されることはわかっていた。捕虜に関する調書も公式な尋問記録も有罪の証拠も存在しなかった。反政府グループ要員もいたのは確かだが、一斉検挙の際、主に帰属宗派を理由に逮捕された無実の者もいた。どちらかを区別するのは何日かけてもおぼつかなかったろう。正規の裁判所だったら彼らを釈放していたはずだが、自分にはそうさせることができなかった。

僕がこの問題と奮闘している間にも、指揮下のイラク陸軍大隊が人々を逮捕拘留しては、裁判なしで処刑しようとしていたのだ。ほかのイラク軍部隊は十分な訓練も計画も支援もないまま戦闘に臨んだ。パニックや規律欠如の結果、将兵の戦死にとどまらず民間人の死にもつながった。訓練不足のイラク人兵卒二五〇人に対して米軍アドバイザーは六人足らず。基地内でなら妥当な比率だろうが、死の三角地帯のど真ん中では馬鹿げていた。

米陸軍最上層部の将校たちが下した決断がこれだ。自分にそう言い聞かせ、スンニ派捕虜たちを残し、その場を去ることにした。目の前の男たちをいま一度見つめたあと、イラク陸軍の手に委ねた。「捕虜を正当に扱うように」僕の忠告はむなしく響いた。鉄格子の向こう側で男たちはきちんと列を作って座っていた。ハエが飛びまわる中、目を閉じ、祈りの言葉をつぶやきながら最期の時をじっと待っていた。

ホワイトクリスマス

戦争とは汚らしく凶暴でトラウマを引き起こす。そして人は死が身近に迫るほど生の息吹を実感する。そのぶん戦争は日常生活よりリアルだ。兵士が下す判断によって、イラクでは人々が連日命を落とした。部下と僕自身が下した決断で人が死んだということだ。生死を左右する途方もない権限と重責が血管を駆けめぐるのを来る日も来る日も感じていた。だから、僕のとった行動に疑問を差し挟むのは一向に構わないし、納得できる説明責任は必ず果たされるべきだ。

しかし、アルワリードで起きた襲撃事件がトラウマを引き起こしたり、今も心理的苦痛を与えたりするほどのものではなかったとか、その際に負った戦傷がたいしたことはないとか、事件の詳細が信頼できないとか言うのはやめて欲しい。僕にだけではない。すべての復員兵に対し、ことに読者の友人や子どもたちに復員兵がいたら、そういうことを言ってはいけない。

AP通信記者の中傷は僕の精神に風穴を開け、心身をすり減らした。怒りを感じるとともに、僕の負傷や軍歴が、そして過去七年間の苦闘がでっち上げだとされたことには心が掻き乱された。中傷が生み出すマイナスイメージで正気を失いそうになった。僕が毅然とした態度を保つことができたのはチューズデーのお陰だ。

その頃までには、惨めな記憶とバランスをとるだけの楽しい思い出——チューズデーに舐められたこと、ドッグランで過ごした夏の日々、そして両親宅でチューズデーが父の腕の下に鼻面を突っ込み、本物の家族のように笑い合ったこと——が溜まっていた。

復員兵コミュニティが傷痍軍人に対する社会の態度を変えようと真剣になっている事実に安堵した。そして父の態度が一八〇度方向転換したように、そういう変化は実現可能だ。なんと言っても、こうした中傷が始まった時、僕の側に立って力を貸してくれたのは父だった。バッシングが最も激しかった時期、父とは毎晩電話で話した。

心が平静になってからは誹謗中傷のマイナスイメージに固執しなくなり、楽しかった出来事に思いを馳せた。たとえばチューズデーと一緒にマンハセット市に住む姉の家を訪ねたこと。スペイン語でクリスマス・イブを意味するノーチェ・ブエナは家族全員が集まってクリスマスを祝う夕食会だ。最初のイラク派遣をさかいに姉とは疎遠になっていたが、その晩、心と心が再びつながり、本物の幸福感にひたった。彼女の家族と何時間もワインを酌み交わしては笑い合い、伝統的ラテン料理やアメリカ料理に舌鼓をうった。

姉の子どもルシアとルーカスが生まれた当時、僕はイラク派遣中でその後も姉一家と顔を合わせる機会はほとんどなかった。だがあの晩、キャンドルが灯され、クリスマスの飾りつけが金銀に輝くなか、僕たちは再び家族に戻っていた。クリスマスツリーを挟み、ルシアとルーカスは我を忘れてチューズデーとかくれんぼをした。その活気に満ちた様子を僕はやさしい気持ちで見やり、声をあげて笑った。

チューズデーと僕がマンハッタン駅で電車を降りる頃には深夜をずいぶんまわっていた。人通りの絶えた通りには白いものが舞い始めていた。チューズデーは僕の横を静かについてくる。空を仰ぐ彼の鼻先に雪が舞い降り、体も粉雪で輝いて見えた。チューズデーが頭と肩を振る。その仕草がアニメ『スヌーピーとチャーリーブラウン』に出てくるスヌーピーのハッピーダンスそっくりで、無音の路地にアニメの主題歌が聞こえてくるようだった。アパートに入る。ケネルの上に置かれた小ぶりのクリスマスツリーのイルミネーションがほのかに光っている。僕は何も言わず明かりも点けなかった。チューズデーの足をベビーワイプでていねいに拭いてやってから靴を脱ぎ、クリスマスツリーのやわらかな輝きのなか、僕の愛すべき大型犬と嬉々としてベッドに潜り込んだ。

24 静かな生活

宇宙との一体感を達成できた求道者は
いずれ二体感に向かうものだ
ウッディ・アレン

戦友たちの苦境

コロンビア大学院での最後の学期は簡単にはいかなかった。ネット上をいわれのない誹謗中傷が駆けまわった時期と重なり、失意の日々を過ごした。もっともそれ以前の数年と比べれば、まだ平穏だった。公共の場での復員兵の権利擁護活動からは少し距離を置き、電子メールを通じて現役兵や復員兵と一対一で向き合った。多くは新聞雑誌に掲載された記事やインタビュー、イベントで僕のことを知った人たちで、復員兵仲間から教えられたという人もいた。

この春、戦友たちからも連絡が入り始めた。彼らは戦闘の後遺症を否定していたが、イラクから帰還して四年、それぞれの日常生活は危機に瀕していた。妻や恋人、それに子どもまで失い、両親と絶縁状態になっている者もいた。自分たちには理解できない口論に巻き込まれたり、閉所恐怖症から仕事を辞めたことを話してくれた。不安と猜疑心に取り憑かれ、前だったら気にもかけなかったことに腹をたてた。くよくよ思い悩み、自分自身を疑い、孤立し、混乱し、不眠症を患い、そして失意の底に沈んでいたのだ。民間人の生活になじめず、再入隊を考えている者も複数いた。

全員にメールで返信し、多くとは電話で直接話した。僕は根っからの米陸軍大尉なのだろう。同じ軍服に袖を通した彼らを、ことにイラクで一緒に戦った仲間が苦痛に喘いでいるのを放っておくわけには行かなかった。これは容易なことではなかった。

しかし考えてみれば、大尉の任務がやさしかったことなど一度もない。元部下たちが語る体験は、最初のイラク派遣以来ずっと僕を悩ませてきたものと同じだった。部下の体験に共鳴した心の中に恐ろしい記憶が蘇った。男性兵士との会話はとくに辛かった。話の内容が自分も体験し苦しみ抜いてきた出来事にまつわるものだったからだ。戦友たちが感じている伝染性の不安が、受話器の底から忍び寄ってくるのを感じた。それでも話を聞くことで元部下の負担をいくらかは軽くしているのだと思うこともあり、見ようによっては、これは新種の個人セラピーだった。僕は兵隊どうしの結束を通じて心のつながりを得ていた。

マンハッタンに引っ越して六カ月経っていたが、まだ友人と呼べる人はいなかった。大学のコミュニティに加わろうとしたし、作家や学者を志したりしても、僕はいつもまず陸軍兵士だった。本棚の八割ほどは軍事や戦争関係の書籍が占めている。浴室にはキューバの風景をあしらったラム酒の広告ポスターを額に入れて飾っていたが、そのほかの壁にかけてあるのは、陸軍からの認定証や表彰状など、すべて軍隊時代の記念品だ。ドレッサーの上には、戦場での英雄的行為を称える青銅星勲章や名誉戦傷章、陸軍称揚章が置かれてある。キッチンにはナイフが三本隠してあり、一本は刃渡り八センチ弱の両刃ナイフでカミソリ並みの切れ味だ。陸軍を除隊してからの三年間、これを毎日持ち歩いていた。

この部屋は僕の人生そのものだ。ひと目見ればルイス・カルロス・モンタバンという人間のことがすべてわかる。窓はひとつだけで、巨大な通気口の上にある。アパートは二階なのでこの窓は頑丈な防犯扉付きだ。ただでさえ手狭な部屋にはチューズデーをパートナーにするにあたって買ったクイーンズサイズのベッドが中央に置かれ、左右は一メートルしか余裕がない。隅には本棚とドレッサーに囲まれた机があるが、ソファやイスの類は見当たらない。置き場がないうえ、ここを訪ねてくる人はこれまでいなかった。キッチンテーブルすらないのは、たいていのことはベッドの上ですませるからだ。

チューズデーの嫌なこと

除隊と同時に無精《ぶしょう》になる兵士をたくさん見てきた。民間人になったらもう二度と軍の厳格なベッドメイキングなどしないと公言する連中だ。自分はそれとは正反対だった。僕は陸軍を去ったかもしれないが、陸軍はずっと自分とともにある。今でも毎朝ベッドを軍隊式に整える。シーツと毛布に折り目を付けベッドをきちんと包むのだ。靴下も軍でしていたようにきれいに丸めて引き出しに入れる。本棚は整頓され、ノート型パソコンは机のキッチリ中央に置かれている。整然と並べられた勲章はドレッサーの端だ。掃除は数日おきで（もっともアパートは六畳弱もないのだが）、ベッドカバーについたチューズデーの毛も見苦しいのでホコリ取りの粘着ローラーを徹底的にかける。これには病的にきれい好きな母の影響もあるが、陸軍で叩き込まれて以来ずっと大切にしてきた美徳でもある。

だがチューズデーの存在はいたるところに感じられる。キッチンの床に置かれた犬用の皿。大型テニスボールにロープを二本つけたような玩具はいつも出しっぱなしだ。ナイトテーブルの下はチューズデーが丸くなって昼寝をするところで、ここにはドアを取った大型ケージが置いてある。玄関ドアの内側に掛けてあるのは三つの赤い介助犬ベスト。鏡の縁にゴールデンレトリバーの写真がいくつも挟んである。チューズデーではなく、犬好きの僕を思って家族や友人が送ってくれた絵葉書だ。チューズデーの写真ならカメラとパソコンの中に何百枚も保存してあるが、そのうちの数枚は額に入れ、トイレの壁にかけてある。なぜトイレかと言われても困るが、たぶん最もプライベートな時間ですら、チューズデーがそばにいることを再確認したいからだろう。

僕たちはこの部屋で生活の大部分を一緒に過ごした。ベッドの上でリラックスしたり、靴下で綱引きしたり、夜遅くまでブラッシングしたりした。ある朝、ベッドメイキング中に面白半分でベッドカバーをチューズデーの頭にかぶせてそのまま押さえ込んだ。彼は猛烈にばたつき、手をゆるめるや床に飛び出した。四肢を踏ん張った姿勢で僕を見つめるチューズデー。まるで猫パンチか大爆発から逃れたとでもいうように息を切らしている。僕が詫びている間も目を丸くしてこちらを見続けた。一分ほどこちらを見つめ続けてから、優雅にその場を去り、水を飲みに行った。僕のそばに戻ってきたのはそれから一〇分近く経ってからだった。その朝はチューズデーのお気に入りのパソコン動画をすべて見せてやることにした。部屋にあふれる風船を破裂させる犬、スケボー犬、うっかり池に落ちる犬、誕生パーティで小さな女の子のズボンを引き下ろす犬……等々、チューズデーは満足気だ。

彼はこのイタズラが心底嫌なのだが、僕はそれを忘れて数日後にまたやってしまった。ベッドカバーから出てきたチューズデーは息遣いが荒く目つきも厳しかった。明らかに不機嫌な様子でしばらく部屋を歩きまわり、水飲み皿の水をガブ飲みすると、ひとりになれる唯一の場所であるトイレに入ってドスンと座り込んだ。チューズデーのご機嫌をなだめるのに、この時は犬のほかに馬の動画も必要だった。この時以来、ベッドメイキングを始めるとチューズデーはトイレに駆け込み、頭だけそっと出して僕の様子を窺うようになった。

風変わりな常連たち

チューズデーを落ち着かせる方法はほかにもいくつかある。そのひとつは数ブロック離れたモーニングサイド・パークのドッグランに早朝連れて行くことだ。ここは地面が腐葉土に覆われていてやわらかく、自由に走りまわることができる。チューズデーにとってこの自由が嬉しいのはもちろんだが、彼は、ここにやって来るいささか風変わりな常連が好きなのではないかと思う。多くの犬はただグルグル走りまわるだけだが、なかにはユニークな犬もいる。

まず「変なカップル」は小型のトイプードルとドイツ産の大型犬ロットワイラーのでこぼこコンビ。お互いに夢中で飽きることなくじゃれあっている。ウェストハイランドホワイトテリアのルイズは、おそろしく控え目で上品な英国人老婦人の飼い犬だが、これが途方もないプレイボーイなのだ。棒付きキャンディが溶けて棒だけになっても抱きつき腰を振り続けるほどで、チューズデーは後ろ脚にまとわりついてくるルイズを辛抱強く、しかしキッパリ押し返すのだが、ルイズは懲りずに腰を振ってくる。そんな時、業を煮やした様子のチューズデーは「ねえ、ボスなら、こいつをなんとかしてくれない」と言っているようだ。僕は立ち上がってルイズをドッグランの反対側まで押し返すが、彼はノロノロとベンチに戻ってきて、今度は僕の杖を相手に腰振りを始める始末だ。

紫の目をした大型のスタンダードプードルは可愛い子ちゃん。ヨークシャーテリアの二匹は、ボールを追い駆けお互いから奪い合うこと以外に興味がない。まるで仲の悪い独身兄弟といったところか。チワワとダックスフンドの混血犬シドニーは奇妙な容姿の賢者だが、僕のお気に入りだ。彼が華奢な足をバタつかせながらやって来るのを見ると思わず吹き出すが、チューズデーはこれが気に食わない。ヤキモチを焼いているのだ。短足のシドニーを抱き上げるや、見事な体躯のチューズデーが駆け足でやって来る。

チューズデーがほかの犬に接する態度は紳士的だ。一緒に遊ぶのは好きだが、飛びついたり強引におしりの臭いを嗅いだりはしない。その代わり、肩を地面に近づけるようにして尻尾を振り「一緒に遊ぼうよ」とシグナルを送るのだ。時にはバカ騒ぎをすることもあるし、格闘ごっこなら決して引けをとらないが、たいていは地面を嗅ぎまわってあたりを散策してはひとり悦に入っている。女性が自分に惹きつけられるのを知っているので、彼女たちに言い寄っていくこともある。チューズデーは昔から犬より人が好きな犬で、とくに女性には弱い。尻尾を高く上げ得意満面のチューズデーが、苔むしたドングリと若い女性の間を行ったり来たりしているのを見ると笑いがこみ上げる。楽天的な性格で、人生のよいところを見つけては、他愛ないこともありがたいと感じる。彼はルイス・カルロス・モンタバンの分身だから、こういった態度は僕のよいところも引き出してくれる。ドッグランに集う飼い主たちと気楽に冗談を言い合って笑えるのはこのせいだろう。チューズデーは僕の先生でもある。

ではこの春、何もかもうまく運んだかというとそうではない。このドッグランは木立で囲まれているので、チューズデーは獲物を捕ってくる練習をしたがった。いつもはそれで問題なかったのだが、ある日の午後、僕は木の枝を二度投げる真似をしてチューズデーを引っかけた。その時、手からすっぽ抜けた木の枝が広場を通り越して若い女性の眉間を直撃してしまった。思わず血の気が引いた。彼女は後ずさりしたまましョックで放心状態に陥っていた。出血もしていたし、杖を手にしたラテン系の大男が、体重三七キロはあろうかという犬と一緒に駆け寄ってくるのだからさらに怖かっただろう。すぐに謝罪し、ベビーワイプを差し出す。チューズデーは少し離れたところから彼女を心配そうに見つめていた。しばらくしてチューズデーのことを少し話した。額に怪我をしているのにもかかわらず、彼女はとても優しくまた理解があった。最後にはスッポ抜けた枝のことを二人で笑えたほどだ。皮肉なことに、彼女とのお喋りがあの春いちばん長く続いたもののひとつだっただろう。でも正直なところ、僕はその場にへたり込む寸前だった。楽園の平穏を台無しにしたバツの悪さからはそう簡単に立ち直れるものではない。チューズデーと僕はそれから一週間、ドッグランに近づかなかった

その間、ドッグランから百メートルほど離れた丘の中腹で過ごした。ここも彼のお気に入りの場所だったので大して不便ではなかったし、草で覆われた斜面は彼の足にもやさしかった。いつも都会のコンクリートの上を歩くチューズデーにとって草の上で過ごす時間は特別な楽しみだった。リスを見つけて追いかけようと丘を駆け上がる興奮はこちらにも伝わってきた。たとえリスがいなくても、草の大海原を魚みたいに夢中で転げまわった。遊び心に駆られ、草の上を数回転がり、後ろ脚を踏ん張って顔と首筋を地面にこすりつける。それから仰向けになって体を左右に激しくよじる。完ぺきに自由になり、開放感に浸る様子はふだんのチューズデーからは想像できない。僕はそんな彼を激励せずにはいられない。草に自分の匂いをつけようとしているんじゃないかって？　たぶん違う。うららかな春の日、やわらかくヒンヤリした草を全身で感じるのがただ好きなのだ。誰だってそうじゃないかな？

僕たちはお互いを知り抜いている

チューズデーは自信にあふれた犬だ。僕とコンビを組んだことで結果的にそうなったのだが、お陰で生まれつきの優雅さが引き出されることになった。人を喜ばせるのが根っから好きで、通りすがりの誰かが「あれ、この犬、ベイクドビーンズのコマーシャルに出てくるゴールデンレトリバーにそっくりだ！」と立ち止まる場合も例外ではない（これはほとんど毎日起こる）。

ルーディはコロンビア大学が所有する学生寮の管理人だが、彼は半ブロックも離れたところから「おっ、チューズデーじゃないか！」と声をかけてくる。チューズデーはこれが嬉しくて仕方がない。

「ルーディに挨拶してこい！」リードを外して脇腹を軽くたたく。この指示は僕たちが冬じゅう練習してきたものだが、介助犬マニュアルには載っていない。実際、ルー・ピカードはこれを知ると苦言を呈した。

「ルイス、チューズデーはペットじゃないのよ。仕事中は自分以外の人間と接触させてはダメって言ってるでしょう」

だが、そう言う彼女は内心では僕の大胆さというか厚かましさに笑みをこぼしていた（のではないかと思う）。チューズデーとのつながりがこれほど深くなった今、僕たちの絆が消えてしまう心配はない。彼は僕の発汗の状態を知り抜いており、鼓動の速さも聞き取れるほどだ。声の抑揚からこちらの喜怒哀楽を感じとることもできる。同様に、僕はチューズデーが肩を丸める仕草や顔を傾ける角度、尻尾の上げ具合で彼の気持ちが読みとれる。僕たちの信頼関係に疑問の余地はなく、骨の髄までお互いを理解している。懐疑心や遠慮、懸念といったものはすでに存在しないのだ。

それでも命令の反復練習を今も一日三〇分ほど続けるのは、単にそれが彼のお気に入りだからにすぎない。実際、外出時でも、命令しなければならないのは半分以下。残りは言われなくても何をするか心得ている。たとえばブロードウェイ通りを渡る時だが、彼はすぐ右に向かって歩き出す。歩道にイスを出しているお気に入りのレストランがあるからだ。もちろん、まっすぐ行くか左に曲がる場合は命令しなければならないが、そんな機会はめったにない。僕は檻の中のハムスター同様、習慣の虜なのだ。

「チューズデーはいい犬だ。大切にしてやりなさい」

そう笑顔で言うルーディに、僕はいつも、

「もちろん。大切にしますよ」と答える。

「チューズデーは、チューズデーだ」

キャンパスでもチューズデーは人気者だ。春学期、チューズデーがはじめて大教室に入った際には学生たちの間にざわめきが起こり、退出時には数百の視線が彼を追った。授業のあとはチューズデーのデートにつき合う。彼女のシンディとはドッグランで知り合った仲だ。彼女が現れるとすぐチューズデーのリードを外してやる。ジャーナリズム学部の廊下を並んで駆けていく。そのあとを追って、僕は足を引きずりながらついていく。

ある日、見覚えのない女性とエレベーターの中で一緒になった。すると目的階まであと少しというところで彼女が振り向き「ジャーナリズム学部に四足の学生がいるって本当に素敵だわ」と切り出した。「四足の学生とはうまいこと言うね。ありがとう」こちらも笑顔で応え、チューズデーを撫でてやった。いつもすることだったが、彼の知名度に驚いたからでもあった。当時放映されたナショナル・ジオグラフィックのドキュメンタリー『そして人が犬を創った』の影響だったにせよ、コロンビア大学という知的探求の殿堂ならではのことだったにせよ、いつの間にかチューズデーはただの「犬」から「介助犬」に、そして「有名犬チューズデー」になっていた。

「あっ、これが噂のチューズデーね」今では会う人ごとにそう言われる。

「チューズデー、ご挨拶は」僕の言葉を待つまでもなく、チューズデーは人々の笑いを誘っている。

チューズデーにはセラピー犬としての一面もある。ある時、常連のレストランで、ウェイトレスがやって来て「チューズデーにちょっと挨拶してもいいかしら?」と言う。「もちろんさ」頷く僕の前で彼女は膝をつきチューズデーをゆっくりと優しく撫でた。「今日はちょっと嫌なことがあったけど、お陰で楽になったわ」彼女は少し悲しげな笑顔でそう付け加えた。

僕たちが住むブロックの端に介護付きマンションがある。聖ヨハネ大聖堂のそばで、天気がいいとすぐ前の歩道は車椅子や歩行器の住人たちで賑わう。その多くは犬に対し警戒心を持っているが、チューズデーだけは別だった。介助犬として訓練されているチューズデーには、心身が虚弱で助けを必要とする人たちがわかるからだ。介助犬だということを差し引いても、彼の優しさと頭のよさには人をホッとさせるものがある。やわらかな日差しの下、これら人生の先達《せんだつ》がチューズデーを交代で撫でている様子には心を動かされる。今でも僕には全員の名前がわからないが、チューズデーは知っている。妙なことに聞こえるだろうが本当だ。僕が逆立ちしても知り得ない住人たちの身の上が、チューズデーにはわかるのだ。

西百十二番街の階段に座っていると必ず誰かが足を止めチューズデーを見つめる。しばらくして僕に気づき「これは失礼。邪魔するつもりはなかったんですが、あんまり見事なゴールデンレトリバーなので、つい見とれてしまって」と弁明する。僕はいつも「チューズデー、ご挨拶しなさい。ご挨拶」と笑顔で言う。間髪をおかず跳ね上がる彼は社交好きの紳士だ。僕がチューズデーに求めるイメージや振る舞いと彼本来の性格は見事に一致している。彼はおどけたり、はしゃいだりするのが好きだが決して礼節を失わない。チューズデーを撫でながら、知らぬ間にその魅力の虜になる人を見ながら僕はまた満足の笑みを浮かべる。

「なんて人なつっこい犬なんだろう」背中をさすってとねだるチューズデーを前に誰もが言う。

そう。彼は心優しく、人の役に立ち、温かく、社交家だ。献身的かつ愛情豊か。自信家だが、人の言うことに耳を傾ける。訓練されたプロの介助犬だが、彼の見せる関心は本物。僕の杖であり、バランスをとってくれるものであり、目覚まし時計であり、薬のスケジュール表であり、生活上のコーチであり、感情のモニターでもある。仲間であり、友であり、希望でもある。チューズデーに敬意を払ううえで、これ以上どんな美辞麗句が必要だろう?

「チューズデーは、チューズデーだ」そう言うしかない。

エピローグ

ふたりの卒業式

卒業式をひかえ、大学の購買部に寄ってライトブルーの角帽と礼服を買った。次に教務課でオーナーコードを受け取る。

二〇一〇年春、コロンビア大学大学院ジャーナリズム学部は八人の復員兵卒業生を送り出した。これは大学史上初の快挙。この成果を評価し、礼服の肩から襟にかけるのが赤・白・青の特別オーナーコードだ。いつものことながら、チューズデーは教務課にいた女性職員に取り入って、首尾よく自分用のオーナーコードを手に入れた。

「このご機嫌取りめ」オフィスを出ながら冗談半分に言うと、彼は茶目っ気たっぷりの笑顔でスンナリ認めた。

数日後、いちばん小さいサイズの礼服を手に入れた。まず腰のあたりで半分に切る。袖も肘の上ぐらいで切り取り、残った部分はまくり上げて綺麗なヒダになるようピンで止めた。

「着てみるか」犬用礼服の準備を一心に見つめていたチューズデーに頭からすっぽりかぶせてやる。前脚のまわりをピンで固定して体に合わせ、背中の部分を何カ所か切って完成だ。彼は文句らしい文句も言わず、三〇分後にはライトブルーの礼服に身を包んで僕の前に立っていた。両肩には金色の王冠をあしらったコロンビア大学校章もちゃんとある。復員兵用のオーナーコードは房飾りが肩のあたりに垂れるよう首に三回巻いてやったが、チューズデーは何回か噛みつかずにはいられなかった。

「こりゃあ、本物の学者だ。ママとパパもすごいって感心するぞ」

ママとパパだって？　彼の眉毛が上下して言う。

「そう。二人とも来てる。卒業式だからね。これでようやく終わりだ」

もっとも実際は終わりなどではなかった。ジャーナリズム修士号が確実になったことに勢いを得て、戦略通信分野で新たな修士号を取るためコロンビア大学院に再入学したからだ。アッパー・マンハッタンに引っ越してから最初の六カ月間こそきつかったが、その後は順調に慣れていった。そのうえ陸軍では情報運用部という職域が新設されていた。既存の広報課や通信科とは異なり、心理作戦、電子戦、サイバー戦を融合した新部門だ。国境なきネット上の脅威に対処するため、陸軍はプロパガンダ戦術などに特化した専門官を育成し始めていた。僕は政策展開に関わる仕事をし、マスコミ操作の矢面に立たされる陸軍がごまかしのない発表や状況判断を下せるよう手助けがしたかった。そのためには、戦略通信分野のノウハウやモノの考え方を知っておいたほうがよいと考えたわけだ。

父は統計やペンの力を信じていた。僕は地上軍を派遣するほうが世界をよくできると考え、父の信念を拒否する意味合いもあって陸軍に入隊した。もちろん今でも地上軍の重要性は信じているし、僕は米陸軍を敵視する者では断じてない。実際、さらに陸軍に愛着を覚えるようになった。だからこそ間違いは間違いと認めたうえで、軍組織に自浄作用を働かせてもらいたいと思う。陸軍が長く自負してきたように、正義と名誉と自由のために戦う軍隊になって欲しいのだ。責任を負うことなく英雄的行為をなすことはできない。自分の行為に対する説明責任が果たされなければ模範とはなり得ない。上に立つ将軍たちが名誉を重んじなければ、勇敢な兵士は育たない。

結果的に僕はこの戦士社会と決別したが、人生とは皮肉なもので、今度は父と同じように、「ペンは剣よりも強し」の信念に人生を賭けている。

だからあと一年はマンハッタンに居続ける。でもいつかここを去る日がやって来るだろう。結婚し、子どもを授かり、世の中を変えていく仕事は続けながら、山々に囲まれた西部の土地で数頭の馬を飼うのだ。僕はどちらかといえば田舎者で、ニューヨークで終生過ごす星の下には生まれていない。あと十年のうちにはチューズデーも介助犬生活を引退する。そうなったら、彼が清らかな山の空気の中、草を踏みながらゆっくり歩いている姿を見たい。凍結防止剤にまみれた足を引きずりながら、人混みの中を痛々しく歩く日々はその頃にはもう過去のものだ。

このビジョンは夢とは違う。コロンビア大学に入学できることがわかっていたように、本当に起こる。いつの日かチューズデーを青空の下で抱きしめて言ってやる。

「チューズデー、やったな。僕たち、ついにやったんだ」

そしていつものように頭にキスしながら「あそこにいる子どもたちにせがまれたからって背中に乗せてやらなくてもいいんだぞ。そのために小馬を飼っているんだ」と、彼が引退の身であることを思い出させてやる。

しかしこれはまだ先の話。差し当たっては両親とのランチデートが待っていた。チューズデーの礼服の着付けを正し、ちょっとヨダレで湿った房飾りを巻き直してから角帽をかぶせてやる。こちらを見るチューズデーの目にはプライドがみなぎる。僕と彼が成し遂げたことへの誇りだ。何か特別なことが起こりつつあるのを感じとりワクワクしていた。

外は小雨まじりの空模様だが、チューズデーは意気軒昂でひるむ様子はない。ブロードウェイをレストランに向かう道すがら、通行人たちが彼を指さしては褒め言葉を投げかけてきた。写真を撮る人もいる。チューズデーは王様のようにそぞろ歩き、自分に向けられる視線をさり気なく楽しんでいた。目指すはル・モンド。歩道に面したお気に入りのレストランだ。

「自分は地球上でいちばんの幸せ者だ」

角帽を何度も振り落とすものだから、途中でごみ箱に捨ててしまった。これはチューズデーが正しかった。魅惑的な目を隠してしまう帽子はない方がずっと見栄えがいい。

一時間後、両親との素敵な昼食を終えて僕たちはキャンパスに向かった。大学全体の卒業式には出ず、ジャーナリズム学部だけで行なう式に臨んだ。こちらは格式張らないセレモニーだったので、僕はジャケットにネクタイという出で立ちで無精髭姿だった（チューズデーの着付けに時間がかかったあまり、ヒゲを剃る時間がなくなってしまった）。というわけで、その場のスターはやはりチューズデーだった。卒業式が行なわれるラーナー講堂に向かう途中、百回は写真のモデルになったのではなかったか。誰もが礼服姿の「あの有名なチューズデー」の写真を撮りたがっていたようだ。その場の雰囲気も聴衆も、そしてにわかに旧知のように親しみの笑顔を浮かべるクラスメートたちも最高だった。着席するまでずっと笑い通しだっただろう。卒業式の高揚感と、写真を撮られるたびにおどけて舌を出してみせるチューズデーがそうさせたのだ。

僕たちの席は最前列の左端。いちばん先に行くものだと思ったが、卒業生の名前が呼び始められると、席順とは関係ないようだった。活気にあふれた群衆のまっただ中で、チューズデーと僕は一瞬一瞬に集中し、壇上で卒業証書を受け取るクラスメートを嬉々として見つめ続けた。卒業生四百名の名前が呼ばれるまで一時間かかった。ついに我々の列の学生が立ち上がり壇上へと向かい始める。なんだ、やはり席順だったのだ。最前列が一番後だったのだ。

「最後の卒業生は……ルイス・カルロス・モンタバン。米陸軍復員兵。そして介助犬チューズデー」

若い学生がステージを降りるや学部長が名前を読み上げた。

僕たちは行進する儀仗隊の正確さで前に進み、階段を昇ってステージへと向かった。杖をついてはいたが足早に歩いた。それでも壇上までの道のりは途方もなく長く感じられた。

メラニー・ハフ学部長が僕の手を握り、ついで卒業証書を手渡してくれた。と、彼女はチューズデーに向き直り彼にも証書を渡すではないか。想像もしない粋な計らいに心を打たれた。この二年間、コロンビア大学が僕に差し伸べてくれた処遇は驚くほど手厚かった。大学関係者のみならず、僕の歯に衣着せぬもの言いを我慢し、寛大に取り扱い、そして応援してくれたすべての人々に対して、この瞬間、深い感謝の気持ちがあふれてきた。頬を熱いものが流れ、そしてあらためて思った。アメリカは本当に素晴らしいところだ。

チューズデーの態度は僕よりクールだった。歯を見せてニヤリとすると、顔を上げる仕草でくわえた証書を聴衆に見せたのだ。講堂に割れんばかりの拍手が沸き起こった。僕たちがステージの端へと並んで歩く間、拍手は鳴り止まず一層大きくなった。階段の手前で手を振る。人々は口笛を吹いて喝采した。チューズデーと僕をはじめ、仲間の卒業生全員が成し遂げた成功に対する心からの賞賛だった。「自分は地球上でいちばんの幸せ者だ」ニューヨーク・ヤンキースの伝説の一塁手ルー・ゲーリックが述べた引退の名文句と同じ気持を噛みしめた。

誇りも感じていた。厳しい、時に再起不能と思えるほど辛い二年間だった。入学時、僕が抱える諸問題がどれほど根深いものか誰も知らなかった。いや、自分自身でさえわかっていなかった。卒業式の壇上にたどり着くまでの努力は、他人には推し量れない。それを知っているのはチューズデーだけだ。

式のあと、両親と近くのイタリア風カフェに繰り出してお祝いの食事を一緒にした。父と母がなんと言ったか正確には思い出せないが、その笑顔と祝いの言葉から僕を誇りに思ってくれているのがわかった。二人の気持ちは手にした卒業証書より得がたいもので、それでこれまでのすべての苦労が報われた。食事は四時間近くも続き、父と母と何度も抱擁を交わしつつワイン三本を空にした。店をあとにする僕は、温かい毛布のような両親の愛情を心の中で感じていた。

チューズデーとアパートに戻りベッドに潜り込む。毛布の中で彼と丸くなって感じるのは、すべてを包み込む愛情というより、二つの魂が溶け合ってひとつになる満足感だった。

ああ、そうだ。ここが僕の帰るべきところなのだ。アパートやベッドやニューヨーク市のことではない。僕を誇りに思ってくれる両親の抱擁でもない。

一日の終わりに、よい日であろうとなかろうと、いつも僕を寝かしつけてくれるチューズデーと過ごす場所のことだ。

訳者あとがき

加藤　喬

二〇一四年師走『チューズデーに逢うまで』の翻訳が最終段階にかかった頃だった。著者ルイス・カルロス・モンタバン元大尉と介助犬チューズデーがはるばるニューヨークからカリフォルニアにやって来た。一カ月ほどかけて州内をまわり、ＰＴＳＤや介助犬に関する講演をするためだった。ぜひ会いたいと連絡するとすぐ快諾してくれた。同じ元米陸軍大尉という経歴を持つ筆者に仲間意識を感じていたのだという。

その日、コンビはサンフランシスコ近郊の介助犬訓練学校の卒業式に基調演説者として招かれていた。ここはサービスドッグの養成と同時に訓練師の教育やイヌ科動物の研究も行なっている単科大学で、この種の学術機関としては世界でもほかに類を見ない。学校付近の気候は冬も温暖。なだらかな丘を遠望するキャンパスには草原の趣がある。開放的で介助犬の調教には理想的だと思われた。早めに着いて会場を探していた僕の目の前に、偶然ルイスの車が駐まった。陸軍の青い礼服に身を包んだ元大尉が杖を手にゆっくり現れる。見上げるような偉丈夫に続き、黄金色の介助犬が軽やかに降り立つ。

「モンタバン大尉、やあチューズデー！」

「タカシ！」

間近で見るルイスの目は、翻訳やメールのやり取りを通して想像していたよりずっと穏やかで優しく見えた。チューズデーは主人の脇にピタリと寄り添って命令を待っている。その忠実で利口そうな顔立ちに、僕は思わず相好を崩し

2014年12月、サンフランシスコの介助犬訓練学校の卒業式に招かれたモンタバン大尉とチューズデー。右は筆者。PTSDのイメージとは異なり、穏やかで活力に満ちていた。

た。ただのペットとサービスドッグでは、やはりしつけと訓練のレベルが違う。

「チューズデー、ご挨拶しなさい」

そう言われてはじめて、体調一メートル以上はあろうかという大型犬が僕の足に体をこすりつけてきた。光沢を宿す毛並みを撫でてくれと言わんばかりの仕草だった。本書に描かれた通り、社交好きの癒し犬だった。

チューズデーとの癒しの六年を経たこの日、ルイスの目には警戒も緊張も感じられなかった。このノンフィクションの中核にあるPTSDは日本語にすると心的外傷後ストレス障害。生命を脅かすような体験で心に傷を受け、時間が経ってからもその出来事に対して強い恐怖心とストレスを感じるものだ。アドレナリン分泌で起こる闘争・逃走反応が慢性的に続く状態だとも言われ、過剰警戒心や不安、不眠症、記憶障害、フラッシュバックなどの症状が患者の社会生活を妨げる。イラク戦争のトラウマが引き金になってルイスが発病したのがこれだった。除隊後も戦場追体験は頻繁に起こり、マンハッタンの街なかに狙撃兵や自爆テロ犯の幻影を見てはおびえた。当時、大尉の目つきは始終警戒怠りなく、人々に向けられる視線も異様に鋭かった。本書には、そんな彼を隣人たちは不気味に感じ気圧《けお》されていたようだとある。

会場の講堂では車椅子姿の復員兵たちと彼らの介助犬が目を引いた。年格好から、しばらく前の卒業生・卒業犬コンビのように思われた。廊下に犬と控える若い男女は調教科の学生らしくボールや靴、杖などの小道具を持っている。幼犬を連れた人たちは訓練前の数カ月間、介助犬を自宅で世話する地元ボランティアだろう。ネクタイやドレス姿の一団が卒業する介助犬たちの受領者だ。戦傷復員兵や元警察官だとパンフレットに紹介されていた。

進行係との打ち合わせを終えたルイスとチューズデーが僕を見つけ、隣に座った。しばらく話ができるかと期待したが、たちまちベストセラー作家のサインを求める列ができてしまった。読者の対応で忙しい主人は安全だと思ったのか、チューズデーは僕の靴の上にドサッとうつ伏せになって目を閉じた。足元のセラピー犬には心身を鎮める何かが確かにあった。

訓練中の見習い介助犬が電気を点けたり冷蔵庫を開けたりするデモンストレーションで会場を沸かせたあと、いよいよルイスがステージに向かう。一歩後ろにチューズデーが付き従う。その儀仗兵を思わせる正確な歩調に会場から盛んな拍手が湧いた。マイクを片手にルイスが話し始める。生い立ちはキューバ系アメリカ人。経済学者の父とビジネスウーマンの母を持つインテリ一家に生まれたが、高校卒業と同時に陸軍に入隊。その後の一〇年あまりを歩兵や憲兵として過ごした。二〇〇三年九月、陸軍第三機甲連隊の一員としてイラクに赴く。不屈の闘志と勇敢さからターミネーターの異名をとると同時に、部下の面倒を誰よりよく見る小隊長として慕われた。シリアとイラク国境で密輸取り締まりなどを遂行中、民間人に紛れ込んだテロリストたちに襲われ九死に一生を得た。部下を残し本国に医療送還されることを恐れ、搬送先の野戦病院では病状を伏せた。ほどなく最前線に復帰したが、この暗殺未遂事件で外傷性脳損傷（ＴＢＩ）と脊椎損傷を負っていた。二〇〇五年三月、慢性のめまいと激しい頭痛・腰痛をおして二度目のイラク派遣に志願。悪名高い死の三角地帯に赴き、イラク治安部隊との調整任務などに従事した。二〇〇六年に帰国後は、ジョージア州ベニング基地で新米歩兵少尉たちの士官基礎訓練を担当するもＰＴＳＤを発病し、まもなく心身消耗状態に陥る。名誉除隊を余儀なくされたのは、同時多発テロから六年後の二〇〇七年九月一一日のことだった。

戦傷復員兵となって帰宅した息子の「見えない傷」を父親は理解できなかった。尊敬し愛する父にＰＴＳＤを詐病と決めつけられた時の怒りと悲しみ。身動きひとつできない激しい偏頭痛から逃れるため、気を失うまで酒をあおり続けた日々。傷痍軍人の窮状を無視する退役軍人病院や政府に対する憤り。そしてついには、泥酔したまま目覚めないよう願った。追い詰められていった日々を淡々と語る大尉の言葉に、静まり返った会場には目頭を押さえる人々も見られた。ステージのチューズデーは、観衆とルイスの間に視線を行き来させ主人を思いやる。類まれな絆で結ばれた人と犬の愛と献身が、見守る僕たちを温かく包んでいった

舞台に現れるや聴衆を魅了したチューズデーは、介助犬になるべく交配された純血種ゴールデンレトリバー。幼犬の頃、訓練のため「鉄格子の中の仔犬」プログラムに委ねられた。服役囚が仔犬を介助犬に育て上げる過程で社会貢献を学び、更生の一助とするユニークなプロジェ

クトだった。チューズデーは障害者に代わってドアを開け、電気を点け、杖や靴を取ってくることをマスターした。主人の横に付いて階段の昇り降りを助け、ＰＴＳＤのフラッシュバックやパニック発作を感じとって警告する介助犬に成長した。しかし独房で寝起きをともにしたトレーナーたちはいつも絆が強くなった頃、移送や仮釈放でチューズデーの元を去っていった。何度もひとりぼっちになったチューズデーは見捨てられたと思い込み、人に対し固く心を閉ざしてしまう。

やがて心に傷を持つこの似た者どうしがコンビを組むことになった。チューズデーとルイスは、それぞれの傷を認め、立ち直っていくことで、介助犬と主人の関係を超えた親友、兄弟、そして戦友となっていく。

将来に希望を持ち始めたルイスに差別の壁が立ちはだかる。リハビリと自立を助ける介助犬の存在そのものが新たなストレスになるというジレンマだ。「下半身不随の障害者に車椅子が欠かせないように、ＰＴＳＤを患う僕はどこに行くにもサービスドッグが必要なんだ」必死の懇願にもかかわらず、チューズデー同伴のルイスは市バスの乗車を断られる。コンビニで入店を拒否され、レストランでは文字通り放り出される。しかし最良のパートナーとなったチューズデーとルイスは逆境に怯まず、ＰＴＳＤの啓蒙運動や障害者と介助犬の権利擁護に生き甲斐を見いだしていく。

人と犬の間に生まれた愛と信頼、そして傷ついた二つの魂が癒やされていく過程を克明に描いた『チューズデーに逢うまで』は二〇一一年に出版されるや、三年連続でニューヨーク・タイムズのベストセラー入りを果たした。本書のほか、すでにスペイン語、韓国語、ハンガリー語、タイ語にも翻訳されている。ハリウッドでは映画化の話もある。

本書の翻訳に携わった一年あまり、筆者は著者のルイスと緊密に連絡を取り合ってきた。PTSDについては、日本の読者により実態が伝わるよう表現上の助言をもらった。また、比喩として多用されている米国テレビ番組の登場人物についても同様の配慮を得た。

先日、モンタバン大尉から日本の読者の方々に宛てたメッセージが届いた。最後にこれを記して「訳者あとがき」を終えたい。

『チューズデーに逢うまで』は、現役将兵、戦傷復員兵とその家族、そのほかの障害者の力になりたいという願いをこめて書いたものです。これらの人々が日常的に体験する困難や差別をぜひ日本の読者のみなさんにも知ってもらいたいと願っています。

チューズデーと私は、日本語版の出版を心よりうれしくまた誇りに思っています。将来日本を訪れ、私が経験したPTSDの現実やトラウマから回復したプロセス、そして動物介在療法などについてお話しできる日がくることを心待ちにしています。

友情と希望の光をこめて

ルイス＆チューズデー

ルイス・カルロス・モンタバン（Luis Carlos Montalván）
元米陸軍大尉。米陸軍に17年間勤務し、イラク戦争に2度出征。戦闘行動章、青銅星章（2回）、名誉戦傷章を授与される。モンタバンの記事はニューヨークタイムズ、ワシントンポストほか多数掲載され、全米公共ラジオ、CBS、CNN等で、その戦場体験、チューズデーとのリハビリ生活に関する特集番組が放送されている。ジャーナリズム修士。現在コロンビア大学戦略通信修士号課程在籍。本書"Until Tuesday "は2011年から3年連続でニューヨーク・タイムズのベストセラー入りを果たし、その児童書"Tuesday Tucks Me In"は米国アマゾンの2014年度児童書部門第1位。またチューズデーは動物介在療法の啓蒙活動に貢献したとして、米国ケンネルクラブの2013年度名犬賞（ACE）を受賞。

加藤　喬（かとう・たかし）
元米陸軍大尉。都立新宿高校卒業後、1979年に渡米。アラスカ州立大学フェアバンクス校他で学ぶ。88年空挺学校を卒業。91年湾岸戦争「砂漠の嵐」作戦に参加。米国防総省外国語学校日本語学部准教授（2014年7月退官）。著訳書に第３回開高健賞奨励賞受賞作の『ＬＴ―ある“日本製”米軍将校の青春』（TBSブリタニカ）、『名誉除隊』『加藤大尉の英語ブートキャンプ』『レックス 戦場をかける犬』（いずれも並木書房）がある。現在メルマガ「軍隊式英会話術」を配信中。

チューズデーに逢うまで
―介助犬と戦傷兵士の深い絆―

2015年５月15日　印刷
2015年５月25日　発行

著　者　ルイス・モンタバン
訳　者　加藤　喬
発行者　奈須田若仁
発行所　並木書房
〒104-0061東京都中央区銀座1-4-6
電話(03)3561-7062　fax(03)3561-7097
http://www.namiki-shobo.co.jp
印刷製本　モリモト印刷

ISBN978-4-89063-326-5